Queria que você me visse

EMERY LORD

Queria que você me visse

Tradução
LÍGIA AZEVEDO

O selo jovem da Companhia das Letras

Copyright © 2016 by Emery Lord
Tradução publicada mediante acordo com Toryn Fagerness Agency e Sandra Bruna Agência Literária, SL.
Todos os direitos reservados.

O selo Seguinte pertence à Editora Schwarcz S.A.

Grafia atualizada segundo o Acordo Ortográfico da Língua Portuguesa de 1990, que entrou em vigor no Brasil em 2009.

TÍTULO ORIGINAL When We Collided
CAPA Joana Figueiredo
ILUSTRAÇÃO DE CAPA Bárbara Malagoli
PREPARAÇÃO Antonio Castro
REVISÃO Érica Borges Correa e Renato Potenza Rodrigues

Dados Internacionais de Catalogação na Publicação (CIP)
(Câmara Brasileira do Livro, SP, Brasil)

Lord, Emery
   Queria que você me visse / Emery Lord ; tradução Lígia Azevedo.
— 1ª ed. — São Paulo : Seguinte, 2018.

   Título original: When We Collided.
   ISBN 978-85-5534-059-8

   1. Ficção juvenil 2. Romance norte-americano I. Título.

17-11185   CDD-813

Índice para catálogo sistemático:
1. Ficção : Literatura norte-americana 813

[2018]
Todos os direitos desta edição reservados à
EDITORA SCHWARCZ S.A.
Rua Bandeira Paulista, 702, cj. 32
04532-002 — São Paulo — SP
Telefone: (11) 3707-3500
www.seguinte.com.br
contato@seguinte.com.br

/editoraseguinte
@editoraseguinte
Editora Seguinte
editoraseguinte
editoraseguinteoficial

Para minha família, que continua navegando

1
VIVI

Eu sabia que estava apaixonada por Verona Cove desde o primeiro dia, mas esperei até o sétimo para me comprometer. Depois de uma semana aqui, estou entalhando meu nome numa árvore bem no meio da cidade. Forçar um canivete contra uma casca velha é bem mais difícil do que você poderia imaginar. Levei horas para entalhar catorze letras, ou pelo menos foi o que pareceu. Felizmente, ninguém patrulha o parque Irving — ou qualquer outro lugar, na verdade — antes do nascer do sol. Tenho quase certeza de que o pior crime que já aconteceu em Verona Cove foi alguém derrubando um guardanapo no chão. Aposto que a pessoa tentou pegá-lo, mas o vento o levou e o transformou em lixo.

Além disso, eu até gostaria de ser flagrada — o que é óbvio, já que estou me entregando nas linhas irregulares que

7

ficarão para sempre em uma árvore mais velha que os três mil e cinquenta e um habitantes dessa cidade: *Vivi esteve aqui.*

Quando termino, passo a mão pelo meu trabalho, porque, tudo bem, posso ter vandalizado a natureza, mas esse é um crime passional. Sei que o parque não se importa. Amo este lugar, e acho que até a grama bem cortada e os bancos com dedicatórias podem perceber isso.

Caminho para fora do parque, só agora percebo que estou atrasada. O sol da manhã já ultrapassou a linha do horizonte, formando uma espécie de renda na calçada com as sombras das folhas. Flores desabrocham em cada centímetro da cidade — rosas fúcsias se arrastando por treliças, sinos-dourados ardendo como fogos de artifício. Enquanto caminho, as árvores se despem sobre mim, derrubando pétalas de um cor-de-rosa pálido, como num show burlesco.

É por isso que quero ficar aqui para sempre, não só durante o verão. Por enquanto estou apostando no argumento de que Verona Cove faz o Havaí parecer um monte de lixo flutuante para convencer minha mãe. Quer dizer, tecnicamente falando, nem conheço o Havaí, mas já vi fotos. E Verona Cove é uma dessas cidadezinhas que você esperaria encontrar no litoral de Massachusetts ou da Carolina do Norte, mas que fica escondida em um pequeno entalhe na costa curva da Califórnia. Já morei em várias cidades, então pode acreditar quando digo que Verona Cove não é como as outras. É uma mistura de Mayberry com floresta tropical e Shangri-La. Cada detalhe é tão perfeito que parece um cenário de filme. Quero passar as mãos pelas telhas pintadas, pelas caixas de correio antigas, pelos postes de luz que mais parecem uma sequência de luas brancas. Tudo sempre está limpo, mas não de um jeito antigo. É como se cada centímetro daqui estivesse vivo e fosse amado.

O centro comercial tem três metros quadrados, cortados pela avenida principal. Toda manhã, passo por um restaurante bonito com parede de tijolinhos, uma loja de ferramentas e uma livraria. Mas meu destino é um estabelecimento cuja placa tem um sanduíche desenhado e o nome LANCHONETE DA BETTY escrito em giz com uma caligrafia bonita. Abaixo, em letras maiúsculas cor-de-rosa, vem: MELHOR CAFÉ DA MANHÃ SEGUNDO O *DAILY GAZETTE*, seguido do cardápio matinal e do almoço. O Café Cove expõe um certificado parecido na vitrine: MELHOR CAFÉ SEGUNDO O *DAILY GAZETTE*. Só tem um estabelecimento de cada tipo em Verona Cove — uma farmácia, um mercado, uma papelaria —, então automaticamente todos são os melhores, mas adoro como se dão ao trabalho de honrar cada contribuição.

O sino toca quando entro. Sinto o cheiro de panqueca, café e salsicha. Venho aqui todos os dias às sete, já que a animação de estar em uma nova cidade tem me tirado da cama cedo e nenhum outro lugar está aberto a essa hora.

Como cheguei um pouco mais tarde, o lugar já está lotado de velhinhos — cabeças com cabelos brancos pairando como nuvens sobre os bancos de vinil azul-piscina.

A própria Betty está no caixa, apertando botões da máquina registradora.

— Oi, docinho. Um segundo.

Acho que ela tem dados com palavras como "fofa", "querida" e "docinho" dentro da cabeça. A cada cliente que entra, Betty joga um ou dois dados e chega a uma palavra ou expressão: *minha linda, coisa fofa, meu bem*. Gosto de ouvir quem eu sou a cada dia. É como pegar um biscoito da sorte no meu restaurante chinês favorito: não vou até lá para isso, mas torna a experiência ainda melhor.

Betty deixa o balcão e atravessa a lanchonete lotada.

— Talvez demore um minutinho para liberar uma mesa. Mas já achei um lugar, com um senhor usando uma malha fina.

— Tudo bem, posso sentar com o policial Hayashi.

Ela me encara como se eu tivesse acabado de dizer "Vou domar um tigre e deixar que ele me sirva panquecas na boca".

— Ah, querida, ele prefere ficar sozinho pela manhã. E pelo resto do dia também.

— Não tem problema.

Sorrio porque sei algo que Betty não sabe: o policial Hayashi é um cara legal.

Na minha terceira manhã na cidade, quando estava a caminho da lanchonete, vi um pastor-alemão — com as orelhas levantadas e o focinho pronunciado — sentado na traseira de um carro de polícia.

— Por que será que te prenderam, hein? — perguntei pelo vidro aberto. O cachorro me olhou, todo orgulhoso de si, procurando manter a postura estoica que seu trabalho exigia.

— Não pode ser tentativa de agressão ou coisa do tipo, você é bonzinho demais pra isso, dá pra ver. Tráfico? Não, não faz muito seu tipo. Já sei! Aposto que roubo. O que foi? Uma pizza inteira da mesa? Um bolo de aniversário de uma criança? Você tem cara de quem gosta de doce.

O rabo comprido dele balançava sobre o assento.

— Asinhas de frango com molho — disse uma voz baixa atrás de mim. — É a fraqueza dela.

Uma cachorra. Me senti idiota por ter imaginado o contrário. E, claro, ela estava balançando o rabo diante da visão do parceiro — um homem de cabelo branco vestindo o uniforme azul-marinho da polícia. Quando ele se aproximou, li o nome no distintivo prateado: Hayashi.

— Mas não foi presa. *Ainda*.

Ele tomou um gole do café que segurava.

— Ah, sei que ela está trabalhando — eu disse. — Só estava brincando. Não deu pra resistir. Sou louca por cachorros, e ela é maravilhosa. Dá pra ver.

— É, Babs é uma boa garota.

— Babs? — perguntei, animada. Que nome para uma cadela policial! Todos os machos de pastor-alemão que eu conhecia chamavam Rex, Maverick ou Ace.

— Kubaba, na verdade.

Era ainda mais ridículo, mas fiz um esforço para não mostrar reação.

— Muito prazer, Kubaba — eu disse à cachorra, então estendi a mão para seu parceiro. — Meu nome é Vivi, aliás.

Ele a apertou.

—Você é uma cidadã obediente à lei?

— Nunca fui presa. — Abri um sorriso tímido antes de repetir a fala dele sobre Babs. — *Ainda*.

11

O negócio é que, mais tarde, fui para casa e procurei pelo nome Kubaba. E agora entendo o policial Hayashi o bastante para saber que ele vai ser legal comigo.

— Oi! — digo, me aproximando de sua mesa. Ele está concentrado, fazendo palavras-cruzadas com caneta azul. — Lembra de mim? Sou a Vivi, a garota que acusou sua cachorra de ser uma fora da lei.

Ele se vira para mim, me estudando como se eu estivesse tentando enganá-lo.

— Lembro.

— Kubaba — digo. — A única mulher a reinar sobre a Suméria.

Um sorriso surgiu em seu rosto.

— Então você pesquisou.

Em um mundo de pastores-alemães treinados para rasgar gargantas de criminosos, ele havia nomeado sua rainha pelo que era: uma igual.

— Posso sentar com você?

O policial observa ao redor, procurando outro lugar vago para me despachar. Continuo sorrindo, simpática, esperando que ele ceda. Cedo ou tarde, todo mundo cede. Ele volta a me encarar.

— Claro. Se disser as palavrinhas mágicas.

Humpf. Não importa quão educada você seja, os mais velhos sempre querem ouvir um "por favor". Mas eu apenas sento à frente dele e largo a bolsa no chão ao meu lado.

E o bom policial não sabe o que fazer comigo.

—Tem certeza de que nunca foi presa? — ele pergunta. — Você parece bem esse tipo. Não liga para convenções sociais.

Levo a mão ao peito, fingindo estar chocada.

— De jeito nenhum!

Pressiono os lábios, segurando um sorriso. Mesmo se eu fosse pega entalhando a árvore, Hayashi tem coração mole. Quando ele volta às palavras-cruzadas, abro meu caderno na página em que estava trabalhando ontem à noite. Minha palavra-inspiração está rabiscada no topo, me provocando. Para representar *wabi-sabi*, tinha pensado em desenhar um vestido de festa rosa, de seda crua desfiada na barra. Mas me deixei levar, e agora é uma garota usando ramos de flores de cerejeira, as pétalas cor-de-rosa voando como se ela girasse.

Recomeço na página ao lado, lançando olhares ocasionais a meu companheiro de mesa. Quando não sabe uma resposta, Hayashi morde a tampa da caneta e franze a testa, como se tentasse intimidar o jornal para lhe dar a resposta.

— E aí, querida? — Betty diz, servindo café na minha xícara. Tomo porque o gosto me agrada, já que cafeína é a última coisa de que preciso. Faço a maior parte das coisas na vida pelo prazer, não pela necessidade. — Vai querer waffles?

Na minha primeira manhã aqui, pedi o primeiro item do cardápio — omelete clássico —, então decidi experimentar tudo, seguindo a ordem. Já passei por todos os omeletes.

— Sim, por favor! Deve ser maravilhoso!

— Aqui está, Pete. — Ela deixa um prato na frente do policial. Ovos com bacon e torradas. *Hum.* Ainda não cheguei a essa coluna do cardápio.

— Então. — Hayashi pega o garfo. — Qual é a desse visual Marilyn Monroe?

Toco meus cachinhos.

— Não é um visual Marilyn Monroe. É um visual *Vivi*.

Ele revira a comida, sem prestar muita atenção.

— Certo.

Sério, por que uma garota não pode fazer algo só por fazer? Engordei um pouco nos últimos meses, as curvas são algo novo para mim. Então pensei: *Por que não pintar o cabelo de loiro platinado e cortar chanel?* Foi o que fiz, e fiz também um permanente em casa para deixá-lo cacheado. A verdade é que não sei nada sobre a Marilyn. Mas ela estava certa sobre aquele cabelo curto e enrolado. Gosto dos cachinhos. Fica divertido, leve, e parece que estou pronta para dançar com as criaturas da floresta caso me convidem. E, como já estava com o cabelo igual ao da Marilyn, achei que não faria mal passar batom e esmalte vermelhos.

Li que os animais podem usar cores para se misturar aos outros, se proteger ou enviar sinais a um predador ou possível parceiro sexual. Rá! Talvez meu cabelo platinado, meus lábios vermelhos e minhas bochechas rosadas sirvam para tudo isso. Ou talvez eu só ache legal.

Quando os waffles chegam, deixo o caderno de lado e mando ver. E *nossa*! É o paraíso do carboidrato: dourado, amanteigado e coberto de açúcar.

Hayashi aproveita para espiar meu caderno. Ele usa um pedaço de torrada para pegar a gema dos ovos que sobrou.

— *Wabi-sabi*. Você sabe o que significa?

— Até onde sei — digo, tentando soar acadêmica —, é intraduzível. *Wabi* pode ser rústico, cru, fugaz. *Sabi* é... desbotado. Ou desbotando. Velho. Juntos, acho que significam algo como ver beleza na simplicidade e na natureza. Em momentos passageiros e até nos decadentes.

Ele termina de tomar o café.

— Onde aprendeu isso?

— Com uma amiga. — Ainda posso chamar Ruby de amiga? Sua imagem invade minha mente, seu batom pink, seu cabelo preto com franja. Estou cansada de sentir falta dela e de toda a sua família. — A mãe dela fez uma exposição multimídia enorme ano passado. Misturava a estética japonesa com que cresceu e a estética ocidental que estudou na faculdade.

Antes que ele possa dizer alguma coisa, suspiro, apontando para o vestido de flores de cerejeira.

— Estou tentando traduzir o conceito em uma roupa, mas não sei se consigo aplicar meu estilo pessoal nisso. Gosto de moda inventiva, corajosa. Tenho a impressão de que, quando finalmente for para o Japão, vou curtir um estilo mais urbano. Você já foi pra lá?

— Não. Mas... — Ele hesita, enquanto pega o dinheiro na carteira. — Sempre quis conhecer o Kinkaku-ji.

— O Templo do Pavilhão Dourado?

Ele assente.

— Minha mãe sempre falava dele.

— E por que nunca foi?

— Ah, sabe como é. É a vida.

Depois disso, ele enfiou um boné gasto na cabeça e foi embora sem dizer mais nada.

Também preciso ir em breve, porque tenho uma última parada na minha rotina matinal antes de ir para o trabalho.

Verona Cove está acima do nível do mar. Se você anda na direção oeste por qualquer rua da cidade, acaba chegando nas falésias. Algumas delas dão diretamente no mar, mas outras encontram a areia. Acho que imaginava a costa da Califórnia cheia de surfistas e com uma sequência de guarda-sóis coloridos. Mas é muito silencioso, exceto pelo barulho das águas e dos pássaros. Encaro o penhasco com a névoa sobre o oceano à minha frente e, mesmo depois de uma semana, fico impressionada. A natureza faz com que os melhores arquitetos, designers e artistas pareçam amadores. Tenho muita sorte de ser testemunha do céu azul, da espuma das ondas e da terra íngreme sob meus pés.

Já previa os pássaros que se aproximam de mim, por isso trouxe migalhas dos waffles do café da manhã. Eles se deleitam enquanto procuro pelo motivo da minha vinda na minha bolsa. Carrego dois frascos laranjas comigo, e preciso descobrir qual é o certo.

As pílulas são macias ao toque. Pego uma na mão e a aperto, porque aprendi que devemos nos mostrar fortes frente ao pequeno peso de uma pílula. Estendo o braço para a frente e a solto.

O remédio mergulha no precipício, e eu imagino o mais fraco *plim* quando cai no mar. Talvez um peixe o encontre e o engula com um monte de água. Se estiver passando por uma montanha-russa emocional, vai até se sentir melhor. De nada, cara.

Dou as costas para o Pacífico e começo a caminhar para a loja de cerâmica. Não consigo pensar em um trabalho de férias melhor. Não preciso usar uniforme e posso assistir outra pessoa fazendo sua arte, o que me dá certo prazer voyeurístico, esse vislumbre em uma alma desnudada. É mágico, garanto. Mágico.

Tive sorte de conseguir o emprego. No meu segundo dia em Verona Cove, sentei no banco do lado de fora, esperando me distrair por um tempo quando a loja abrisse. Quando a dona apareceu — uma hora depois do horário previsto —, eu já tinha trabalhado bastante nos meus desenhos de vestidos. Whitney tem a melhor energia e os cachos mais bonitos que já vi — milhares deles, bem enroladinhos. Eu não conseguia parar de olhar para o cabelo dela e pensar que Deus devia ter criado aqueles cachinhos com um babyliss. Ela pediu mil desculpas, dizendo que tinha ficado até tarde trabalhando nas cerâmicas e acabou perdendo a hora.

Ficamos ali por uma hora, eu pintando uma tigela para minha mãe e Whitney organizando as tintas seguindo a ordem das cores do arco-íris. Ela não parava de se desculpar, mas expliquei que não havia necessidade, porque o sono e eu não nos dávamos muito bem de qualquer jeito. Whitney brincou que talvez eu devesse trabalhar na loja pela manhã para que ela pudesse dormir até mais tarde sossegada. "Na verdade", eu disse, "estou procurando um emprego." Então ela parou de rir e perguntou se eu estava falando sério, avisando que só podia pagar um salário mínimo. E você deve imaginar qual foi a minha resposta, porque aqui estou eu, procurando pela chave da loja na bolsa.

Quando entro na High Street, vejo que uma menininha de tênis cor-de-rosa e um garoto de cabelo escuro, provavelmente da minha idade, estão sentados no banco em frente à loja. Mesmo à distância, posso dizer que o visual do garoto não é uma questão de estilo, mas de falta de corte de cabelo — meio emaranhado, começando a encaracolar. É um cabelo incrível, e gostaria que o meu fosse igual, porque eu nunca ia cortá-lo, tingi-lo ou fazer qualquer coisa para mudá-lo.

À medida que me aproximo, vejo que a menininha balança as pernas enquanto conversam. Ele deve ter dezessete ou dezoito anos, portanto é jovem demais para ser pai dela, mas quase passa a impressão de que *poderia* ser pai de alguém. Talvez por causa das olheiras. Ou por causa da calça cáqui e da camiseta azul-marinho com um bolso do lado esquerdo. Não é uma roupa descolada ou brega, só é prática. Tudo nele indica que é ocupado demais para perceber como é bonitinho.

— Bom dia! — digo.

Os dois me encaram como se eu fosse um personagem de desenho animado ganhando vida.

— Oi.

O garoto levanta de repente, e a menininha o imita.

— Vieram pintar?

— Isso — ele diz, e ela balança a cabeça em concordância.

— Bom, podem entrar.

Faço sinal com uma mão enquanto ainda procuro a chave

com a outra e dou meu melhor sorriso para incentivá-los a falar. Não gosto de silêncio; simplesmente não combina comigo. Prefiro falar sozinha a rastejar pelas trincheiras de um vazio desconfortável. Como não sei o que mais posso dizer, minha mente se volta às atividades matutinas e à companhia do café da manhã.

—Vocês moram aqui ou estão só passando as férias?

Seguro a porta aberta para que os dois possam entrar.

Ele pigarreia.

— Moramos aqui.

— Ah, que demais. — A porta se fecha atrás de nós. Guardo a bolsa no balcão. — Sabem se a polícia daqui é rígida? Tipo, com quem tem ficha limpa. Talvez alguém que, bom, tenha se expressado de forma não autorizada numa árvore. Estou perguntando pra uma amiga, claro.

2

JONAH

Vou matar meu despertador qualquer dia desses. Não uso o do celular porque ia acabar atirando o aparelho pela janela. Toda manhã, quando o despertador toca, flambo aquela porcaria mentalmente. Em uma panela gigante. E dou risada enquanto o despertador derrete. Nas raras manhãs em que me sinto mais disposto, fantasio um imponente funeral viking para ele. Que logo começa a berrar de novo.

Meus pés se arrastam escada abaixo. Preciso. De. Café. Depois vou tomar banho, botar a roupa para lavar, tirar a louça da máquina e ir para o trabalho. Só que antes de poder fazer qualquer uma dessas coisas, sou recebido por alguém pulando na cozinha.

— Jonah! É hoje, é hoje, é hoje!

Os pés de Leah atingem o chão de linóleo a cada sílaba. Ela já está vestida com seus tênis cor-de-rosa. Eu tinha onze anos quando Leah nasceu, e às vezes não consigo acreditar que já consegue amarrar os próprios cadarços.

— O que tem hoje?

O sorriso dela desaparece.

—Vou pintar na loja de cerâmica. Fiz todas as minhas tarefas. Você prometeu.

Merda. Prometi mesmo.

Leah cruza os braços.

— Na semana passada, quarta ou quinta, sei lá, você disse que ia me levar na *segunda*. E hoje é segunda. O dia de ir.

—Verdade.

Não estou acordado o suficiente para conseguir escapar. Tenho que estar no restaurante às onze, e meus irmãos mais velhos já estão no trabalho. Mas não quero ter que levar os mais novos à loja de cerâmica. Sei que óleo e água não se misturam, mas Bekah e Isaac são óleo e frigideira quente. Deixe os dois juntos e terá chiados, respingos e até queimaduras. Ontem de manhã, os dois começaram uma competição de gritos para decidir quem ia ver TV na poltrona reclinável. Bekah jogou uma almofada na cabeça de Isaac, mas acertou um vaso, que quebrou. Deixei os dois de castigo. Não sei bem o que isso significa para crianças de oito e onze anos, mas pareceu a coisa certa na hora.

— Então nós vamos? — Leah perguntou.

—Vamos.

— Eba, eba, eba!

Pego uma caneca do armário e viro para Leah.

— Quer mingau?

— Queria torrada com manteiga de amendoim, mas Bekah não quis torrar o pão pra mim.

— Que tal mingau com banana e manteiga de amendoim?

Ela faz uma careta.

— Tudo bem. Torrada. — Pego o pão e coloco na torradeira. Dou uma banana para Leah e uma faca sem ponta. Ela pega a faca com a mão direita e a banana com a esquerda e, do jeito que ensinei, esconde a ponta dos dedos para cortar. Do mesmo jeito que meu pai me ensinou, na cozinha do restaurante. Ele também me mostrou o que aconteceria se eu *não* usasse essa técnica para me proteger da lâmina. A demonstração envolveu ketchup como sangue falso e uma interpretação dramática. Eu tinha nove anos. Foi incrível.

Quando o pão pula da torradeira, eu o coloco num prato e entrego a Leah. Ela passa a manteiga de amendoim e diz, sorrindo:

— Vou pintar uma caneca pra mamãe.

— Boa ideia.

Sirvo café para mim. Isaac entra na cozinha, um livro escondendo seu rosto. Ele tem esse talento. Na verdade, ele anda melhor lendo que uma pessoa sem fazer nada mais. Ele para no farol, sobe escadas, desvia das outras pessoas. É perturbador. Isaac vira para a gente e vejo a porta da geladeira refletida em seus óculos.

— Vamos na loja de cerâmica?

— *Nós* vamos — confirmo.

— Eba, eba, eba! — Leah diz.

— Legal! Também vou.

— Não. Você está de castigo. E dá uma olhada no quadro de tarefas. Quem fez tudo o que devia essa semana?

Isaac olha para o quadro, procurando algum argumento.

— Bom... só a Leah. Mas não é justo! Ela tem as tarefas mais fáceis porque é a mais nova. Qualquer um pode dobrar a roupa e arrumar a mesa.

Leah franze a testa. Me esforço para não beliscar Isaac.

— Ela só tem *cinco anos*. Faz tudo o que pode, e nunca preciso pedir mais de uma vez.

Ninguém reclamava quando minha mãe cuidava do quadro de tarefas, que é uma tabela com os nomes de nós seis alinhados à esquerda. Ela sempre cuidou do calendário de atividades e eventos da nossa família de oito pessoas. Assinava dispensas. Fazia waffles todas as segundas de manhã para deixar o começo da semana mais gostoso. Tirava a decoração de Natal no 31 de dezembro. Mas isso era antes de nos tornarmos uma família de sete pessoas.

Meu pai era um cara exagerado em todos os sentidos: altura, volume, personalidade. Agora olho para as fotos da família e a imagem parece desequilibrada quando penso que ele não está mais aqui. E sei que nós também parecemos.

Ele costumava brincar que esqueceria a própria cabeça se minha mãe não a costurasse sobre seu pescoço toda manhã. Eu era novo e nunca tinha ouvido esse tipo de brincadeira. Então observava atentamente o colarinho dele. Queria ver os zigue-zagues de Frankenstein ali. Agora ele morreu, e ficou claro que minha mãe tampouco funciona sozinha. Ela passa a maior parte do tempo na cama. Às vezes me pergunto se

23

fica sussurrando para o próprio coração: *bate, bate, bate*. Para os próprios pulmões: *entra ar, sai ar, entra ar, sai ar*. Como se apenas existir exigisse todo o seu tempo e energia.

Enquanto subo a escada, ouço Bekah me chamar do quarto que divide com Leah. Ela está de joelho, procurando alguma coisa na última gaveta da cômoda.

— Você viu meu short azul-escuro?

— Não. Ah, calma. Acho que está lavando.

— Afe. — Grunhidos representam pelo menos metade das interações entre mim e Bekah. Ela tem onze anos, que não me lembro de ser nem de perto tão difícil quanto minha irmã faz parecer. — Queria usar hoje.

— Então lave sua própria roupa.

Bekah caminha até o guarda-roupa batendo os pés e solta outro grunhido. Tomo um gole de café. É em momentos assim que saboreio a amargura.

— Qual é o problema? — Silas me pergunta quando ligo para ele. Meu irmão mais velho trabalha como gerente no Café Cove. Posso ouvir os ruídos familiares ao fundo: o zumbido da máquina que faz espuma no leite e as vozes agitadas.

— Alguma chance de você sair mais cedo hoje?

— Quê? Peguei o primeiro horário pra conseguir chegar em casa a tempo de você ir pro restaurante no turno do almoço.

— Eu sei. Mas esqueci que tenho que sair com Leah.

— Não pode levar Bekah e Isaac também?

Posso, claro. Mas provavelmente acabaria deixando os dois

na calçada, como móveis antigos ou um sofá mofado com uma placa GRÁTIS, SÓ LEVAR.

— Eles estão de castigo.

Silas faz uma pausa. O silêncio comunica palavras que já trocamos muitas vezes. *E se Isaac decidir fazer um experimento científico? E se Bekah for encontrar os amigos na piscina sem contar pra ninguém? Mamãe saberia? Talvez isso a fizesse despertar. Ou talvez ela nem ligasse.* Deixar os dois em casa podia ser o mesmo que deixá-los sozinhos. Mas Bekah tem onze anos.

— Fala pra mamãe que eles vão ficar. Não tem problema.

O telefone fica mudo, e temo pelo meu próximo passo. Não sei quando foi que comecei a me sentir como o diretor de um internato decadente.

Fico do lado de fora da porta entreaberta por um momento antes de abri-la. Desde que meu pai morreu, minha mãe tem passado muito mais tempo atrás dessa porta. Nos dias bons, sei que é uma questão de tempo até que acorde. Nos dias ruins, acho que estou assistindo a sua morte em câmera lenta.

— Mãe?

Ela vira a cabeça na minha direção e dá um sorriso chocho. Nunca vou superar como a reclusão empalideceu seu rosto. Suas bochechas costumavam ficar rosadas quando ria. Quando corria no jardim com Leah e Isaac.

— Oi, querido.

— Oi. — Eu me aproximo, mas não o bastante para sentar na cama. — Prometi a Leah que ia com ela até a loja de cerâmica. Silas vai trabalhar até as dez, então Isaac e Bekah vão ficar sozinhos com você por uma ou duas horas.

—Tudo bem. — Ela vira de frente para mim. — Desculpa não ter acordado pra fazer o café. Estou tão cansada hoje. Hoje e todos os dias nos últimos seis meses. Embora acorde para ir à igreja quase todo domingo. As desculpas são um fingimento. Assim como as perguntas. *Você se importa de fazer o lanche dos seus irmãos? Pode levar Bekah ao futebol?* Minha mãe sempre pergunta, e sempre agradece. Eu faria de qualquer jeito. Ela sabe disso.

— Sem problemas, mãe.

Não adianta fazer com que se sinta culpada. Ela não pode se obrigar a melhorar. *Eu* não posso obrigá-la a melhorar. Ninguém pode. Tudo o que podemos fazer é não piorar as coisas.

— Obrigada, querido. — *Seu sorriso é quase real*, penso. — O que eu faria sem você? — ela conclui.

Eu realmente não sei. Em toda a suposta gratidão, minha mãe deve saber que estamos fazendo o trabalho dela. Nós três, os mais velhos, tentamos compensar pelos dois pais perdidos todo dia. Talvez eu até tentasse sacudir minha mãe para que voltasse à realidade se não achasse que ela quebraria.

Visto as mesmas roupas que usei ontem e dou uma olhada no espelho do corredor. Cara, quando meu cabelo ficou desse jeito? Acho que não deveria estar surpreso. A última vez que cortei foi quando Candice Michaels me tirou da rua e levou até o salão dela. Um verdadeiro cachorro sem dono.

— Se comportem enquanto eu não estiver; estou falando *sério*. Se descobrir que brigaram, vou voltar da loja de cerâmicas e jogar todos os seus esmaltes — digo para Bekah — e todos os seus livros — digo para Isaac — no forno.

Bekah revira os olhos. Isaac nem desvia o olhar do livro. Consigo ver de canto de olho que Leah faz uma dancinha. Não consegue conter a empolgação. Precisa ficar girando pela sala.

Temos uma van, mas só usamos para sair da cidade — quando vamos ao shopping comprar roupas para o novo ano letivo ou ver um filme em um cinema maior e mais moderno que o de Verona Cove. Minha irmã mais velha, Naomi, usa a van quase todos os dias para ir ao estágio. Ninguém se importa, porque dá pra fazer quase tudo a pé por aqui.

Leah pula duas vezes a cada passo que dou. Passamos pela sra. Albrecht e por Edgar, um poodle que parece tanto com ela que me pergunto se não são parentes.

— Oi, crianças — ela cumprimenta.

Acenamos, e Leah faz carinho na cabeça de Edgar. Um casal vestindo roupas de quem faz Exercício de Verdade passa à nossa esquerda e nos ignora. Existem dois tipos de pessoas em Verona Cove: os locais e os turistas. Leah e eu somos da terceira geração de locais.

Não estou dizendo que há uma guerra entre as pessoas. Seria exagero. Os locais precisam dos turistas — e até gostam deles. E os turistas *aaaaamam* Verona Cove. É assim que falam. Mas os locais amam a cidade como amam o ar. Não precisamos falar ou pensar sobre isso. Está em nossos pulmões. É a nossa essência.

Leah e eu paramos no Café Cove — eu, para mais café; ela, para ver Silas em ação.

— Oi — ele diz, me entregando um copo de café puro.

— Deu tudo certo?

— Deixei os dois. Vai ser só por uma ou duas horas. Vamos ver o que rola.

— Não estou enxergando nada! — Leah reclama, então a levanto. Minha irmã adora bastidores. Silas coloca chantili numa bebida e acrescenta calda de chocolate. Leah bate palmas, entusiasmada. Já faz um tempo que ele trabalha aqui, mas ela não cansa. É seu irmão que está do outro lado do balcão. Silas sorri e desliza um copo pequeno até ela. Chocolate quente. Leah solta um gritinho de alegria, mas Silas leva um dedo aos lábios e pisca. Ela o imita com certo exagero, mantendo o olho fechado por tempo demais.

Os psicólogos provavelmente diriam que a mimamos por ser a mais nova. Mas a verdade é que ela é fofa demais.

No caminho para a loja de cerâmica, bebo todo o café e Leah aproveita seu chocolate quente. Sentamos no banco de madeira do lado de fora da loja e falamos sobre o que queremos fazer durante as férias. Quero aperfeiçoar meu molho *beurre blanc* e correr na praia, para não morrer de ataque cardíaco como meu pai. Mas não falo isso para Leah. Digo que quero experimentar novas receitas e ganhar velocidade. Ela quer ir bastante à biblioteca, ver aquela animação sobre patos e construir um castelo de areia maior que o do ano passado. Estamos planejando isso quando pressinto alguém chegando do nosso lado direito.

— Bom dia!

A garota que nos observa tem cabelo loiro quase branco e lábios cor de cereja. Não parece com ninguém da escola. Ou com qualquer pessoa que eu tenha visto na vida real. E tem um olhar... feliz. Não hesita em parecer animada na nossa frente.

— Oi.

Quase tropeço ao levantar.

—Vieram pintar?

A garota indica a loja com a cabeça. Ao meu lado, Leah assente, e eu continuo verborrágico:

— Isso.

— Bom, podem entrar — ela diz, fazendo um gesto e sorrindo.

Enquanto esperamos que abra a porta, lanço um olhar para Leah. Sinto que deveríamos conhecer essa garota, afinal, ela *trabalha* aqui. Deve morar na cidade. Mas minha irmã está ocupada demais mantendo os olhos fixos nela.

—Vocês moram aqui ou estão só passando as férias?

Ela segura a porta aberta, e nós dois entramos na loja.

— Moramos aqui.

— Ah, que demais — ela diz, batendo as mãos enquanto a porta fecha atrás de si, depois guarda a bolsa. — Sabem se a polícia daqui é rígida? Tipo, com quem tem ficha limpa. Talvez alguém que, bom, tenha se expressado de forma não autorizada numa árvore. Estou perguntando pra uma amiga, claro.

Abro a boca para falar, embora não saiba o quê. A garota só ri e incentiva Leah a seguir em frente.

— Olha só pra mim, adiantando tudo! Uma coisa de cada vez! Vamos pintar! Vem aqui. Você é a sortuda do dia. Como prêmio por ter acordado cedo, pode escolher o lugar que quiser. Adoro receber gente logo cedo. Bom, é claro que não me importo de ficar sozinha também. Sou uma ótima companhia.

Ela continua falando enquanto Leah escolhe a única mesa banhada pelo sol. Eu a sigo, observando a bela garota entrar numa sala nos fundos. Ela parece uma torta de limão. Iluminada, doce e pungente. Quando volta, passa um aventalzinho rosa pelo pescoço da minha irmã e abaixa para amarrá-lo na sua cintura.

— Então, qual é o seu nome?

Leah olha para mim. Ela sempre faz isso, pede permissão com o olhar. Assinto. Sempre assinto para ela. Não precisa da minha permissão para falar com os outros. Quando minha irmã continua em silêncio, a garota também assente.

— Você faz bem em não falar com estranhos. Eu não era nada boa nisso quando criança. Bom, ainda sou péssima, mas depois que você arruma um emprego começam a chamar isso de atendimento ao cliente.

Seus lábios vermelhos se movem depressa, abrindo e fechando para formar cada sílaba. Ela estica a mão para Leah.

— Meu nome é Vivi. Tenho dezesseis anos, quase dezessete, e vou passar o verão aqui, numa casa em Los Flores. Minha cor favorita é azul, amo cachorros e sorvete, e às vezes dou tanta risada que *quase* faço xixi na calça.

Leah contrai os lábios, segurando um sorriso. Vivi parece feliz consigo mesma.

— Pronto, não sou mais uma estranha. Você já sabe um monte de coisas sobre mim, inclusive uma vergonhosa. Mas não precisa me dizer seu nome se não quiser.

— É Leah.

Ela dá um aperto rápido na mão de Vivi, que nem conta como cumprimento.

— Oi, Leah. Muito prazer. E você, fofo? — Ela vira a cabeça para mim, e alguns cachos balançam e voltam ao lugar. Vivi acaba de me chamar de "fofo"? A única pessoa que me chama assim é Betty. Ela tem sessenta e poucos anos e me conhece desde que nasci. — Ou também não conversa com estranhos?

— Jonah — digo, engrossando a voz para provar que sou um *cara*, e não um *fofo*.

A risada dela soa como um mensageiro do vento. Não sei o que foi tão engraçado. Vivi fica na ponta dos pés para vestir um avental em mim.

— Não vou pintar. Só estou acompanhando minha irmã.

— Não seja ridículo, Jonah — ela diz, então vai para trás de mim e amarra o avental na minha cintura, como fez com Leah. Não me incomodo. Ela olha para mim, sorrindo, depois para Leah. — As tintas esperam por você. Pode se soltar. Temos oitenta e seis cores, e tenho certeza de que você consegue usar pelo menos metade delas. Quanto mais, melhor!

Leah pega tantos potes de tinta quanto suas mãozinhas conseguem e escolhe duas canecas. Pelo jeito, também vou pintar uma. Mergulho um pincel em tinta azul-escura. Leah se debruça sobre sua caneca, comprometida com o trabalho. Passo o pincel largo para um lado e para o outro da cerâmica, metodicamente. Quando Vivi volta, deixa um rolo de papel-toalha e um pote de água limpa sobre a mesa. Então senta na cadeira ao lado da minha. Tomo a iniciativa de dizer alguma coisa pela primeira vez. Talvez assim pareça menos idiota.

— O que está achando de Verona Cove?

— Bom, estou basicamente apaixonada. Esperava casas de praia enormes e hotéis arranha-céu, mas é tão reconfortante que nada aqui pareça ostensivo, exagerado ou genérico. Todas essas casinhas e pousadas... São uma graça.

Balanço a cabeça, mantendo os olhos na caneca. Continuo cobrindo a porcelana de pinceladas azuis.

— É, a lei de zoneamento não permite casas com mais de duzentos e cinquenta metros quadrados. Nem hotéis, só pousadas.

Ela pisca diante do meu comentário. Cara, sou um imbecil. É inacreditável. A garota deve falar três idiomas. Deve ter um namorado descolado e mais velho, ou deve ter gravado um EP de rock acústico. Provavelmente as duas coisas. E eu falo sobre *leis de zoneamento?*

— Que incrível. — Vivi pisca devagar. Seus cílios parecem tão escuros, pairando sobre seus olhos azuis. Espera aí, ela disse "incrível"? Sem ironia? — Estou superinteressada na história de Verona Cove. É totalmente diferente de todos os lugares em que já estive. Quero saber por que é assim e não de qualquer outro jeito, entende?

Quero dizer "sim". Quero dizer pra essa garota linda: "Sim, eu sei. Compreendo você completamente. Somos almas gêmeas". Em vez disso, dou de ombros, porque, como comentei, sou um imbecil.

— Morei aqui a vida inteira.

— Bom, pode acreditar no que digo: você tem sorte. Tipo, é como se tivesse ganhado o prêmio acumulado da loteria. Poucas pessoas têm a chance de passar a infância num lugar tão lindo. Ou tão pequeno e acolhedor, onde você diz seu nome pras pessoas e elas não esquecem.

Minha nossa, onde essa garota mora para alguém conseguir se esquecer dela? Nova York, de certo.

— De onde você é?

— Morei em vários lugares. Agora vim de Seattle, que foi onde fiquei por mais tempo. Nasci lá, mudamos para Boulder, mas voltamos depois de um ano. Então fomos para Utah, depois para San Francisco por um tempo, antes de voltar pra Seattle. Passamos uns anos lá. Até vir pra cá.

— Seattle. Chove bastante lá.

Ah, isso está indo muito bem. Eu deveria ganhar o prêmio de Interlocutor do Ano. Vou continuar recitando informações básicas sobre as cidades dos Estados Unidos até que ela queira sair comigo.

Para minha surpresa, Vivi sorri.

— Pois é. Mas às vezes não chove. Ninguém fala isso. A época de chuva é chata, mas quando faz sol é simplesmente lindo.

— E em que casa em Los Flores você está?

— Naquela mais moderna. Richard, o dono, é o maior comprador da minha mãe. Ele foi passar o verão na China e ofereceu o lugar pra gente. Achou que a vista poderia inspirar minha mãe, e estava certo. — Ela se inclinou na minha direção, levando a mão à boca. — Cá entre nós, ele é solteiro, e acho que está a fim dela.

Sinto um toque na minha manga. Olho para a caneca que Leah está segurando para eu aprovar. Cheia de corações tremidos em todas as cores, sobre um fundo verde-água.

— Está ótimo, Leah. A mamãe vai adorar.

Ela sorri, e Vivi entra na conversa.

— Uau! Não sabia que você é uma artista.

Leah franze a sobrancelha.

— Não sou...

— Bom, você é *muito* talentosa. Tem gente bem mais velha que não chega nem perto de pintar bem como você. E entendo dessas coisas, porque minha mãe é uma pintora profissional, então sei quando alguém leva jeito pra coisa. Seu irmão, por exemplo, não leva.

Isso faz Leah rir. Suas bochechas ficam vermelhas de orgulho. Acho que as minhas estão da mesma cor. Abro a boca para explicar minha caneca azul, mas Leah é mais rápida que eu.

— Sua mãe é pintora?

A pergunta me surpreende. Em casa, Leah sempre diz o que passa em sua cabeça, mas, em público, mesmo com os amiguinhos da escola, ela prefere só ouvir.

— Ah, sim. Por isso estamos aqui. Pra que ela possa pintar o sol e o mar.

Leah pensa a respeito.

— Então você não conhece ninguém aqui além da sua mãe?

Vivi dá de ombros.

— Bom, conheci algumas pessoas. Por quê? Tem boas recomendações de amigos pra mim? Ou de coisas legais pra fazer? Lugares bons onde comer?

— Minha casa — Leah diz. — Lá é o melhor lugar pra comer.

— Sua casa? — Vivi pergunta, sorrindo.

Leah assente.

— Jonah, a Vivi pode jantar com a gente hoje?

— Hum... — Olha, eu adoraria jantar com essa garota. Só que não na minha casa, não com minha família maluca. Mas as duas me encaram. Merda, não tenho nenhuma desculpa. Não temos comida? Maior mentira do mundo, só compro em grandes quantidades para economizar. A verdade é brutal demais: minha mãe está afundada na depressão e tenho cinco irmãos disfuncionais. Vivi me encara, e imploro mentalmente a ela: *Por favor, não me faça sentar à mesa da cozinha enquanto você assiste a tudo. Às brigas, à gritante falta de um adulto.* — Claro. Se ela quiser.

Vivi bate palmas e Leah sorri. *Você nunca teria uma chance com ela mesmo*, penso. *Não é como se fosse estragar tudo.* Leah me entregou uma bomba-relógio, e eu aceitei. Agora só me resta esperar que exploda na minha cara.

— O que vamos comer hoje à noite? — Leah pergunta.

— Ainda não decidi. O que você quer?

— Pizza. — Ela vira para Vivi. — É ele quem faz. Você vai amar.

Não vai sair barato, mas tudo bem. Leah levanta para escolher mais uma cor. Quando está longe o bastante, aproximo a cabeça de Vivi.

— Não precisa ir se não quiser. De verdade, ela vai entender.

— É claro que quero ir. — Vivi estreita os olhos como se eu fosse louco. Como se aceitar um convite para jantar de uma menina de cinco anos fosse a coisa mais normal do mundo. — Como falei, acabei de chegar na cidade. Fora que minha mãe não sabe cozinhar, então estou jantando cereal faz uma semana. É gostoso, mas uma comidinha cairia bem. Preciso de mais substância, sabe? A que horas chego?

— Hum... — Devaneio. Calculo quanto tempo vou levar para voltar do trabalho para casa, separar os ingredientes, fazer a massa. E quanto tempo vou demorar para limpar o lugar, convencer meus irmãos a se comportarem como pessoas normais e descobrir como contar a Vivi sobre meus pais. Ou a ausência deles. Umas duas semanas, pelo menos.

— Aqui. — Vivi segura meu punho e puxa meu braço na sua direção. Sinto o toque gelado do pincel. Quando ela termina, tenho dez números em tinta azul na pele. O celular dela vai do meu bíceps, onde termina a manga da camiseta, até a palma da minha mão. — Me manda uma mensagem quando souber.

Saio com Leah depois de menos de uma hora e meia na loja. Nesse meio-tempo, minha irmã fez uma amiga e consegui que uma garota me desse o número de seu celular. Lanço um olhar para Leah.

— Foi esquisito.

Ela assente.

— Mas de um jeito legal.

Agora tenho menos de meio dia para fazer minha vida parecer normal — ou normal o bastante para que uma garota bonita entre na minha casa e não queira sair correndo. Preciso de um plano. E de um corte de cabelo. E talvez de dardos tranquilizadores para meus irmãos.

Leah anda na guia da calçada como se estivesse em uma trave de equilíbrio. Eu a observo por um momento, então pergunto:

— De zero a dez, quão esquisita você acha que nossa família é?

— Cem — ela diz, simplesmente. — Mas esquisita de um jeito legal.

Na maior parte dos dias, sinto que mal posso suportar. Mas se minha irmã mais nova acredita que a vida é boa apesar de não ter pai e de sua mãe parecer mais um fantasma, então vale a pena. *Esquisita de um jeito legal.* Sei que não parece muito, mas é o bastante.

3

VIVI

— Bom dia, Vivi!

Levanto o rosto para ver Whitney entrando na loja. Cachinhos minúsculos — castanhos, levemente vermelhos à luz do sol — emolduram seu rosto. Logo fico com inveja de sua saia marrom-avermelhada que vai até o chão.

— Bom dia!

— Como estão as coisas hoje? — ela pergunta, apoiando uma caixa de tintas novas no balcão.

— Ótimas. Já recebi quinze clientes em, tipo, umas seis horas? Uma pessoa pintou duas peças. Fiz uma amiga. Eeeee...
— Viro para ela e arqueio as sobrancelhas para aumentar a expectativa. — Conheci um garoto.

Whitney lança um olhar para mim com um sorriso.

— *Jura?*

Penso em Jonah, em seu cabelo bagunçado, em seus olhos escuros que parecem uma xícara cheia de café — profundo, quase completamente preto, gostoso, quentinho.

— Juro.

— E eu conheço? Mora aqui ou está de férias?

Whitney esfrega as mãos como se esperasse que eu entregasse logo os detalhes mais interessantes.

— Mora aqui. Chama Jonah.

É fácil transformar seu nome em um leve cantarolar. *Jo-naaaaah.* Amo o som do "o" e o do "ah", e o som nasalado do "n", que exige que minha língua toque o céu da boca. Para pronunciar meu nome, só é preciso usar o lábio inferior e os dentes da frente.

O piercing na sobrancelha de Whitney sobe pelo menos dois centímetros, refletindo a luz da sala.

— Jonah Daniels?

— Não faço ideia. Altura normal, cabelo escuro, uma irmãzinha muito fofa chamada Leah. Tem uma vibe meio distraída e cansada.

— É ele mesmo. — De animada com a novidade, Whitney passa a perplexa. Não sei o que exatamente a deixa assim. Ah, droga, se ele tiver namorada, vai ser um golpe e tanto. Vou superar, claro, mas seria um saco de qualquer jeito. Vou precisar de um tempo para processar, e não sou feita de tempo. Tenho planos. Bons planos. Whitney cruza mais os braços. — Ele te chamou pra sair?

— Bom, tecnicamente não. Leah perguntou se eu não queria jantar na casa deles, e Jonah concordou. E pareceu gostar da ideia. Pode ser que eu só queira pensar assim, mas tenho certeza de que ele não vai se arrepender. — Abro um sorriso vencedor, mas Whitney ainda parece incerta. — Nossa, pela sua cara parece até que ele tem lepra ou algo do tipo. Que foi? Se Jonah for o assassino da machadinha me avisa logo, pra eu decidir se arrisco ir jantar hoje à noite ou não.

— Não, é só que... — Whitney devaneia. — A família dele passou por maus bocados no ano passado. Estamos todos preocupados e...

— Não precisa me contar — digo, interrompendo Whitney. — Na verdade, prefiro nem saber. Não ligo de não estar preparada quando as pessoas contam seus problemas pra mim. Até prefiro que seja assim, porque aí fico sabendo de tudo em primeira mão.

Whitney sorri.

—Você é uma boa garota, Viv.

— Ah, obrigada — digo, fazendo uma leve reverência. — Além disso, é preciso um bocado pra me assustar, ainda mais quando o cara não tem a menor ideia do quão gato é, o que só o deixa ainda mais bonito, na minha opinião. Tipo, esse lance de irmão mais velho todo responsável é bem interessante. Não acha?

Whitney ri.

— Tenho vinte e seis anos, Viv. Não posso opinar sobre garotos de dezesseis.

— Mas vai por mim — digo, dando uma piscadela e pegando minha bolsa no balcão.

Na rápida caminhada para casa, me sinto segura sobre não investigar os segredos de Jonah. Também passei por muita coisa no último ano e não ia querer ninguém distribuindo informações sobre mim como se fossem panfletos para um show ou um restaurante novo. As informações são minhas, para revelar quando quiser, se é que algum dia vou querer.

Não é um assunto muito legal, então, quando chego a Los Flores, já estou pensando no meu número de celular pintado na pele de Jonah Daniels.

A casa de Richard é um bangalô de praia ideal para um cara solteiro de meia-idade, cheio de atitude e arestas mal aparadas. Há um lustre com cara de iluminação de fábrica sobre a ilha da cozinha, e o sofá tem pernas de madeira. Basicamente, é um lugar bem chique, mas pouco aconchegante. É a casa mais moderna que vi em Verona Cove, o que me desagrada, mas cavalo dado não se olha os dentes, acho. Pendurei pisca-piscas por todo o meu quarto, para deixar o lugar um pouco mais simpático e parecido com uma exposição da Yayoi Kusama, na medida do possível.

Mas a casa ganha pontos pelas janelas da sala que vão do chão ao teto. Nem são janelas de verdade, mas sim paredes de vidro. Elas ficam no canto direito, que dá direto para o mar. É maravilhoso. Como se o sol atravessasse a sala ao se pôr.

Cortinas imensas caem ao toque de um simples botão, mas eu e minha mãe não as usamos, porque seria um desperdício. À noite, ficamos observando o mar e mal conseguimos acreditar na vastidão, na escuridão e na agitação de suas ondas enquanto o resto do mundo dorme. E o jeito como a lua preenche o céu... Há algo de divino nessa vista, tenho certeza.

Isso faz com que acredite em minha mãe quando ela diz que Richard pode ser um empresário multimilionário, mas também tem conteúdo — como uma piscina muito mais funda do que parece a julgar por sua superfície serena.

Minha mãe está sentada diante do cavalete, disposto num canto da sala. Ela é a capitã, conduzindo o arco de vidro que aponta para o mar. Está trabalhando nessa mesma pintura desde que pôs os olhos na vista maravilhosa, e alguma coisa me diz que está quase pronta.

É uma pintura abstrata, com faixas coloridas e emaranhadas em toda a tela. Para um olhar destreinado, a maioria de suas pinturas parece uma confusão. Uma confusão colorida e alegre. Não é difícil entender como ela me criou.

Minha mãe finalmente nota minha presença e se vira para mim.

— Oi, lindinha.

— E aí?

— Como foi o trabalho?

— Ótimo, na verdade.

Minha mãe levanta e estica os braços acima da cabeça, se espreguiçando. Fica algum tempo na mesma posição. Ela me encara, então seu olhar fica mais intenso, e ela se aproxima o bastante para tocar minha bochecha com sua mão macia.

—Você emagreceu?

Enrijeço e me afasto de seu toque.

— Não. Não sei. Acho que não.

—Tem certeza?

Suspiro. Odeio isso por dois motivos: primeiro, não quero voltar a ser magrela, porque fico ótima com esse quadril largo, e queria que meus peitos fossem ainda maiores; segundo, sei o que ela está sugerindo.

— Bom, mãe, estamos na Califórnia no verão. Só devo estar suando mais ou algo do tipo.

—Viv. — Ela suspira, fechando os olhos por um momento, como se pedisse forças. — Por favor, não me faça perguntar.

— Não estou fazendo *nada*. — Eu a encaro. — Que tal só não perguntar?

Odeio ser lembrada disso, e odeio que minha mãe ainda pense no assunto. Eu não penso — pelo menos quase nunca, porque não vejo por que reviver as partes ruins da vida. No começo do ano, fiquei muito mal. E depois eufórica. Tomei um remédio para me tirar do buraco, e um dos efeitos colaterais foi ganho de peso. Por isso minha mãe sempre suspeita de mim, fica sugerindo coisas e é totalmente *injusta*.

Quando fico chateada e a fúria começa a tomar conta de mim, tento concentrar toda a minha raiva nos braços. Então estalo os dedos das mãos para esmagar os sentimentos. O som e a sensação às vezes me trazem de volta à realidade.

Minha mãe me segue quando subo para o quarto. Olho por cima do ombro, estalando os dedos de uma mão por vez. Ainda estou furiosa.

— Tenho quase dezessete anos. Me deixa muito ofendida e magoada que não acredite em mim.

Paramos diante da minha porta. Ela parece triste, muito triste, como se não conseguisse segurar o que está prestes a dizer.

— Viv, diga que está tomando o remédio. Vou acreditar em você.

Entro no quarto e viro para encará-la, com a mão pronta para bater a porta na cara dela.

— Estou tomando a porra do remédio. Está feliz agora?

A porta bate, e o som ecoa pelo corredor. Corro para a cama, chorando de nervoso — o que não é surpresa, considerando que acabei de falar um palavrão para a minha mãe. Mas não estou nem aí, porque pedi a ela oitenta mil vezes para não tocar no assunto. E, sério, qual é a dificuldade? Evitar um único tópico no mundo inteiro?

Choro por um tempo, com dó de mim mesma, esparramada sobre o edredom, com a cabeça enterrada no Bronze. Ele é meu bichinho de pelúcia favorito desde pequena. Minha mãe sugeriu que eu o chamasse assim porque é um cachorrinho com pelo marrom-escuro. Bronze mora na cabeceira da minha cama, com Rosabelle, o pônei cor-de-rosa, e Norman, a tartaruga.

Não tenho certeza de quanto tempo faz que estou chorando quando meu celular toca.

Oi, é o Jonah. De hoje de manhã.

"De hoje de manhã", como se ele precisasse me lembrar. Como se eu tivesse conhecido outro Jonah, mais marcante, nas últimas horas. Um sorriso surge no meu rosto. É fofo ele achar que eu o esqueci em apenas seis horas. Viro de bruços, segurando o celular com as duas mãos enquanto digito.

Oi, Jonah de hoje de manhã. Ainda vai fazer o jantar pra mim?

Ele responde: *A pizza sai às seis, se estiver interessada.*

Hum... Imparcial, sem dar em cima. Jonah, Jonah, Jonah... Você só está me encorajando ainda mais. É como se eu estivesse num abrigo de animais, querendo que o cachorro mais esquisito goste de mim e de mais ninguém.

Ah, eu estou interessada, escrevo.

Legal. Rua Seaside, 404. Leah está animada.

Ah, Jonah, seu bobinho. Posso muito bem fazer você cair na minha.

Só Leah? Você não?

Giro o celular na mão, sorrindo sozinha enquanto espero. É exatamente disso que eu precisava para o verão — sol, mar e um amorzinho. Com uma pitada de desafio.

Finalmente, o celular toca de novo.

Eu também, claro.

Rá! Consegui! Agora estou tão animada que não aguento ficar no quarto. Preciso fazer as pazes com a minha mãe. Desço correndo, mordendo o lábio no caminho.

Ela está na ilha da cozinha quando entro. Cruzo os braços e me apoio no batente da porta, soltando um suspiro sem querer. Não quero ser a primeira a falar; nem sei o que dizer. Minha mãe percebe minha presença e levanta para me encarar. Seus olhos estão vermelhos, porque, como eu, ela é uma pessoa sensível.

—Você sabe que não gosto de ser controladora. — É verdade, ela odeia me dizer o que fazer. Acredita nos instintos e na autossuficiência como forma de transcender. Minha mãe encoraja minha criatividade, meus impulsos, minha individualidade. Até certo ponto, acho. — Tenho orgulho de quem você é e confio em você. Mas preciso ficar de olho. Você é meu bebê e sempre vou te proteger, mesmo que fique brava.

— Eu sei. — Minha voz sai baixa, como o murmúrio de uma criança que pede desculpas só para poder se livrar de um castigo. Puxo a manga esquerda instintivamente, cobrindo a longa cicatriz. — Desculpa por ter gritado. Só odeio que me lembre de tudo o que aconteceu.

— Eu sei. Mas temos que nos comunicar. A dra. Douglas disse que...

— Podemos não falar mais sobre isso? Por favor, é que... dói fisicamente ter que pensar a respeito, e...

— Tudo bem.

Minha mãe me abraça, mas mantenho os braços cruzados, envolvendo a mim mesma enquanto ela também me envolve. Descanso a cabeça em seu ombro e ficamos assim por um tempo, sob o lustre industrial de Richard, que deve custar mais que toda a minha vida.

Minha mãe encerra o abraço, mas mantém as mãos nos meus ombros.

— Pensei em pedir comida japonesa pro jantar. O que acha? Um pouco de sushi e sashimi?

Amo sushi mais do que qualquer outra comida no planeta. Isso significa que minha mãe está estendendo a bandeira branca, e normalmente eu aceitaria em um segundo.

— Seria ótimo, mas pode ficar para outro dia? Esqueci de dizer que vou jantar com uns amigos.

— Ah, que legal! — Ela bate palmas e volta a ser minha melhor amiga, não mais minha mãe irritante. Então senta numa banqueta, enquanto volto a me apoiar no batente da porta. — Na casa da Whitney?

— Não, são uns amigos novos. Uma garotinha foi na loja hoje cedo, toda tímida, mas acabou gostando de mim e me convidou pra jantar quando soube que eu era nova aqui. Disse que o melhor lugar da cidade para comer é a casa dela.

Minha mãe ri.

— Que fofa. Você vai jantar com uma criança, então?

— É... E com o irmão dela, que não faz ideia de como é gato.

— Ahá! — Ela sorri. — Bom, parece ótimo. Bem melhor que sushi em casa com uma velhinha.

— Mãe...

Reviro os olhos, porque minha mãe sabe que adoro ficar com ela — é o que sempre faço.

— Brincadeirinha — ela diz, então segura minha mão, parecendo triste de novo. — Estamos bem, né? Você diria se não estivéssemos, certo?

Mas sei que o que minha mãe quer dizer é: "se *você* não estivesse bem". Assinto, apertando sua mão.

— Sim, estamos bem.

4

JONAH

O RESTAURANTE CHAMA TONY'S porque esse era o nome do meu pai. É minha segunda casa. Conheço cada marca nos tacos de madeira e nos rodapés e cada ingrediente na cozinha. Sei que, para abrir o freezer, preciso erguer e puxar a porta ao mesmo tempo. Quando meu pai comprou o estabelecimento, era uma pizzaria. Ele e Felix reformaram tudo há muitos anos, mas o velho forno a lenha ficou. E continua aqui, antes e depois do meu pai.

O cardápio consiste nos pratos de que ele mais gostava quando abriu o lugar, há vinte anos. A maior parte das entradas foi inspirada na culinária italiana, que meu pai aprendeu em casa, e na francesa, que aprendeu estudando. Picatta de frango, steak au poivre, tortellini ao pesto, esse tipo de coisa. Ele fazia os clássicos tão bem que pareciam novidade.

Quando estou preparando o almoço, sempre sigo uma rotina: lavar e rasgar alface, picar tomate e cebola, ralar queijo.

Gosto do ritual. Mas hoje não consigo me concentrar. O que é péssimo para quem tem que lidar com um monte de facas. Só penso no jantar. Lavo as mãos na pia industrial, mas deixo o número de celular pintado em azul no meu braço intocado.

Meu turno está quase no fim quando Felix entra pela porta dos fundos, carregando duas caixas de papelão. Não consigo ver seu rosto, só seus braços bronzeados.

— ¡Hola, amigos!

Todo mundo responde. Na cozinha, você sempre chama o chef de "chef", é o costume. Como na escola, onde não chamamos o professor pelo primeiro nome, mas sim de "professor". Mas meu pai foi o chef por quase duas décadas. Até os quatro anos, achava que esse era o nome dele. Tipo, pensava que ele era chef porque se chamava assim. Então não podemos ter outro chef no Tony. De modo que Felix insiste que o chamemos apenas de Felix, mesmo sendo o chef agora.

Ele é o melhor amigo do meu pai. Era. Não, é. Nunca sei que tempo verbal usar. Quando alguém morre, não é mais seu melhor amigo. *Era.* Mas, quando você é a pessoa que fica, como Felix, está preso no presente. Como eu. Tony Daniels era meu pai. Mas eu *sou* seu filho.

— Fez uma tatuagem, Maní?

Felix observa meu braço enquanto deixa as caixas sobre a mesa, perto da minha área de trabalho. Meu pai me chamava de Amendoim quando eu era pequeno. Me deixava constrangido, então o fiz parar. Nunca achei que fosse sentir falta, nem em uma centena de anos. Gosto que Felix ainda me chame assim, mas em espanhol.

— É um número de telefone? — Ele se aproxima pra ver.

— De uma garota?

Tento soar casual.

— Aham.

— Não acredito. — Felix espera que eu diga que estou mentindo. Quando fico em silêncio, ele dá um soquinho no meu braço. — Sério? Você pediu o número de uma garota?

Gabe, um dos cozinheiros, ouve.

— Daniels, Daniels... Arranjou uma namorada?

Ele faz uma dancinha, mexendo os quadris enquanto os outros comemoram. Isso me deixa feliz. Eles mal conseguem me encarar desde que meu pai morreu. A cozinha fica quase o tempo todo em completo silêncio.

— Que rebolado — digo a Gabe, que ainda está fazendo sua dancinha idiota. — Deve ter tido bastante tempo pra treinar sozinho em casa, né?

Gabe me mostra o dedo do meio, sorrindo, e os outros começam a pegar no pé dele. Até Felix ri. É uma risada grandiosa e barulhenta, igual à do meu pai. Os dois foram amigos por tantos anos que até ficaram meio parecidos. Felix usa muitas das mesmas palavras e frases de piadas internas. Às vezes, pronuncia palavras como meu pai pronunciaria. Ou talvez fosse meu pai que costumava ser parecido com Felix. Nos dias bons, parece que estou mais perto do meu pai. Nos dias ruins, sinto tanta falta dele que parece que meu peito vai explodir.

— Vaza daqui, Maní — Felix diz, se encaminhando para o escritório, que na verdade é uma despensa com uma mesa e uma prateleira. Alto como era, meu pai parecia ridículo lá dentro. — Vai ligar pra sua garota.

Volto para casa com duas sacolas de ingredientes para pizza. Uma vai ser simples, para Silas, Bekah e Isaac, os puristas do pepperoni. E para Vivi, se fizer questão de carne. Mas ela pode preferir a pizza de alcachofra, espinafre e queijo feta. Minha mãe e Naomi, que é vegetariana, amam. Espero que Vivi escolha essa, porque é minha pizza mais criativa — e mais impressionante. Também vou fazer uma pequena de muçarela para Leah. Ela odeia que qualquer outro sabor toque na pizza dela, e mal aceita o molho de tomate. Então é basicamente massa com queijo. Vou comer o que sobrar, porque gosto de todas.

Quando viro na nossa rua, vejo Silas no jardim. Ele está jogando beisebol com Isaac, que não acerta nada além do ar de verão. Bekah ri, mas Leah nem nota. Acho que supostamente também está no jogo, mas só fica dando piruetas na grama. Até que Isaac enfim acerta uma bola, que Silas não pega, apesar de fingir tentar. Isaac corre para a primeira base, que é uma caixa de cereal amassada.

Eles nunca mais me chamaram para jogar beisebol; só chamam o Silas. Na primavera, quando comecei a aparecer em casa sem o uniforme do time, eu disse que não gostava mais, que tinha largado o beisebol porque não era tão legal quanto pensava. Mas a verdade era que eu precisava ficar em casa. Naomi estava na faculdade, minha mãe não saía da cama e Silas não podia fazer tudo sozinho.

— Oi, pessoal — digo. Eles falam todos ao mesmo tempo.

Isaac quer saber se vi sua tacada certeira, Bekah pergunta o que vai ter para o jantar, Leah quer saber a que horas Vivi vai chegar. — Eu vi, Isaac, foi incrível. Vamos comer pizza. Eu disse pra Vivi vir lá pelas seis.

— Quem é Vivi? — Silas pergunta, recuperando a bola que Isaac acertou.

— Minha amiga! — Leah explica.

Olho para Silas e digo:

— Depois eu explico.

É o bastante para que percam o interesse em mim. Isaac quer que Silas lance a bola de novo, mas Bekah diz que é a vez dela. Não quero ver a confusão. De jeito nenhum. Já deu por hoje.

Dentro de casa, separo os ingredientes que trouxe e os que já tenho. Uso a receita de molho do meu pai, que é uma modificação da receita da minha avó. Ela nasceu na Sicília, então o pedaço de papel em que a receita está escrita é ouro italiano. Não que eu precise dele, claro. O truque é usar um pouquinho de mel e manjerona. Doce e picante ao mesmo tempo. "Como eu!", meu pai costumava dizer, enquanto trabalhava na cozinha. Minha mãe só dizia "Aham" e revirava os olhos, sorrindo.

Entro em transe culinário no mesmo instante. Enquanto repasso mentalmente todos os passos da receita, não consigo pensar em mais nada. Bom, acho que até conseguiria, mas não quero estragar a comida. Sempre que termino um passo — fazer a massa para que tenha tempo para crescer, tirar o pepperoni do congelador —, minha mente acrescenta outro no fim da lista. Minhas mãos têm que estar em constante movimento para dar conta. Gosto de fazer o jantar todo de uma vez, e esta noite vamos ter salada de entrada e sobremesa.

Meu pai ainda está por toda a cozinha. Nos cabos de madeira das facas, no forno de pizza. Suas mãos tocaram cada uma dessas coisas milhares de vezes. Sei que é ridículo, mas quando estou cozinhando posso lembrar da sua voz mais claramente. "Jonah, corte as cebolas à julienne; maravilha, garoto. Você sabe o que dizem, filho: se não tirar os olhos da panela a água não ferve, mas se esquecer dela, o macarrão passa do ponto. Fique de olho."

Não sei bem quanto tempo levo para preparar as pizzas e fazer a salada. Bekah e Isaac vão para a sala jogar videogame, então Silas aparece na cozinha. Lanço um olhar para ele enquanto corto as cerejas para a torta.

— Leah convidou uma amiga pra jantar?

Eu sabia que Silas ficaria surpreso. Andamos preocupados com nossa irmã mais nova. Quando assinto, ele diz:

— Isso é ótimo. Encontraram conhecidos quando saíram hoje cedo?

— É... Mais ou menos. Na verdade, é alguém que ela conheceu na loja de cerâmica.

— Melhor ainda.

— Só que... é mais velha que Leah.

— Tem tipo a idade do Isaac?

Alguém bate na porta da frente. Viro para olhar pela janelinha de vidro. Vivi está lá fora, acenando. Está quase uma hora adiantada e, pelo jeito, trouxe uma garrafa de vinho. Merda.

Não era para ela saber quanto trabalho o jantar vai dar. Deveria parecer fácil. Como um banquete de Hogwarts. Só que não quero ser o Dobby dessa história! Ai, caramba...

— Não, tem tipo a idade dessa garota na porta. Porque é ela.

Silas me encara, arqueando as sobrancelhas enquanto vai abrir a porta.

—Você vai ter que explicar isso depois.

Vivi está com a mesma roupa de hoje de manhã: short e uma malha solta que deixa o biquíni por baixo aparecendo. Ela se apresenta para Silas e faz um comentário sobre não saber que eu tinha um irmão. Quando ele explica que somos seis no total, Vivi ri. Eu provavelmente deveria ter mencionado isso quando Leah a convidou. Talvez ela seja do tipo que se assusta fácil. Se for o caso, não vai passar da salada.

— Oi, Jonah — Vivi diz, animada, deixando a garrafa no balcão. — Nunca cheguei cedo em nenhum lugar na minha vida, mas pensei em vir e ficar com vocês, porque meio que precisava sair de casa. Trouxe suco de uva nessa garrafa porque achei que seria divertido fingir que é vinho, mas não sabia que você tem cinco irmãos. Acho que só vai dar um gole pra cada um.

Ela dá aquela risada gostosa de novo. Silas nos observa, procurando o elo perdido na história. Antes que eu possa dizer qualquer coisa, Leah aparece, quase trombando com as pernas da convidada.

—Vivi! — ela grita. —Você chegou! Quer ver meus livros de colorir?

Vivi concorda na hora, encantada.

— Óbvio! Foi pra isso mesmo que cheguei mais cedo. Como você sabia?

Ela me lança uma piscadela enquanto Leah a pega pelo braço, e acho que meu rosto fica da cor dos tomates. Quando as duas saem, volto às cerejas. Sei que Silas está me encarando.

— Jonah, não mente pra mim. Como conseguiu convencer essa garota a vir aqui?

— Quê? Não sei. Como assim?

— Ela foi contratada ou algo do tipo?

Me certifico de que nenhum dos outros está olhando antes de mostrar o dedo do meio das duas mãos para meu irmão.

— Relaxa. — Ele dá um tapinha no meu ombro. — Só estou impressionado que você tenha convidado uma garota bonita.

— Foi Leah quem convidou.

— Agora entendi a torta de cereja — ele diz, apontando para o balcão. — Boa ideia.

— Cala a boca.

Cara, sou ridículo.

Eu costumava ser bom com as garotas. Ou pelo menos não era ruim. Com três irmãs, sei que elas não são um mistério. São só pessoas. Sempre falava para o meu amigo Zach: "Cara, só faça perguntas como para qualquer outra pessoa. O que ela curte? Com que se importa? Não é tão difícil". Mas devo estar enferrujado.

Leah e Vivi sentam em um dos bancos da enorme mesa de madeira. Há uma cadeira em cada ponta — uma para minha mãe e outra para meu pai. Sempre achei os bancos uma droga. Você não consegue levantar sem que outras duas pessoas tenham que se mexer também. Mas, agora, daria qualquer coisa pra ter uma mesa com oito pessoas de novo. Um de nós sempre senta na cadeira do meu pai e na da minha mãe. É esquisito e parece errado. Mas é melhor que ficar com os assentos vazios.

Armada com uma pilha de livros de colorir, Leah explica cada desenho.

— Olha, aqui é onde ela sai na neve, usando o vestido verde.

Tento me concentrar na sobremesa, mas não consigo deixar de ouvir a conversa. Vivi pergunta sobre nós, quantos anos temos e o que gostamos de fazer. Ela é uma encantadora de serpentes, e Leah conta tudo sem nem perceber. Diz que somos três mais velhos e três mais novos, mas graças a Deus não menciona nossos pais.

— O cheiro está ótimo, Jonah! —Vivi diz quando o queijo da pizza começa a derreter.

— Obrigado.

Volto à sobremesa, porque ao que tudo indica, sou tão capaz de falar com Vivi quanto de voar. Vivi se volta para Leah.

— Tá, acho que decorei. Naomi, Silas, Rutherford, Bekah, Isaac e Leah.

Minha irmã morre de rir.

— Não! Rutherford, não! *Jonah*.

— Ah, é mesmo. —Vivi dá um tapinha na testa. — Dã! Repete só mais uma vez então.

Leah respira fundo e recita todos os nomes.

— Naomi, Silas, Jonah, Bekah, Isaac e eu.

— Naomi, Silas, Jonah, Bekah, Isaac — Vivi repete — e *eu*.

As risadinhas começam de novo.

— Não! E *eu*, Leah!

— Meu nome não é Leah! — ela diz. — É Vivi!

Minha irmã já foi vencida. Está deitada no banco, rindo. Sinto um sorriso surgir no meu rosto.

— Estão dando uma festinha? — Naomi está na porta da cozinha, com a mochila no ombro. Ela para ao ver uma estranha à mesa. — Ah. Oi.

— Oi! — Vivi diz, se endireitando. — Você deve ser a Naomi.

Minha irmã fica rígida. Talvez seja a surpresa de encontrar uma desconhecida que de alguma maneira sabe seu nome. Talvez seja porque Naomi não é exatamente uma pessoa simpática. Talvez seja porque está sempre cansada de ir e voltar do estágio. De qualquer maneira, não parece animada. — E você é...?

— Vivi — ela diz, como se o nome fosse explicação suficiente. E começo a perceber que meio que é.

— Ela é minha amiga — Leah anuncia, erguendo o rosto.

— Leah me convidou pra jantar depois que me encontrou perdida na rua como um gato abandonado, sem ninguém para me dar comida. Né? *Miaaau*.

Vivi olha para minha irmã mais nova, que assente confiante em meio a risadinhas.

— Hum... certo. — Naomi nem se dá ao trabalho de

fingir sorrir. — Jonah, acho que tem refrigerante na geladeira da garagem. Me ajuda a pegar?

Ela me lança um olhar cheio de significado. Recorro a Silas, que já está levantando do sofá. Sempre fazemos o papel de juiz dos outros dois. Silas e eu quase nunca brigamos, mas nos estranhamos com Naomi com certa frequência.

Quando estamos os três na garagem, minha irmã nos encara com as mãos na cintura.

— No futuro, gostaria que não convidassem desconhecidos pra nossa casa.

— Ela não é uma desconhecida. E foi Leah quem convidou, não eu.

— A gente combinou de manter as coisas tranquilas aqui em casa por causa da mamãe.

— É, mas de que adiantou até agora? E eu gostei dela. É toda... feliz.

Naomi bufa.

— Nossa, que surpresa. Você gosta de uma garota com aquela cara e aquelas roupas.

Se eu ainda não estava puto, essa foi a gota d'água. Sinto o rosto queimar.

— Quer saber, Naomi? Estou pouco me fodendo pro que você pensa.

— Que maduro, hein, Jonah. E educado.

— Você nem está aqui a maior parte do tempo. Não sei por que acha que pode vir passar o verão aqui e mandar em todo mundo. Tivemos que nos virar por *meses* sem você.

O olhar dela se estreita.

— Então minha opinião não vale nada porque tenho que estar na faculdade de vez em quando?

— Foi você quem disse isso, não eu. A gente tem que lidar com a situação o tempo inteiro. Você pode ir e vir quando quiser.

Naomi recua. Sua voz se torna um sussurro assustador.

— Venho *sempre* que posso. Quase todo mundo passa as férias viajando ou estudando, mas eu estou aqui. Tem ideia do tempo que passo no carro todos os dias?

— E eu larguei o beisebol pra poder ficar com eles depois da escola. — Faço um gesto para incluir Silas. — A gente acorda cedo pra caramba; ajudamos com a lição de casa e com os projetos da escola. E ainda...

— Chega — Silas diz, baixo. — Não é uma competição para ver quem abriu mão de mais coisas. — Naomi e eu abrimos a boca, ainda querendo defender nosso lado. Silas levanta a mão. — Parem com isso. Jonah, você não pode desmerecer Naomi porque ela passa a maior parte do ano na faculdade.

Minha irmã parece vingada, mas Silas continua falando:

— Naomi, você não tem a última palavra só porque é a mais velha. Jonah está certo. Sou grato a qualquer pessoa que faz Leah rir daquele jeito.

Naomi me encara com seus olhos raivosos.

— *Tá.*

— Tá — repito.

Voltamos para a cozinha, levando os refrigerantes. Vivi arruma a mesa com Leah, como se fosse uma brincadeira, e minha irmã se diverte tanto que Isaac e Bekah se juntam a elas, querendo participar também. Lanço um olhar para Naomi, como se dissesse "Viu?", mas ela me ignora.

Quando Vivi não está olhando, cutuco Isaac e entrego um prato com pizza para que leve para nossa mãe. Ele vai sem dizer nenhuma palavra. Fazemos isso toda noite, ainda que nem sempre ela coma. Algumas vezes, minha mãe desce para a cozinha no meio da noite, procurando alguma coisa gostosa. Se alguém a vê, ela se assusta como se fosse um ladrão pego roubando comida.

— Ah! Quase esqueci! — Vivi dá um pulo quando todo mundo se ajeita na mesa. Toda a comida já está posta, então não sei o que pode ter esquecido. — O suco de uva! Jonah, tem taças?

— Acho que sim. — Procuro no armário até encontrar tacinhas de champanhe que devem ser herança da minha avó. Vivi abre a garrafa e serve cada um com um pouco de suco.

É uma festa. Há cinco minutos, não era.

Vivi volta a sentar no banco, ao lado de Leah. Fico entre Isaac e Bekah. Silas e Naomi sentam nas pontas, já que são os mais velhos.

— Muito obrigada por me receberem na sua casa — Vivi diz, erguendo a tacinha. — Não tenho irmãos, então fico muito feliz em fingir ser uma Daniels essa noite.

Ninguém em Verona Cove quis ser um Daniels nos últimos seis meses. A ignorância dela é revigorante. É como se não tivéssemos que manter o luto enquanto Vivi está conosco. Podemos respirar normalmente na nossa casa triste e sufocante.

— E um obrigada especial a Jonah pelo jantar mais lindo dos últimos tempos. Se o gosto estiver tão bom quanto parece, vou ficar miando na porta de vocês até me jogarem as sobras. — Ela pisca para Isaac, que fica com as bochechas vermelhas. — Saúde!

Vivi ergue a taça e brinda com todo mundo. Leah parece ter sido convidada para um chá com a Alice no País das Maravilhas.

Bekah observa fascinada o rosto de Vivi.

— Sua mãe te deixa usar esse batom?

Deus, me mate, por favor. Alguém. Qualquer um. Ponha um fim nisso. Minha irmã vai interrogar Vivi por causa da aparência dela. E tocou no assunto "pais".

Mas Vivi sorri, o que faz seus lábios parecerem fatias de maçã. Vermelhos e deliciosos.

— Minha mãe é pintora, então não pode ficar brava se pinto meu rosto...

— Legal — Bekah diz. Ela apoia a mão esquerda no colo, imitando Vivi.

— Minha nossa — Vivi diz, depois de dar a primeira garfada. — É a melhor salada que já comi na vida. Sério. O que tem aqui? Maná ou algo do tipo?

— O que é maná? — Leah faz uma careta para sua salada. — Esse queijo tem gosto de vômito.

— Leah — Naomi a repreende. — Isso não é legal.

Vivi só dá risada.

— Maná é o que eles comem no céu. E queijo fedido é gostoso, mas a gente só percebe isso quando fica mais velho.

Acredite em mim: algum dia você vai comer essa salada de novo e achar uma delícia.

Pigarreio antes de falar:

— É só alface, gorgonzola, nozes-pecã caramelizadas, pera e vinagrete de ameixa.

— Jonah fez até o molho — Bekah diz. O elogio inesperado me deixa feliz.

— É uma salada de outono — digo. — Por causa do...

— Ah, não — Bekah reclama, olhando para Vivi. — Começou. Agora vamos ter que ouvir sobre comida pelo resto do jantar.

Certo. Já não estou mais tão feliz com Bekah.

Vivi começa a contar uma história sobre a vez em que comeu tatu por acidente, fazendo todo mundo cair na risada. Bom, Naomi mastiga a borda da pizza, mas dá para ver que está com vontade de rir. Quando minha irmã decide ser rabugenta, nada a faz mudar de ideia.

Olho para cada um deles. A cozinha parece mais animada, mais cheia. Vivi brinca com Silas e Isaac, que parece dócil, feliz por receber atenção. Ela elogia Bekah e faz perguntas sobre o estágio de Naomi. Meus irmãos estão fascinados por ela, orbitando ao seu redor. Como eu. Não consigo parar de olhar.

— Minha nossa, Jonah, olha essa sobremesa! Não acredito! — Vivi dá uma garfada na torta. — Eu *amo* cereja. Sério, é, tipo, minha fruta favorita. Sou viciada, simplesmente não paro de comer.

— Eu e Jonah também somos! — Leah diz. — Comemos

todo dia quando é época, mas sempre cuspimos o caroço, então tudo bem.

Silas lança um olhar para mim, impressionado que alguém tenha conseguido fazer com que Leah interaja dessa maneira.

Quando o jantar termina, Vivi anuncia que vai ficar mais um pouco, pintando com Leah. Meus irmãos ajudam a tirar a mesa e depois Naomi desaparece escada acima, ainda brava comigo. Bekah senta no sofá e finge ler enquanto observa Vivi como se ela fosse um unicórnio numa floresta. Mergulho os pratos na água quente, mas fico lançando olhares para a sala. Vivi está deitada de bruços, pintando com Leah no chão. Seus joelhos estão dobrados e os pés balançam no ar. Meus olhos percorrem o corpo de Vivi, das unhas pintadas dos pés às pernas e ao short. Quando ri de alguma coisa que Leah disse, o som é alto e feliz, e a configuração de seu rosto muda. A faca na minha mão bate na pia de metal.

— Jonah! — Leah grita. — Vem ver!

Tento disfarçar, para que Vivi não perceba que eu já estava observando. Uma vez vi um vídeo de um cachorro batendo várias vezes em uma porta de vidro, sem conseguir entender o que estava acontecendo. É assim que me sinto tentando parecer legal para Vivi.

— Olha só o que pintei! — Leah fala.

Por sorte, tenho mestrado em Crítica à Arte de Leah. Digo que está lindo e faço um monte de perguntas à artista sobre sua escolha de cores. Ela gosta tanto de seus livros de colorir de princesas que me surpreende que deixe Vivi usá-los.

— Uau! Essa sereia está igualzinha à do desenho — digo a Leah. Então dou uma olhada na pintura de Vivi. Sua princesa tem cabelo roxo, óculos e piercing. Minha irmã acompanha meu olhar.

— Mas a Bela não tem cabelo roxo. Nem usa óculos.

— Essa não é a Bela — Vivi diz. — É a Claudete, a irmã gêmea dela. Ela está na faculdade e estuda biologia marinha. Usa óculos porque tem hipermetropia e lê muitas apostilas.

— Mas e o cabelo roxo?

— Ela é mergulhadora. Vê todo tipo de cor no fundo do mar.

— Dos peixes?

— Dos peixes, dos corais, das plantas aquáticas e de todo o resto. Ela não pode ir pra um lugar desses com um cabelo qualquer, né? Ia ficar deslocada.

Leah concorda, como se fosse óbvio.

— Legal. Como é mesmo? Biolorginha?

— Biologia marinha — Vivi repete. — O que você quer ser quando crescer?

— Professora. — É o que Leah sempre diz quando os adultos perguntam. Mas talvez seja a única profissão que ela conhece além de chef. — Talvez. Não sei ainda.

Vivi insiste.

— Tá, esvazie a cabeça. Completamente. Não tem nada aí? É um branco total e infinito?

Leah fecha os olhos.

— Uhum.

— Você pode ser *qualquer coisa* no mundo inteiro. Imagina

o planeta azul e verde, coberto de nuvens brancas, como se estivesse vendo do espaço. De tudo o que existe nessa Terra enorme, o que você mais tem vontade de ser?

Leah pensa a respeito antes de dizer:

— Um pavão.

Quase engasgo com uma gargalhada. É a criança mais criativa e engraçada do mundo.

— Você quer ser um pavão?

Ela assente, franzindo as sobrancelhas. Conheço essa expressão. Quer dizer: "É melhor não estar rindo da minha cara". E não estou.

— Eles são azuis e têm penas lindas.

Vivi fica observando Leah, totalmente séria, franzindo os lábios como se estivesse curiosa.

— E por que não poderia ser um?

Ela diz isso como se não entendesse por que *ser um pavão* não é uma profissão legalizada.

— Acho que... — Leah contorce todo o rostinho. — Acho que não sei como fazer isso.

— Ah. — Vivi dá de ombros. — Mas eu sei.

— Sério?

Tento imaginar Vivi transformando minha irmã em um pavão, mas não consigo. Talvez ela aponte uma varinha para Leah e faça uma mágica. A essa altura, não seria uma surpresa tão grande.

— Claro! Vamos trabalhar nisso depois, tá?

— Tá! — Leah responde, animada, mas boceja em seguida.

— Hora de dormir — anuncio. — Você também, Bekah.

65

— Eu já ia subir mesmo — Bekah diz, jogando o cabelo para trás ao levantar do sofá. Leah, por outro lado, me lança um olhar assassino, como se eu a estivesse envergonhando.

— Jonah — ela suplica. — Nããão!

Vivi levanta e entra no jogo.

— Leah, se você não for pra cama, como a gente vai se ver amanhã cedo?

Minha irmã vira para ela.

— A gente vai se ver amanhã?

— Claro. Se você quiser.

Leah abraça as pernas de Vivi, dando um apertão rápido, então corre escada acima.

Balanço a cabeça enquanto ela desaparece. Ficamos só eu e Vivi, e não sei bem o que dizer. Minha melhor jogada foi cozinhar para ela.

— Um pavão. Leah é bem doidinha às vezes.

Vivi dá de ombros.

— Ela deve ter sido um pavão na vida passada, e seu espírito ainda é meio ave.

Arqueio as sobrancelhas sem perceber.

— Você acredita em reencarnação?

Vivi imita a minha expressão.

— Você não?

Não, não acredito.

— E o que você foi nas vidas passadas?

— Não é *o que*, é *quem* — ela diz. — Um golfinho e uma bailarina, provavelmente nos anos 20. Também fiz parte de um estrato-cúmulo. Só tenho certeza dessas.

Ou essa garota é maluca ou está tirando uma com a minha cara. Mas a parte mais estranha é que posso imaginar todas essas coisas. Posso vê-la acima das ondas, no corpo escorregadio de um golfinho cinza. Posso imaginá-la com um tutu ou acima da atmosfera, como uma nuvem fofinha. Me sinto estranhamente desconectado comigo mesmo, porque não tenho ideia do que fui. Ou melhor, *quem* fui.

— Acho que sou novo por aqui.

Vivi balança a cabeça.

— Não. Sei quando é a primeira vida de uma pessoa. Essa é a primeira de Bekah, por exemplo. Você tem que dar um desconto pra ela, porque é difícil entender as coisas sem os instintos das vidas passadas.

— Então quem eu já fui?

Ela balança a cabeça, e os cachos balançam junto. Seu olhar parece me atravessar. Vivi coloca as mãos no meu peito. Eu fico mais tenso ao sentir suas palmas quentes, para que quaisquer músculos que haja ali pareçam um pouco maiores.

— Deixa eu ver... — Vivi diz. — Na sua última encarnação, você foi uma árvore. Um carvalho, eu diria. Em algum lugar nas grandes planícies. Por isso tem raízes profundas aqui, com sua família. Sua vida como árvore foi tão longa que você tem instintos fortes para proteger os mais novos. Talvez não lembre disso, mas seus ombros lembram.

Ela passa as mãos nos meus ombros, mas sei que não tem segundas intenções. É um exame, como se estivesse diagnosticando minhas vidas passadas. Não sei bem para onde olhar com ela tão perto do meu rosto. A pele clara, as sobrancelhas escuras. Minha mãe costumava assistir a filmes em preto e branco. Nunca entendi a atração, mas o primeiro sonho erótico que tive foi com Brigitte Bardot. *Não! Pense em... comida. Legumes. Inhame! Inhame é nojento.*

— Uau, a vida como árvore ainda está superpresente em você. — A risada dela ecoa em meus ouvidos. — Por isso também é meio... durão.

Franzo as sobrancelhas. *Durão?* Ela quer dizer sem graça? Vivi aperta meu nariz, como se eu fosse uma criança.

— Mas a melhor parte é que, antes de ser uma árvore, você foi capitão de um barco. E, antes disso, uma lontra.

— Por que essa é a melhor parte?

— Porque ainda está aí! — ela exclama, dando um soquinho no meu peito. — Tudo isso. Primeiro você foi uma lontra, o animal mais brincalhão do mundo. Então nasceu como humano pela primeira vez e se tornou um capitão porque as águas que conheceu nos seus dias de lontra te chamavam. E tudo isso continua em você, Jonah. O lance da árvore é mais recente, mas tem uma lontra aí, morrendo de vontade de brincar de esquibunda no seu jardim e passar o dia inteiro à toa.

É muita informação esquisita de uma vez só.

— Certo. E em que época fui um capitão?

Ela dá de ombros.

— É difícil ter certeza. Na virada do século xx ou um pouco antes, acho.

— Talvez eu tenha aportado em Nova York, onde você era bailarina.

Ela inspira quase num suspiro, então abre um sorriso animado.

— Sim! Talvez você tenha me visto dançar.

Vivi se afasta e fica na ponta dos pés, numa demonstração. Ela move os braços com graciosidade, então os abaixa, sorrindo.

— Fiz balé por alguns anos. Sentia tanta saudade da minha vida como bailarina que precisei reviver um pouco daquilo.

Vou na dela, sorrindo.

— É. Tenho certeza de que já vi você fazendo isso antes.

Vivi caminha na minha direção, encantada, borbulhando de energia.

— Talvez você tenha ido aos bastidores depois. Talvez eu tenha te levado ao meu bar secreto preferido, onde bebemos gim artesanal. Talvez a gente tenha ficado bêbado ouvindo jazz e depois caminhado tropeçando pelas ruas de paralelepípedos até meu apartamento, e feito amor a noite toda, suando, porque não tinha ar-condicionado naquela época. Aposto que sentindo um cheiro específico a gente conseguiria lembrar trechos daquela noite. Não acha?

O que eu digo depois *disso*? Ela falou mesmo em *sexo*? Não sei o que é mais confuso: que ela tenha usado uma expressão que alguém da idade da minha mãe usaria ou que tenha casualmente sugerido que a gente possa ter se pegado em outra vida. Só pode haver uma resposta possível:

— Talvez.

— Bom, é melhor eu ir — Vivi diz. — Vai fazer alguma coisa amanhã de manhã? Não vou trabalhar.

— Não, mas tenho que ficar em casa com os mais novos.
— Ótimo. Vou trazer o necessário.
— Pra quê?
— Pra brincarmos de esquibunda. — Ela dá aquele sorriso vermelho. — Vai, Jonah, tenta me acompanhar.

5
VIVI

Não sei se você já se deitou de costas em um campo aberto e ficou olhando para o céu azul enquanto sentia tudo zumbindo ao seu redor, mas é assim que meus dias parecem passar aqui. O mundo gira um pouco mais devagar, e meus movimentos parecem acelerados, com a energia crepitante nas ruas iluminadas.

Quando encontrei Jonah Daniels ontem, a trajetória do meu verão mudou de um jeito mágico. Ele é o anel do meu Frodo, o guarda-roupa da minha Lucy Pevensie. Sua presença na minha vida me põe em uma jornada, e posso sentir a missão vital pulsando dentro de mim. Esse garoto *precisa* de mim. Por isso fui às compras e já estou a caminho da casa dele. Sei que ele vai ficar surpreso ao descobrir que eu estava falando sério.

Todos estão no jardim. Os pequenos gritam de alegria enquanto Jonah aponta a mangueira para eles.

—Vivi — Leah diz ao me ver. — Oi!

Não demoramos muito para montar a lona numa área inclinada do exuberante jardim. Enchemos uma piscininha de plástico com água e colocamos no fim do esquibunda improvisado. Jonah verifica se não há nenhuma pedra perigosa no caminho — o que é bem a cara dele.

—Tudo certo! — ele confirma em seguida.

O mundo cheira a grama cortada, maresia e água da mangueira. Meu estômago se contorce de animação.

— Quem vai primeiro? — pergunto, pegando um galão de detergente para deixar a lona o mais escorregadia possível. Modéstia à parte, estou incrível, com um chapéu de abas largas e um collant com estampa de oncinha que estou usando como maiô. Ele deixa tudo no lugar, então nem preciso de calcinha e sutiã, e as mangas compridas cobrem minha cicatriz. Isaac traz um rádio retrô e coloca numa estação de músicas antigas. Danço seguindo a melodia, feliz.

Silas se joga na pista de lona — exibido! — e cai na piscininha de plástico ao fim dela.

— Arrasou! — grito do outro lado.

Bekah mostra quatro dedos em cada mão.

— Nota oito.

— Sua vez, Leah — Isaac diz.

Pode parecer que é só um irmão mais velho educado, mas acho que está com medo mesmo.

Jonah corre até a ponta final e ergue os polegares para a irmã mais nova. Não vai conseguir pegá-la se escapar da lona, mas Leah não sabe disso.

Ela concorda e senta. Escorrega devagar, caindo na piscina

morrendo de rir. Vou em seguida, batendo continência para fazer graça, e os outros dois menores me seguem, primeiro tímidos, mas logo muito empolgados. Nossos gritinhos atraem as crianças da vizinhança, que correm para casa para vestir maiôs, biquínis e shorts.

Todo mundo já escorregou pelo menos duas vezes quando convenço Jonah a tentar. Jogo água na barriga dele com a mangueira.

—Vamos lá, marinheiro. Sua vez.

—Tá bom, tá bom, já vou.

Ele tira a camiseta, e eu só penso: *Hum... Olá!*

Jonah senta no começo da lona e vira para mim.

— Me dá um empurrão?

Hum. Achei que ele fosse sair correndo e mergulhar, mas tudo bem. Deixo a mangueira no chão e apoio a mão em seus ombros.

Antes que eu perceba o que está acontecendo, Jonah me agarra e escorregamos juntos. Rio e grito ao mesmo tempo. Somos uma mistura de braços e pernas escorregadios por causa da lona ensaboada descendo ainda mais rápido com toda a confusão. Caímos na piscina de plástico — supergelada — e vamos além, aterrissando na grama. Eu me viro, morrendo de rir, e encosto o rosto na lateral da piscininha.

—Tudo certo aí? — Silas pergunta.

—Tudo!

Ouço a voz de Jonah ao meu lado e percebo que está me observando. Sua cabeça bloqueia o sol, criando uma espécie de halo em sua volta.

— Tudo bem, Vivi?

— Tudo ótimo! — consigo dizer, ainda rindo. — Nunca me senti melhor. Bem que eu te disse: lontra.

O cabelo de Jonah cai sobre seu rosto, e ele sorri para mim. Não de um jeito tímido ou hesitante, com os lábios comprimidos, como ontem. É um sorriso de verdade — o primeiro que eu vejo.

Você não acreditaria nas coisas que eu faria para que esse garoto que parece cansado da vida sorria desse jeito. Hoje, foi preciso um esquibunda, mas amanhã vai ter que ser algo novo. E já tenho planos. Vou passar o verão inteiro mudando a expressão no rosto de Jonah Daniels.

Na manhã seguinte, cumpro minha rotina: jogo o remédio no mar, sinto a brisa no rosto e agradeço às estrelas por *sentir* alguma coisa. Mas então, quando estou procurando a chave para abrir a loja, meu olhar para sobre o banco do lado de fora. Tem um pacote lá, com meu nome escrito nele. Interessante! Observo ao redor, procurando por conspiradores antes de sentar. O pacote tem algo quadrado dentro e é um pouco pesado. Hesito em abrir, temendo que algo exploda. Mas é só uma embalagem de restaurante.

Dentro, tem um sanduíche com tomate suculento, muçarela de búfala bem macia e manjericão fresquinho, entre fatias grossas de algum pão chique cujo nome nem sei. Focaccia? Ciabatta?

Jonah.

Fico observando a caixinha de papelão como se fosse um baú de joias reluzentes. Ele... preparou um almoço para mim?

Posso imaginar suas mãos delicadas na faca, os movimentos precisos do punho ao fatiar o tomate vermelho, a muçarela branca. Guardando tudo na embalagem para viagem do restaurante. E ainda tem batatas fritas douradinhas. E um cookie caseiro.

Seria uma tentativa de me conquistar com comida? Só pode ser, né? Mesmo que preparar o almoço seja algo que os pais fazem para os filhos? Não quero ser mais uma pessoa de quem ele tem que cuidar. Quero ser alguém com que Jonah se importa.

Fico pensando a respeito durante toda a manhã. Quando é hora do almoço, pego o sanduíche como se a resposta estivesse nele. Você é um tomate romântico? Ou é algo platônico, uma gentileza de um amigo?

— Acabou a tinta lavanda.

— Oi? — Percebo que estou viajando e olho para o cliente. Tinha quase esquecido de que estava no trabalho. — Opa, desculpa. Tem mais ali atrás. Vou pegar pra você.

A primeira mordida revela um toque de vinagre balsâmico e uma pitada de sal, que contrasta com a doçura do tomate e o frescor do manjericão. É maravilhoso, reconfortante, cremoso. Eu me sinto... cuidada. Como se fosse parte da família. Que necessidade básica é comer, e que sorte ter alguém que prepara a refeição com tanto cuidado e amor. Posso sentir tudo isso no sabor.

Como se não fosse apenas a comida que alimentasse, mas o sentimento.

Voltando para casa, perto de explodir com todas as sensações, paro no restaurante, que é bem caseiro. Parece que encontrei outra peça importante do quebra-cabeça da família Daniels. Aqui, em frente a essa adorável construção de tijolinhos — linda, mas com um potencial pouco aproveitado, decoração datada e acusando certo desleixo —, eu a entendo um pouco mais.

— Oi — digo, estendendo a mão para o homem fazendo anotações no balcão. — Jonah Daniels está?

Ele me observa por um momento antes de abrir um sorriso surpreso.

— Claro. Vem comigo.

Ele me deixa esperando no corredor do lado de fora da cozinha. Fico roendo as unhas com esmalte vermelho até Jonah surgir, com um avental por cima da camiseta branca justa nos braços. Dá para ouvir que estão brincando com ele lá dentro. Jonah olha de volta, sorrindo, antes que a porta feche.

— Desculpa, eles são uns idiotas — diz. Deve ter acabado de lavar as mãos, porque estão molhadas e rígidas como as de um cirurgião antes de uma operação. Fico pensando qual tarefa interrompi. Mas ele parece feliz em me ver, mais relaxado que em casa. — Oi.

— Oi — digo, sem sorrir. — Você me fez um sanduíche. Por quê?

— Por quê? Bom. Não sei. Porque eu já ia fazer o almoço da Naomi? Ou porque achei que você podia querer almoçar um sanduíche? Porque eu ia passar na frente da loja de qualquer jeito? — Ele me analisa, parecendo incerto. — Aguentou bem? O tomate pode deixar o pão úmido, eu sei, mas...

Encurto a distância entre nós, então agarro a gola de sua camiseta e colo meus lábios nos dele. É um beijo rápido, mas certo e determinado o bastante para deixar uma marca vermelha em sua boca.

— Estava perfeito — digo. — Até amanhã.

Vejo dois rostos aparecerem nas janelinhas da porta da cozinha fazendo barulho de beijo. Jonah bate forte na porta e sorri para mim.

— Até amanhã.

Meu coração palpita. Minha camiseta está molhada na cintura, onde ele me tocou. Tenho uma sensação acolhedora e quente de que não estou tão no controle da situação quanto imaginava. Ela sobe como bolhas de champanhe: efervescente, doce e plena.

6
JONAH

Minha mente parece um misturador de cimento nos últimos três dias. Se deixo de pensar em Vivi por um instante, parece que minha vida volta a ser a dureza cinza que tem sido nesses seis meses. Então, enquanto fazia o almoço de Naomi, eu pensava na risada alta de Vivi. Em como ela não parece se intimidar com minha família, ou com qualquer outra coisa. O sanduíche simplesmente aconteceu. Depois passei a maior parte do meu turno no trabalho pensando: *Bom trabalho, imbecil. Você fez o almoço dela, como se ela estivesse indo para o primeiro dia de aula na escolinha.*

Até que Vivi apareceu no restaurante, me beijou e foi embora.

Os filmes sempre fazem parecer que o primeiro beijo é grande coisa — e é verdade. *Mesmo.* Mas ninguém nunca fala sobre a pressão do segundo beijo, nem sobre todo o tempo que se passa pensando e criando expectativas a respeito. Não sei como vai ser quando a gente se encontrar de novo. Se rolar um segundo beijo, precisa partir de mim, e precisa ser *bom*. Pensei sobre isso durante todo o café da manhã.

Meus irmãos já comeram e estão brincando no jardim com umas arminhas de água antigas que encontramos na garagem. Ponho o que sobrou do mingau de aveia em uma tigela e acrescento açúcar mascavo e nozes-pecã.

No andar de cima, fico surpreso ao dar de cara com minha mãe fora da cama. Ela está no chão, cercada por uma pilha de livros.

— Obrigada, querido — ela diz, quando deixo a tigela na cômoda. — Acho que preciso dar uma arrumada no meu quarto. Tem uma porção de livros que nunca mais vou ler, então é melhor doar para abrir espaço para os outros.

— Ótima ideia!

Pareço animado demais, mas pode ser um grande passo. Ela examina o livro que tem em mãos, um de seus favoritos, do Gabriel García Márquez. Até que vem o soluço, o choro contido, um suspiro que não consegue conter.

Pego o livro das mãos dela, notando a caligrafia do meu pai na página de rosto. *Para você, amore mio.* Claro. Eu o coloco na prateleira e ajudo minha mãe a levantar e voltar para a cama.

— Desculpa — ela sussurra. — Sinto muito.

Eu a deixo encolhida na cama, com os ombros chacoalhando enquanto o mingau esfria. Ela parece se sentir ainda pior quando a vemos triste, então é melhor sair de lá. Na cozinha, sento em uma banqueta e cubro o rosto com as mãos.

Não tenho certeza de quanto tempo se passa antes de ouvir a porta, mas nem me dou ao trabalho de ver quem é.

— Oi — Vivi diz. Sua voz está um decibel mais baixo que o normal. Ela percebeu que tem algo errado. Melhor eu já esquecer a ideia de impressioná-la quando a visse depois do primeiro beijo.

— Oi.

A palavra sai sozinha, derrotada.

Vivi senta na banqueta ao meu lado.

— Seus irmãos estavam lá fora brincando e disseram que você estava por aqui. Está tudo bem?

Quero deixar para lá, mas estou esgotado.

Balanço a cabeça negativamente, ainda com as mãos sobre o rosto. Não contei a Vivi sobre minha família, porque não quero que nada mude.

— Minha mãe não está se sentindo bem hoje.

Ela vai até o fogão pegar a chaleira para encher de água, e acerta o armário em que guardamos o chá. Faz uma xícara para ela e uma para mim, deixando-as à nossa frente quando senta ao meu lado. Ficamos em silêncio. Depois de bebermos tudo, ela serve uma terceira caneca e a coloca na minha frente. Levo para a minha mãe, que se desculpa por ter chorado. Quase saio correndo, para que ela tenha privacidade. Para não deixar Vivi esperando. Mas sei que não vai se importar. Então conto sobre o dia do esquibunda, mesmo sabendo que Leah já fez isso.

Quando desço, Vivi já passou uma água em toda a louça do café e colocou na máquina de lavar. Espero que ela me dê alguma desculpa qualquer para poder fugir da minha família complicada. Espero que faça perguntas. Mas ela só levanta a mão, que segura uma porção de papeizinhos.

— Pistas para a caça ao tesouro — ela diz.

É aí que percebo que não consigo acompanhá-la. Percebo que nossos verões vão ser diferentes demais. Como nossas vidas.

— Queria poder participar, mas tenho que ir ao mercado. Estamos sem papel-toalha. Também preciso comprar comida pra semana. E...

— Me dá só um minuto — ela diz, sorrindo. — Você tem uma caneta?

A versão editada da caça ao tesouro conduz os pequenos ao mercado e os mantém ocupados enquanto encho o carrinho. Quando termino, eu os encontro no corredor com artigos de verão. Vivi me vê com as compras feitas. Então pega um bambolê e anuncia:

— Para conseguir a próxima pista, alguém tem que pular por esse bambolê como se fosse um golfinho!

— Eu! — Isaac se apresenta rápido, tropeçando ao sair do outro lado do bambolê.

— Vocês conseguiram! — Vivi anuncia, e Leah bate palmas. — A pista está... no carrinho de compras! Vocês precisam ajudar Jonah a colocar tudo no caixa para encontrar!

Meus irmãos vêm correndo na minha direção — até Bekah, que em geral acha que é adulta demais para esse tipo de coisa. Vivi dá de ombros de um jeito exagerado e sorri. Está inventando tudo na hora.

81

Em casa, Silas também entra na brincadeira. Passamos o dia inteiro seguindo pistas pela cidade e acabamos no cinema. Vivi faz questão de pagar, insistindo que é o prêmio da caça ao tesouro. Já está escuro quando saímos. Leah então anuncia:

— Foi o melhor filme que já vi.

Ela sempre diz isso.

— Eu também — Vivi concorda. — Tinha tudo! Aventura! Luta de espada! Magia! Romance!

Andamos para casa, com a barriga cheia de pipoca e refrigerante. Meus irmãos mais novos fingem ser personagens do filme — o cavaleiro, a princesa, a feiticeira —, e Silas os acompanha. Sem aviso, Vivi pula nas minhas costas e me incentiva a seguir em frente, como se eu fosse um cavalo do filme. Os outros nos acompanham enquanto dão risadas.

Passamos pelo policial Hayashi, que está de uniforme, mas sem sua cachorra. Paramos de correr. Isaac endireita os óculos; Silas, as costas.

— Boa noite — ele diz, tranquilo.

— Boa noite — respondemos em uníssono.

— Oi! — diz Vivi, sozinha.

Ele a observa nas minhas costas, como se estivesse refletindo sobre alguma coisa.

—Vejo que está andando em má companhia...

Merda! Ele acha que sou uma má companhia? Arregalo os olhos, mas Vivi bufa nas minhas costas, fingindo estar ofendida.

— Ah, você está falando dela? — pergunto, atrapalhado. — Estou, sim, senhor.

— Tome cuidado. Essa daí é perigosa.

— Eu sei, senhor.

Como esses dois se conhecem?

— Tá, tá. — Vivi dá uma risadinha, e sinto seu peito se movendo contra minhas costas. — A gente se vê amanhã.

Quando nos afastamos, sussurro para Vivi:

— Amanhã?

— Tomamos café juntos às vezes.

Antes que possa perguntar a respeito, Bekah pula à nossa frente. Ela finge jogar um feitiço em Isaac, que desvia.

— Quero ser a feiticeira! — Leah reclama.

— Mas não pode. Você é a princesa. Agora silêncio! — Bekah faz um movimento de onda com as mãos, como se fosse lançar uma magia em Leah.

— Silas! — minha irmã mais nova grita. — Não é justo! Ela está sendo má!

Espero Vivi pedir para voltar ao chão. Quem é que quer passar o verão inteiro ouvindo esse tipo de coisa? Quem quer testemunhar Silas tentando resolver a situação sem que termine em lágrimas? Mas ela só segura mais forte no meu pescoço e sobe as pernas em volta da minha cintura. Parece que não vai a lugar nenhum.

7

VIVI

Aí está algo que nunca esperei sentir: amor à primeira vista por uma família inteira. Mas a vida nos surpreende. Ela nos diz para fechar os olhos e assoprar as velinhas, mas às vezes enfia o bolo na nossa cara antes do pedido. E às vezes — só às vezes — você consegue o que queria. Você pede um garoto com quem passar as férias e ela te dá uma família incrível.

E é uma sorte gostar tanto deles, porque estão sempre por perto. Desde que beijei Jonah, só ficamos sozinhos uma única vez, e não era o momento certo. Agora, quando ele olha para mim, ajeitando a sacola de praia no ombro, sinto o sol ainda mais quente no rosto.

No segundo em que pisamos na praia, Leah e eu começamos a correr, jogando areia para todo lado. Damos gritinhos ao entrar no mar, e eu a levanto e giro, fazendo seus dedos do pé traçarem círculos na água. Quando ficamos com frio, brincamos de carrinho de mão com Bekah na areia. Jonah está montando o guarda-sol, sob o qual Isaac já está plantado, lendo um livro.

— Ei! — Jonah chama do nosso pequeno acampamento. — Protetor solar.

As tropas se apresentam de imediato. Bekah começa a revirar o isopor que Jonah trouxe. Ela examina os pacotes de picolés, tentando adivinhar o sabor pela cor por baixo do papel, vermelho ou laranja.

—Você acha que tem de manga? Ou maracujá? — pergunto, passando mais protetor nos braços e nas pernas.

— Ou de romã? — Bekah pergunta, examinando um picolé de abacaxi. — Aposto que Jonah conseguiria.

Olho para ele por trás dos meus grandes óculos de sol tipo gatinho. Jonah passa protetor nas costas de Leah enquanto ela passa no próprio nariz. Ele prende o longo cabelo dela em um coque no topo da cabeça. Não fica caprichado, mas ele evolve o elástico com naturalidade. É tão fofo que me aperta o coração. Poderia destruir uma garota, esse cara lindo sob o sol, sem camisa, passando protetor solar no pescoço da irmãzinha.

Na maior parte do dia, ele fica de olho nas crianças, observando Leah na beira da água, supervisionando a construção do castelo de areia e impedindo brigas. Jonah está sempre antecipando o humor e as necessidades dos outros, e só o pego olhando para mim de vez em quando. Quando acontece, ele me lança um sorriso tranquilo, como se dividíssemos um segredo. Jonah Daniels e seu olhar são o bastante para fazer uma garota emergir de uma concha enorme em meio ao oceano, como a Vênus do quadro, envolta em espuma do mar. É capaz que isso tenha mesmo acontecido comigo, porque não lembro do meu nascimento, e minha mãe seria perfeitamente capaz de pintar algo do tipo.

Não vou fingir que não estou maravilhosa no meu maiô de bolinhas frente única que não apenas cobre a tatuagem que me arrependo de ter feito, como ainda faz um grande favor aos meus peitos. Além disso, estou usando mil pulseiras no pulso esquerdo.

Vamos para o mar, reaplicamos protetor solar, enterramos Isaac na areia, fazendo um rabo de sereia para ele. As horas na praia derretem com os picolés. Quando é hora de ir embora, me afasto um pouquinho para cumprir meu último item da lista de afazeres do dia. Usando um galho que Isaac encontrou para mim, escrevo com cuidado na areia: *Vivi esteve aqui*. Não importa que a maré vai apagar em breve.

— Mais um?

Jonah está ao meu lado, apreciando minha obra de arte. Acho que já me viu fazendo isso. No começo da semana, eu o convenci a plantar mais flores no jardim da casa dele. Ajudamos os pequenos com as pás e falei sobre biologia, girassóis e brotos. Inventei grande parte das coisas, mas tudo bem. Quando fomos plantar as últimas sementes, de zínias, peguei um pedaço de papel da bolsa e escrevi *Vivi esteve aqui*. Então o enterrei na terra também. Estarei presente de alguma forma quando brotarem. Estávamos tão sujos quando terminamos que nos revezamos em um chuveiro externo que Jonah disse que não usavam fazia anos. Um *chuveiro externo* — a vida na praia da melhor e mais mágica maneira. Como se pudessem fazer chover só no jardim a hora que quisessem.

— Viv. — Jonah cutuca meu braço com o cotovelo, me trazendo de volta ao presente. — Por que isso? Qual é a dos "esteve aqui"?

— Porque tudo é tão passageiro, não acha? Mas o mar existe desde muito antes de nós, e vai continuar aqui até muito depois. Como a maioria das árvores e alguns animais. Não é doido? Os vestidos que desenho vão viver muito mais que eu. — Não consigo segurar um suspiro. Ah, como adoraria ser eterna! — Só estou buscando algum tipo de permanência. Quero deixar minha marca no mundo depois que for embora, nos lugares onde fui feliz. Faz sentido?

Jonah enfia as mãos nos bolsos da bermuda de praia e se balança nos calcanhares. Está de óculos escuros, mas sei que avalia cada traço, cada letra.

— Faz. Mas nunca pensei nisso antes.

Ali. Bem ali. Alguma dor parece perfurar a pele dele, como se cigarro o queimasse toda vez que pensasse a respeito. Estou pronta para saber o que é. O desejo de ficarmos juntos sozinhos cresce como fumaça no ar. Mas não é por causa do calor — ou, pelo menos, não a princípio. É porque quero saber se Jonah está pronto para me contar sobre a tristeza pulsante que permanece escondida nessa família linda, mas que sinto mesmo assim.

Enquanto voltamos para casa, o sol se põe no céu multicolorido. Tenho um plano. Leah dorme no colo de Jonah, com a boquinha entreaberta. Bekah e Isaac parecem pequenos zumbis de tão exaustos ao entrar pela porta da frente. Adoro a casa deles, que fica afastada da rua, rodeada por arbustos de um verde tão profundo que quase parece azul. Jonah disse que é um típico bangalô, mas tudo que sei que é branca e aconchegante. A imagem que vem à minha mente é a de um chalé de conto de fadas, e as libélulas voando pelo jardim contribuem para isso.

— Finalmente chegaram. — Silas está apoiado no batente da porta. — Estava começando a achar que tinham sido levados pelo mar.

Isaac e Bekah entram, largando a enorme sacola de praia na sala de estar. Quando Jonah coloca Leah no chão, ela fica de pé, mas mantém os olhos fechados. Silas dá risada, então a pega e a leva para dentro.

— Vamos ficar aqui — peço, segurando a mão de Jonah. Ele se assusta a princípio, como se eu tivesse quebrado a barreira entre nós. — Silas e Naomi podem cuidar deles. Vamos jantar sorvete, só nós dois.

— Tá bom. — Ele sorri, mas percebo que está cansado. Sei disso, sei que está *esgotado* por algum motivo, mas preciso saber mais. — Silas! Vou sair para comer alguma coisa com a Vivi.

Ele sabe que o irmão não vai se importar, porque ficamos com os pequenos o dia todo, e merecemos um descanso. Depois de uma semana convivendo com a família Daniels, estou começando a entender o esquema de turnos entre os irmãos mais velhos, que parecem encarregados da família toda. Jonah não solta minha mão enquanto descemos a rua, e me perco no mundinho deles.

Estou apaixonada por Leah, claro, com sua imaginação sem limites, sua risada contagiosa e o jeito como brinca com meu cabelo. Sou louca por Isaac, com suas obsessões, seus oclinhos e seu cabelo espetado com algum gel que rouba dos irmãos mais velhos. Adoro Bekah, sempre revirando os olhinhos com seu mau humor de pré-adolescente, mas voltando a agir como uma criança despreocupada sem nem perceber de vez em quando. Gosto demais de Silas, que faz piadas imaturas ao mesmo tempo que é todo responsável quando se trata dos irmãos. Estou começando a gostar até da Naomi, mesmo com ela querendo que eu prove que mereço sua amizade, coisa que ainda não consegui, mas não pretendo desistir tão cedo.

E Jonah. Ah, Jonah. Ele me conquistou naquela primeira noite, quando o vi em seu hábitat natural, cozinhando, rodeado pela família incontrolável. Um equilíbrio tão delicado, e mesmo assim ele me deixou entrar. Que coração! E, já que Jonah pode ser bem sério, dou leves cotoveladas e empurrões com o quadril de tempos em tempos, encarando-o e mordendo o lábio como se fosse um tique nervoso. Mas não é.

Ele está tão cansado e concentrado em seus problemas que nem percebe que está sendo observado. Enquanto descemos a rua juntos, as garotas reparam nele. E, depois que passa, aproveitam para observar mais um pouco. É claro que aproveitam. Jonah é muito gato — tem um cabelo incrível, pele morena, braços fortes de tanto carregar compras e uma irmã mais nova. Tem olhos escuros e profundos, que indicam que ele carrega muitas coisas pesadas dentro de si também.

No centro, pedimos duas casquinhas — uma de menta

com gotas de chocolate para ele e uma de chocolate com marshmallow e amêndoas para mim. Já viemos aqui comer banana split essa semana. Isaac comeu tanto que quase vomitou, o que foi meio trágico, mas também meio engraçado.

— Obrigado, Patty — Jonah diz para a atendente que nos entrega os sorvetes. Então olha para ela e indica a escada com a cabeça. — Tudo bem?

— Sem problemas. — A mulher dá uma piscadinha. — Só tomem cuidado.

Sigo Jonah enquanto ele sobe os degraus nos fundos. O andar de cima parece mais com uma casa antiga do que com uma sorveteria. Tem alguns quadros pendurados e duas portas. Uma deve dar no banheiro, mas a que Jonah abre leva para uma cobertura que parece firme o bastante. A vista é espetacular. Um assento na primeira fileira para ver o sol brilhante se pondo no mar.

— Uau — solto acompanhado de um suspiro, e sento ao lado dele. Ficamos com as pernas dependuradas, e fico desapontada ao me dar conta de que tem uma escada de incêndio abaixo de nós. Se cairmos, nada vai acontecer, o que é uma pena. Um cara gatinho, sorvete, pôr do sol, cobertura... só falta a emoção do risco para ficar perfeito.

Acho que nunca fiquei tanto tempo em silêncio. Ficamos quietos durante todo o caminho até aqui. Observo esse garoto, cujos olhos parecem embaçados por trás das íris castanhas.

— Ah, Jonah, você parece tão cansado.

Ele dá um meio sorriso.

— E *estou*. Estou cansado faz meses.

— Então a gente combina igual sorvete de menta e gotas de chocolate, porque não me canso fácil. Toda noite desafio as estrelas a aguentar mais do que eu, e acho que até agora estamos empatadas. Agora você pode dormir um pouco mais, já que estou sempre acordada. Que tal?

Ele me lança um olhar, sem ousar me encarar por completo.

— Posso perguntar uma coisa?

— O que quiser.

Eu sabia que ele ia se abrir se estivéssemos sozinhos num lugar tranquilo. Fico chutando o ar, feliz em esperar. A brisa marinha balança seu lindo cabelo, como se a frente fria conhecesse tudo que sinto por Jonah e quisesse me provocar. Sou doida pelos quase cachos de Jonah, até a natureza sabe disso.

Ele fica encarando o sorvete, sem tomar, ainda que esteja derretendo e prestes a pingar.

— Por que não perguntou nada sobre meus pais?

É claro que notei a falta de adultos na casa dos Daniels. Não teria como não perceber. Eles falaram o bastante para eu saber que a mãe fica no andar de cima, então presumo que esteja doente. Os mais novos às vezes falam do pai no passado, mas não sei se ele morreu, se foi embora ou se alguma outra coisa o separa da família. Pode ser que esteja internado ou no Exército. Jonah não olha para mim enquanto penso nisso tudo. Só toma o sorvete e se concentra nas ondas do mar.

— Bom, digamos que tenho curiosidades a meu respeito que prefiro guardar para mim mesma. — Tomo um pouco do sorvete, girando a casquinha para deixá-lo uniforme. — Imaginei que, se quisesse me contar alguma coisa, faria isso no seu tempo.

— Ah. — Jonah soa genuinamente aliviado. — Ufa. Achei que não tivesse perguntado porque já sabia. Tipo, que alguém já tinha contado.

Lembro que Whitney comentou alguma coisa no dia em que conheci Jonah. Fez com que ele parecesse perturbado, assombrado por fantasmas.

— Meu pai morreu. Faz seis meses. De ataque cardíaco. É isso que achei que tivessem te contado.

A informação é como um soco no estômago, e quase solto um gemido. Fico sem ar, apesar da brisa. Imagino o rosto doce de Jonah e de seus irmãos, e quase arfo em minha tentativa de respirar.

— Ah, Jonah.

— Não gosto de falar sobre isso. Quer dizer, não sei como fazer isso. — O sorvete escorrega da sua mão, quase caindo na escada de incêndio. — E minha mãe... Bom, sei lá. Ela não sai da cama. Sempre achamos que vai melhorar, mas não sei por quanto tempo mais vamos aguentar. Silas deveria ir para a faculdade no outono e... não sei. Não posso cuidar dos meus irmãos sozinho.

Ele engole em seco, e vejo seu pomo de adão se mover de maneira quase imperceptível. Então levanta a mão como se fosse enxugar os olhos, mas só massageia a testa tensa.

— Minha mãe tem dias bons. Costuma ir à igreja aos domingos. Às vezes até levanta e toma banho, ou vai ao mercado. Queríamos que fizesse terapia, mas ela só chora quando tocamos no assunto. Naomi insiste que é depressão clínica e que precisa ser medicada, mas ela nem ouve. Cara, parece maluquice. Estou me ouvindo dizer isso e parece maluquice.

— Jonah, juro pelo meu vestido vintage favorito que o que você está dizendo não é nada de mais pros meus padrões. Triste? Difícil? Sem dúvida. Mas não tem nada de maluco no luto e na tristeza, ainda mais quando é totalmente justificada.

— Então você acha normal ela ficar desse jeito por seis meses?

Ele solta um ruído de escárnio, então termina de comer a casquinha e limpa as mãos.

— Talvez seja. — Dou de ombros. — Não saberia dizer. Não fui apaixonada por alguém por vinte anos, tive seis filhos com essa pessoa e então a tive arrancada de mim do nada. Não sei dizer o que é "normal" nesse caso.

Ele faz uma careta enquanto assimila o que eu disse.

— Bom, agora me sinto um idiota de novo.

— De novo?

Ele volta a levar a mão à testa.

— Mais ou menos um mês depois que meu pai morreu, Felix me disse que existe uma diferença entre luto e depressão. E que ele sabia disso porque seu filho lidou com a depressão. E o que você disse é verdade. Minha mãe está passando pelo luto. Sei disso. Mas acho que isso pode ter evoluído para uma depressão. Como vou saber? Seis meses parece tempo demais para ficar chorando trancada em um quarto.

Quase digo que acho que é um bom sinal ela ainda chorar, mas fico calada, porque pareceria cruel. O fato é que a depressão é como uma sombra que toma conta do seu corpo enquanto você dorme e transforma tudo em nada, em neblina. Todo mundo pensa que você não consegue rir quando está deprimido, mas a verdade é que eu tampouco conseguia chorar, porque não *sentia*.

Mas volto a Jonah.

—Você está bravo com ela?

— Estou. — Ele levanta o olhar, transparecendo culpa e surpresa ao ouvir aquilo, como se tivesse dito sem a permissão do cérebro. — Nunca admiti isso ou pensei a respeito. Talvez eu não esteja bravo. Sei que não é culpa dela. Só odeio a situação. Por minha mãe, por mim, por Leah, Isaac e...

—Você está fazendo o que pode. Está cuidando de todos, assumindo a responsabilidade para que ela possa viver o luto. — Dou um tapinha na perna dele. — Está fazendo tudo.

Jonah balança a cabeça, como se me ouvisse, mas não acreditasse em minhas palavras. A tristeza toma conta de mim, mas ainda sinto certo deslumbramento por estar aqui em cima. É o topo do mundo, e penso em adolescentes como nós em Madri, Sidney ou Hong Kong, me perguntando se passam o verão tão perto das estrelas assim.

— Bom — ele diz, suspirando —, sei bem como fechar com chave de ouro um belo dia na praia, não sei?

— Ah, deixa disso. — Um suspiro fica preso na minha garganta, porque não gosto do que vou ter que dizer. Se já odeio pensar a respeito, *não suporto* falar sobre o assunto. Mas tenho que fazer isso por ele. — Sei que ajo como se não tivesse nenhuma preocupação no mundo mas… já passei por uma tristeza muito profunda, sabe, Jonah? E sei o que é lutar pela vida num mundo hostil. Então, se precisar espairecer ou de alguém com quem conversar ou só ficar em silêncio, estou aqui. Não tenho medo de problemas.

— Obrigado, Viv. — Ele parece aliviado, deitado de costas, respirando fundo, com o peito subindo e descendo. — Achei que você pudesse sumir se soubesse. Nesse momento, minha família é… muita coisa, eu sei.

— Eu também sou muita coisa, Jonah. — Deito ficando na mesma posição que ele, com a barriga para o ar. — Não precisa se preocupar com isso. Se eu conhecesse um garoto que fosse perfeito, sem nenhum problema ou coisa do tipo… Bom, acho que pegaria no sono em algum momento. E você sabe que não durmo fácil.

Ele lança um olhar para mim e até que um sorriso espertinho surge em seu rosto.

— O que foi?

— Nada. — Mas Jonah não consegue deixar de sorrir. — Só estou… muito feliz que você esteja aqui comigo.

— Também estou feliz que você esteja aqui.

Então ficamos acima da cidade, aqui e agora, até o último momento possível. Até que o último raio de sol ilumine nossa saída do telhado e seja lá o que vier depois.

Mais tarde, fico pensando que gostaria que Jonah tivesse me beijado, mesmo que estivéssemos falando de coisas tristes

— coisas que poderiam derrubar a alma de alguém permanentemente. Já está tarde, mas não para os meus padrões — uma da manhã, por aí. Estou costurando no meu quarto, porque o que mais eu poderia fazer a essa hora? Desfaço a bainha de um vestido antigo que quero encurtar, o que é um trabalho bem chato. Então me distraio imaginando *várias* situações em que Jonah tem mais atitude e é mais atirado, e quando a coisa começa a ficar interessante, meu celular toca. Torço para que seja ele, e é. Pergunta se estou acordada, e é claro que estou. Toca de novo. *Dá uma olhada na rua.* Fico superansiosa para abrir a janela, e então encontro Jonah Daniels na calçada.

— Oi.

Seu cabelo balança ao vento, e ele enfia as mãos nos bolsos, como se tivesse vindo até aqui só para bancar o tímido.

— Oi. — Tento soar casual, o que é bem difícil, quando você precisa gritar para ser ouvida. — E aí?

— Não consigo dormir, mesmo estando exausto. Então quer, sei lá, dar uma volta? Ir até a praia?

— Com você? — pergunto, provocando. Ele me lança um olhar que diz "me ajuda aqui, Viv, estou tentando". Abro um sorriso. — Sempre. Vou descer.

Estou com uma camisola de alcinha azul-marinho com aplicação de renda branca. Cobre meu corpo tanto quanto qualquer um dos meus vestidos de verão, então nem preciso me trocar. Visto um cardigã creme largo por cima e fecho os olhos, tentando visualizar como estou. Como se eu tivesse saído da cama e vestido um casaco só para pegar a correspondência lá fora. É mais ou menos o que eu queria, mas não exatamente. Então pego meu colar comprido de pérolas falsas e dou várias voltas no pescoço. Pronto, era isso. Agora pareço uma garota que saiu da cama para um encontro repentino na praia.

Desço a escada e vejo a silhueta da minha mãe diante do brilho da TV. Ela está vendo um filme francês, segurando uma taça de vinho branco. Então vira a cabeça para olhar para mim. Um sorriso de quem sabe das coisas surge em seus lábios.

— O que acha que está fazendo?

— Estou saindo escondida — digo, mexendo no cabelo. — Não dá pra ver?

— Ah, sim. Muito sutil. — Ela me encara. — É o mesmo garoto? O Jonah?

— Sim, é ele — respondo, ofendida.

— Quero conhecer esse garoto, Viv. Sério.

Fico horrorizada.

— Quê? Tipo, *agora*?

— Ele está aqui?

— *Não.* — É claramente uma mentira. Costumo ser melhor do que isso. — Talvez. Está. Só vamos dar uma volta. Ele está com insônia.

— Então, sim, quero conhecer o Jonah agora. — Quando não me mexo, ela levanta e se espreguiça. — Sinto muito se não gosta disso, mas a dra. Douglas disse que...

— Tá — respondo, sem querer ouvir mais nada. Faço menção de ir até a porta da frente, mas viro para a minha mãe. — Você... pode não perguntar nada sobre os pais dele?

Ela inclina um pouco a cabeça, fazendo o cabelo comprido cair para um lado. Sei que está juntando as peças: passo o dia todo com os irmãos dele, nunca falei dos pais. Ele está aqui a essa hora porque não consegue dormir.

— É complicado — digo, baixo. — E recente. Promete?

Ela assente, e a expressão de mãe determinada em seu rosto se alivia um pouco. Jonah não é mais um adversário, uma possível ameaça à sua filha. É só um filho, assim como sou uma filha.

Ele está na calçada com as mãos nos bolsos da calça cáqui dobrada nos tornozelos. Gosto disso — que já tenha saído de casa sabendo que íamos passear na praia. Sorrio enquanto caminho, sentindo as pedrinhas sob os pés. Não vou colocar sapato de jeito nenhum; seria um insulto a uma noite de verão tão maravilhosa quanto essa.

— Oi — Jonah diz, enquanto me aproximo.

— Oi. Chegou na hora certa. Estava pensando em você. — Seguro sua mão, apertando meus lábios. — Só uma coisinha... Minha mãe quer te conhecer.

— Ah! Hum. Agora?

— Eu sei, é esquisito. Mas você se incomoda de entrar rapidinho? Juro que não vai ser um interrogatório. Ela só quer ter certeza de que você é normal, aí vamos poder sair pra fazer o que quisermos.

— Claro — ele diz, mas posso ver em seus olhos que não era o que tinha planejado para a noite. Afe, mãe! Teria sido tão romântico sem nenhuma interferência.

Lá dentro, os atores franceses estão travando uma discussão

apaixonada na TV. Minha mãe levanta do sofá, ainda segurando a taça de vinho. Como sempre estou ao seu lado, esqueço como ela é uma presença impactante. Seu cabelo estilo anos 70 vai até a cintura, ela está sempre de bata e se movimenta de um jeito muito decidido.

Quase consigo ouvir Jonah engolir em seco.

— Mãe, este é o Jonah.

— Oi, Jonah — ela cumprimenta, mas sei o que está pensando. *Ah. Um garoto de calça cáqui. Sem piercings nem tatuagens visíveis ou cabelo esquisito.* Não que se importe com essas coisas. Mas Jonah é o primeiro cara... *sem adornos* que chegou ao ponto de conhecer minha mãe. Não sei se ela está decepcionada ou perplexa.

— Viu? — Aponto para Jonah como se ele fosse o grande prêmio de um programa de perguntas e respostas. — Normal. E fofo! Acho que estou de parabéns. Agora vamos embora.

Pego a mão dele e tento puxar, mas seus pés ficam plantados no chão.

— Muito prazer. — Ele estica a mão livre para a minha mãe.

— Desculpa. Vivi acabou de me dizer que eu devia parecer normal. Não tive muito tempo para me preparar para o papel.

Minha mãe acha o comentário divertido e sorri enquanto aperta sua mão.

— Muito prazer. Meu nome é Carrie. Vivi disse que tem passado bastante tempo com você e seus *cinco* irmãos.

— Ah. Sim. — Ele lança um olhar para mim, quase com dó, como se eu não tivesse *adorado* cada momento com eles.

— Somos muitos.

— Você é o mais velho?

Isso é realmente mais importante que passear na praia com esse garoto fofo?, tento perguntar à minha mãe por telepatia. *Por que está fazendo isso comigo?*

Mas Jonah já está respondendo, soando perfeitamente confortável enquanto aperto sua mão numa tentativa de chamá-lo para ir embora.

— Sou um dos do meio. O mais novo entre os três mais velhos.

— Deve ser divertido. Fico feliz que Vivi tenha conhecido vocês. Muito bem. — Ela sorri para Jonah e depois para mim, nos dispensando. — Obrigada pelo seu tempo. Não volte muito tarde, Viv. É só uma voltinha.

— *Humpf!*

Já estou de costas para minha mãe quando Jonah diz:

— Até mais!

Pegamos a velha escada de madeira até a praia. Jonah fala sobre o trabalho no restaurante, o alvoroço, os clientes e os cozinheiros engraçadinhos que trabalham com ele. Quando chegamos a uma parte da praia cheia de detritos de madeira, ele se abaixa, se oferecendo para que eu suba em suas costas. Avançamos assim até chegarmos na água, então desço e piso na areia.

Uma bandeira amarela tremula ao vento, e o céu se estende sobre o mar e muito além. Somos as únicas pessoas até onde podemos ver, e o mundo parece um filme feito só para nós, exibido no céu escuro e infinito. O universo se revela por completo para nós dois, de braços abertos, acolhedor.

Meus pés se aproximam da água.

— Tenho que sentir um pouco disso, sabe? É o golfinho que ainda resta em mim.

— Cuidado. — A voz dele é tranquila, um aviso no ar quente. Ele é tão paternal, sério. Não consegue evitar. — A maré às vezes é bem forte.

Eu sei. Por isso a bandeira amarela está aqui — para avisar os turistas de que à noite a água pode ser traiçoeira.

— Sempre amei o fato de que a Lua causa as marés — digo. Abro um sorriso sedutor, tentando fazer com que Jonah relaxe um pouco. — Tão distante, tão bonita, tão poderosa... Posso sentir que me puxa também.

— Hum...

Ele ri, mas não de mim. Acho que Jonah não conseguiria tirar sarro de alguém, não do jeito que outras pessoas fazem.

— Talvez você não sinta porque é mais pesado. Mas eu sinto. Como uma corda na minha cintura.

Levanto os braços, como se de fato houvesse uma corda ali, e sigo até a água, na direção da lua. Está fria, mas já entrei até as canelas quando Jonah avisa:

— Não vai muito longe. Não temos salva-vidas em Verona Cove.

Jogo o casaco na areia para que não molhe.

— Ah, Jonah. Salva-vidas são o maior *mito*.

— Quê? Claro que não. Só não temos nenhum por aqui.

Agora estou com os joelhos molhados. Viro e o observo, falando mais alto para que possa me ouvir:

— Acha mesmo que um salva-vidas, uma única pessoa,

pode impedir o universo de levar você se ele realmente quiser?

— Bom, acho que é por isso que inventaram a *respiração boca-a-boca*.

Jonah enfatiza as duas últimas palavras como se estivesse provando seu ponto.

—Tá, às vezes o universo devolve você, quando ainda não quer te levar, só pra lembrar que *poderia*, se desejasse.

A água molha a barra de renda da camisola, e toda a parte inferior do meu corpo se sente segura. Minha alma conhece a sensação de submersão, de plenitude, de liberdade infinita.

—Vivi, você vai ficar ensopada. E se alguém vir que entrou na água nesse horário pode ter problemas.

Ele entrou até os tornozelos, mas já estou até a cintura, e temos que gritar para falar um com o outro. A água está gelada, mas nem ligo, de tanto que estou curtindo o momento.

— Pelo amor de Deus, você já foi uma lontra. Liberte seus instintos. — Abro os braços, que refletem a luz pálida da lua, as sardas escuras parecendo buraquinhos. — Se joga, Jonah Daniels!

Ele entra até os joelhos, e sua relutância me intriga. Os locais não apreciam todas as maravilhas que têm no quintal das próprias casas. Posso quase ver o cérebro de Jonah trabalhando. *Preciso. Calcular. Risco.* Mas quero que esqueça a parte adulta que usa para cuidar dos irmãos, só por essa noite, para que de fato *sinta* alguma coisa.

Mas gosto de como seu cabelo escuro balança na brisa do verão, então desculpo seu pragmatismo. Caminho em sua direção até que a água bata nas minhas coxas, então encosto a mão molhada em sua testa seca. Uma gota de água salgada escorre por seu nariz, e eu digo:

— Jonah Daniels, em nome da Deusa do Mergulho à Meia-Noite, batizo você. Que ela...

— Deusa do Mergulho à Meia-Noite?

— Bom, talvez você a conheça como Lua. Ela tem muitos outros nomes, não quero entrar nesses detalhes agora. Onde é que eu estava mesmo? Ah, sim. Que ela proteja e guie você para que deixe de ser esse corta-barato incorrigível e comece a agir como a supernova que, no fundo, você realmente é.

Jonah me encara como se eu fosse doida. Ou talvez seja um olhar de admiração, como se eu fosse toda uma galáxia brilhante, vasta e inexplorada. Então ele sorri de uma maneira que faz com que eu me sinta compreendida. E agora não consigo pensar em nada além das cerejas que comemos na praia mais cedo. Do jeito como lambeu o suco que escorria por seu lábio inferior.

Fecho os olhos por uma fração de segundo antes que ele me beije. Me seguro em sua camiseta para que as ondas não me desequilibrem. Suas mãos estão no meu pescoço, me puxando, e o chão abaixo de nós desaparece; a lua sussurra: *Caramba*.

Não é nada como aquele primeiro beijo rápido, um gesto impulsivo. Agora é uma troca intencional, carregada. *Sim, estamos fazendo isso! Sim, sim!* É a diferença entre um dia feliz de verão e uma noite quente de verão. Estamos com água até os joelhos, mas parece que estou completamente submersa.

Então jogo os braços em volta dele e não solto, beijando Jonah com tudo que há em mim, sem os "Pra onde isso vai?", "Será que ele gosta de mim?" e "O que isso significa?". E sei que algumas pessoas poderiam me julgar por isso. Até Ruby uma vez perguntou: "Nossa, Viv, você tem ideia de quantos caras já beijou?". Não! Porque, olha só, é verão, esse garoto é lindo, fofo e, sinceramente, quero beijar qualquer coisa que me faça sentir tão notada. O que acha disso?

Quando finalmente nos separamos, estamos ofegantes. Os olhos de Jonah parecem mais abertos que antes, mas não em tamanho — em profundidade. Como se estivesse desperto. Parece que a respiração boca-a-boca realmente funciona.

Espero me sentir triunfante, mas tudo o que posso fazer é observar ao redor, ainda me segurando nele. Minha visão falha, e a perspectiva muda como se tudo à minha frente estivesse um pouco mudado — finalmente no lugar certo. Como uma cantora de ópera que acredita que é a atração principal só para descobrir que a orquestra, com honestidade e alma inesperadas, a faz chorar. Você quer doar, mas se descobre recebendo e recebendo, cada vez mais.

— Tá bom... — Jonah sorri e pega a minha mão, então entramos mais fundo no mar, ofegantes com tanto frio e beleza.

8
JONAH

Não gosto de correr, mas faço isso todas as manhãs em que Silas está em casa. Meus pés se arrastam pela areia. Na verdade, é mais um rastejar acelerado. Tenho um iPod velho com uma bateria que não dura nada, mas que ainda dá pro gasto. Quando corro na praia, escuto heavy metal. Eu costumava odiar toda a gritaria, mas agora ajuda. Costuma sufocar meus pensamentos, mas hoje não está dando certo.

Vivi tem estado ao meu lado nas duas últimas semanas, mas hoje preciso ficar sozinho com minha angústia. Minhas preocupações me acordaram cedo, me perturbando como Leah na manhã de Natal. Deixei um bilhete antes de sair discretamente da casa escura e silenciosa, o que é uma raridade, e dirigi pela costa. Hoje não queria correr em Verona Cove, na Main Street ou na praia, como sempre. Precisava correr em um lugar onde as memórias não tomassem conta da minha visão periférica, onde os fantasmas de quem costumávamos ser não me observassem como espectadores de uma maratona.

Me faço uma série de perguntas ao longo do caminho. O que vamos fazer? Silas não vai para a faculdade? Digo finalmente a Felix que acho que minha mãe precisa de ajuda? E sei que o problema de saúde do meu pai era genético. Tenho que fazer exames?

Depois que ele morreu, pesquisei quais eram as comidas mais saudáveis para o coração. Agora faço mingau de aveia quase toda manhã para meus irmãos. Eles parecem entender que preciso fazer *alguma coisa*. Invento sabores para que não enjoem — banana com manteiga de amendoim, mel com nozes, morango... Quando eles exigem panquecas para variar um pouquinho, uso uma receita que inclui aveia e gotas de chocolate. Não tenho certeza de que encher meus irmãos de aveia é a melhor opção, mas é melhor que nada.

Meu pai era um cara grande. Não era gordo, mas alto e largo. Vivi diria que foi uma sequoia em outra vida. Nós seis somos mais parecidos com minha mãe, magros e de altura mediana. Naomi e eu temos olhos e cabelos escuros como a parte siciliana da família, ao contrário dos meus outros irmãos. Desde que meu pai morreu, tenho procurado por ele em Silas e Isaac, no nariz, na expressão, nas rugas no cantinho dos olhos. Felix diz que estou mais parecido com ele a cada dia que passa, mas não vejo a semelhança.

Vivi é um descanso para os pensamentos. Ela vive a toda velocidade, e tenho que me esforçar para acompanhar. Consome tanta energia que nem consigo me concentrar na minha vida horrorosa. Ela preenche tudo com novas memórias, de modo que minha vida parece mais que "exatamente como antes, mas sem meu pai". Vivi me faz dirigir por uma hora até a loja de departamentos mais próxima só para que a gente possa andar de bicicleta pelos corredores enquanto Leah brinca com as bolas, antes que o gerente nos expulse de lá. Escreve uma peça de teatro com Isaac sobre um padeiro antigo chamado Paulo Pançudo e os muitos bichos que entram em sua padaria de madrugada para comer seus pães. Na única noite de apresentação, Isaac interpretou Paulo, usando o chapéu de chef do nosso pai, um travesseiro embaixo da camiseta para fazer uma grande barriga e um bigode desenhado com o lápis de olho de Vivi. Ela foi diretora de iluminação e figurinos, além de interpretar o rato principal. Bekah fez um rato em uma cena e um guaxinim em outra; Leah fez um esquilo que persuade Paulo a fazer pãezinhos recheados de nozes. Fiz pão para a encenação, e Silas e Naomi aplaudiram e assoviaram ao final. Minha mãe não desceu. Mas, na manhã seguinte, os mais novos representaram algumas partes no quarto dela. Ela riu ao ver sua alegria inocente, e depois começou a chorar. Botei todo mundo para fora, para que ficasse sossegada.

A lembrança faz meus pés empurrarem a areia com mais força, até minhas pernas queimarem. Vivi nunca estranha quando estou triste, frustrado ou irritado por causa da minha situação familiar. Não sei muito sobre relacionamentos, mas sei que devo ficar grato por ela não me pressionar.

Namorei uma garota chamada Sarah no ano passado. Foi

o relacionamento mais longo que tive, e ela me pressionava muito. Ainda gosto dela como amiga, mas nada além disso. Ela é pequenininha e determinada, como um yorkshire. Eu gostava do fato de que Sarah coordenava metade dos clubes da escola. Quando éramos menores, ela ganhava todos os distintivos de escoteira e era quem vendia mais cookies na região. Sarah acredita que sucesso é uma questão de decidir o que fazer e simplesmente fazer.

Nos primeiros dias depois que meu pai morreu, foi bom tê-la por perto. Ela estava preparada. Mas era seu estilo de vida: estar preparada para qualquer situação. Ela é o tipo de pessoa que lembra de levar lenços na bolsa quando vai ao enterro do seu pai. Levou até aspirina infantil, como se soubesse que minha irmã ia chorar até ficar com dor de cabeça.

Mas então eu me tornei um projeto para ela. Sarah ficou ainda mais determinada, só falava sobre o poder do pensamento positivo e da superação. Quando decidi ficar feliz e simplesmente não consegui, quando minha recuperação se mostrou não ser uma meta tão fácil de conquistar... Bom, ainda tive que ouvir.

"Jonah, parece que você não está nem *tentando* ser feliz", ela me disse.

Feliz?, lembro de ter pensado. Não estou *nem* perto *disso*. A felicidade era um continente distante. Eu estava enfrentando uma tempestade. Sarah não entendia nada sobre a minha vida. Odiei sua tentativa de me privar da dor que eu tinha todo o direito de sentir.

Foi por isso que terminei com ela.

E é por isso que não tento fazer com que minha mãe supere a dor que está sentindo.

Sarah nem chorou quando terminei. Ficou ofendida, brava. Devo ter sido o único projeto que gritou com ela. E o único que ela não concluiu com honras.

Minha vida ainda era uma merda. Mas pelo menos parecia minha.

Sinto o suor esfriar no meu corpo quando volto para o carro. Me deixei levar pelos pensamentos hoje, mas agora é hora de voltar a me distrair. Posso fazer isso cozinhando ou pensando em receitas. Tipo salada de rúcula com toranja e abacate. E queijo feta. Com vinagrete de champanhe. E talvez algum tipo de castanha... Macadâmia? Ainda não tenho certeza. Nem sempre posso me dar ao luxo de testar antes de servir, porque alguns dos ingredientes que quero usar são caros. Ou pouco práticos para uma família de sete. Mas acho que tenho dinheiro de gorjeta para receber de um garçom que cobri na semana passada.

A questão financeira é complicada. Meus pais herdaram a casa dos meus avós, então pelo menos isso não é um problema. Como Naomi, Silas e eu trabalhamos, temos dinheiro para comprar comida e pagar a gasolina. Naomi é quem controla a grana, então é a responsável por falar com a minha mãe sobre as contas. Também temos o dinheiro do seguro de vida do meu pai. Mas não vai durar para sempre. No terceiro mês da minha mãe afastada da realidade, Naomi reduziu nosso plano de celular, que já era bem mais ou menos, se livrou da linha fixa que meu pai insistia em manter e cancelou a TV a cabo.

Ironicamente, minha mãe é formada em contabilidade. Ela cuidava das contas do restaurante e pegava uns trabalhos extras na época da declaração do imposto de renda. Mas não esse ano.

Quando estaciono no restaurante, vejo que o carro de Felix já está aqui. Ele não costuma chegar antes das oito, nem vir dirigindo, já que dá para ir a pé da casa dele. Uso a chave da porta dos fundos, que era do meu pai, e fico surpreso ao ver que quem está ali é Ellie, filha de Felix. Ela está mexendo na bancada da cozinha.

— Ah, oi, Jonah. Achei que era um ladrão.

— Oi, Ellie. O que está fazendo aqui?

— Inventário do freezer. Acabei de terminar. — Ela aponta para o papel na bancada.

— Achei que seu pai fosse fazer isso mais tarde.

— É, mas eu perdi uma aposta. Ontem foi noite de jogos. Ele e Lina acabaram comigo e com a minha mãe. O perdedor tinha que fazer o inventário, então…

Enquanto contorna a mesa, não consigo deixar de notar que está cada vez mais parecida com a mulher de Felix. Ellie tem quase a minha altura, com braços e pernas compridos e um corpo magro. Vejo que está segurando uma frigideira.

— E agora vai fazer um omelete?

Ela franze o nariz.

— Peguei por reflexo. Caso fosse um ladrão.

— Um ladrão com chave?

— Nunca se sabe. — Ela aponta a frigideira para mim, como se fôssemos duelar, me fazendo rir. — E o que *você* está fazendo aqui?

— Vim pegar o dinheiro das gorjetas — digo. — Cobri um garçom na semana passada.

— Ah. — Ela sorri, ficando na ponta dos pés para devolver a frigideira ao seu lugar. Me pergunto se Ellie faz ioga ou coisa do tipo. Tudo nela parece muito relaxado. Seus movimentos, seu tom de voz. — É bom te ver. E seu verão, como está?

— Ah... normal. E o seu?

Ela dá de ombros.

— Bem legal. Voltei da minha avó faz uns dias e não tenho mais nada planejado. Vou trabalhar aqui um pouco. Ah, fiquei sabendo que está namorando. Isso é bom.

— Ah, sim. — Estou *namorando*? Só faz duas semanas que Vivi chegou, mas parece que já passamos o verão inteiro juntos. Não sei o que somos, e acho que ela riria de mim se eu tocasse no assunto. Às vezes Vivi me trata como namorado, outras vezes como se tivéssemos uma amizade colorida, ou como se fôssemos um tipo de experimento científico. Ela me cutuca, me estimula, faz perguntas esquisitas.

— Vocês vão na fogueira semana que vem? Quero conhecer a garota!

Ellie entra no escritório e deixa o inventário sobre a mesa.

A fogueira é uma tradição anual dos moradores de Verona Cove e das duas cidades vizinhas, logo depois do Quatro de Julho.

— Acho que sim. Silas tirou o palito menor, então tem que ficar em casa com os pequenos. Mas eu vou estar lá, e acho que Naomi também.

Ellie me encara, franzindo a testa.

— Sua mãe não está na cidade?

Burro, burro, burro. Deixei escapar que minha mãe não pode cuidar dos meus irmãos.

— Não. Sim. Tipo, mais ou menos. Ela vai encontrar uma amiga de longa data nessa noite. Ou algo assim. Acho.

— Ah, saquei. — Ela sai do escritório e passa por mim, com um sorriso hesitante no rosto. — Bom, até lá então.

Não posso acreditar que menti para Ellie. Quando eu tinha onze anos, esfolei o joelho ao cair, quando tentava acompanhar Silas e Diego, o irmão mais velho dela. Ellie só tinha dez anos na época, mas limpou o machucado com cotonete e colocou um band-aid por cima. Ela é uma boa pessoa.

Entro no escritório e vou até o cofre, onde pego um saco plástico com meu nome. Quando estou saindo, balanço a cabeça, com um sorriso no rosto. Como sempre, há uma porção de papéis espalhados pela mesa e colados nas paredes. Felix, como meu pai, é o tipo de pessoa que não considera que um lugar está bagunçado se sabe onde cada coisa está.

Mas meus olhos encontram algo. Um carimbo vermelho com a palavra ATRASADO em um envelope. Está quase escondido por outro envelope, mas eu o pego. Então vejo que tem outros embaixo, todos com o mesmo carimbo. Endereçados ao meu pai. O mingau de aveia e a corrida não vão dar conta. Estou prestes a ter um ataque cardíaco.

O som de alguém batendo na porta era só o que faltava. Levo a mão ao peito, surpreso, e preciso de um momento para me recuperar. Então devolvo o envelope ao lugar em que estava.

Imagino que seja Ellie, que esqueceu alguma coisa. Mas abro a porta dos fundos e vejo Vivi.

— Hum... Oi.

— Estava indo trabalhar e vi seu carro parado aqui. — Ela não parece feliz em me ver. Parece chateada. — Quem era a garota que vi saindo?

— Ah. Só Ellie. Filha de Felix.

Juro que o lábio dela treme.

—Você estava sozinho aqui com ela?

Ah, droga. Não acredito que isso está acontecendo.

— Não estava *com* ela. Vim buscar um dinheiro, e ela estava fazendo o inventário do freezer.

Vivi fica me observando, julgando cada movimento.

— Ela é bonita.

Vivi nunca me pareceu nada além de... animada, e não sei dizer se está tirando uma com a minha cara. Talvez esteja mesmo com ciúme ou brava. Tenho certeza de que não fiz nada de errado, mas vai saber.

— A gente se conhece desde pequeno, Vivi.

Ela pensa a respeito.

— São como irmãos?

Não exatamente.

— É.

— Isso não foi muito convincente, Jonah.

Ela cruza os braços, esperando que eu me explique.

Certo. É melhor eu mudar de tática, já que ficar na defensiva não parece funcionar. O elogio é o melhor ataque. E vai ser fácil, porque posso ser sincero.

— Viv?
— Quê?
—Você é a única garota na minha cabeça.

E é verdade.

Isso a faz sorrir, quase envergonhada — um adjetivo que eu normalmente não usaria para ela. O sorriso se espalha — vermelho-vivo e cheio de segundas intenções.

Antes que eu consiga me preparar, ela pula na minha direção, abraçando meu pescoço. Vivi me beija como se estivesse perdendo o ar, como se eu fosse sua única fonte de oxigênio.

Se antes de conhecê-la alguém me perguntasse: "Ei, Jonah, você gostaria de uma namorada que está sempre pulando em cima de você?", eu teria dito que sim. Mas, de todas as peculiaridades da vida com Vivi, seus beijos inesperados são o que mais me desorientam. Ela vai do zero ao ataque em menos de três segundos. É impossível prever. Num instante mal está prestando atenção e, no outro, pega meu rosto como se estivesse sozinha numa ilha deserta e eu fosse o primeiro cara que vê em anos.

Não estou reclamando. Mas não posso fazer isso aqui, não na cozinha do meu pai. Não com esses envelopes me atormentando. Não consigo bloquear minha mente e retribuir o beijo. Fico esperando que meu pai entre aqui a qualquer momento e me deixe de castigo até o Juízo Final. Mas ele não vai fazer isso, claro, o que só deixa tudo ainda pior. Sério, o lugar em que seu pai morto está mais presente é, provavelmente, o menos excitante do mundo.

— Vivi. — Eu a coloco na mesa, mas suas pernas continuam em volta da minha cintura. — Não posso, tá? Não aqui. Onde meu pai... Eu só... Desculpa.

Faço uma careta. Ela provavelmente vai ficar furiosa.

Mas em vez disso ela só solta as pernas e limpa minha boca suja de batom.

— Claro. Fica pra depois. É que não consegui resistir a você, todo lindinho e tal.

Ficamos ali por um momento, só olhando um para o outro. Ela passa a mão no meu cabelo, como se fosse capaz de ler meus pensamentos desse jeito. Então me encara, tentando ver através de mim com seus olhos azuis. Ela me escaneia.

— O que está rolando?

Balanço a cabeça, e ela escorrega a mão para o meu pescoço. Do jeito que estamos, ela conseguiria facilmente sentir o ritmo das batidas do meu coração.

— Acho que o restaurante... não está indo tão bem quanto eu imaginava. Talvez esteja sem dinheiro.

— Ah. — Os lábios dela se contraem por uma fração de segundo. Então ela pula da mesa. — Então precisamos fazer alguma coisa.

— Como assim?

— Mudar as coisas e aumentar os lucros.

Fico parado com os braços abertos, sem conseguir dizer o que quero, que é: "Hã?". Me irrita que ela aja como se não fosse nada. O legado do meu pai, o que construiu em vida, falindo. E não posso fazer nada a respeito.

— Não sou formado em economia, Vivi. Não sei nada sobre finanças.

— Jonah. — Vivi apoia as mãos sobre meus ombros. — Você sabe mais sobre esse restaurante do que sobre a maioria das pessoas. Sabe do que precisa, do mesmo jeito que sabe do que Leah precisa. Não é?

Posso até cuidar da minha irmã, mas não posso cuidar de tudo. Não posso cuidar da minha mãe. Não tenho ideia do que ela precisa. Nada do que Vivi diz é tão simples quanto ela faz parecer.

— Olha, acho que você não está pensando direito. — Ela pega o batom da bolsa e o retoca. — Você não quer fazer nenhuma mudança porque era o restaurante do seu pai. Porque precisaria admitir que o trabalho dele não era perfeito, e, por extensão, que ele também não era. Entendo isso, de verdade. Mas você não vai *desfazer* o trabalho dele se o melhorar. Vai ajudar o sonho a crescer, em vez de ruir.

Eu nem estava pensando naquilo. Agora estou. É coisa demais.

— Bom — ela diz, ficando na ponta dos pés para beijar minha bochecha. — Preciso ir para o trabalho, mas pense nisso. Sei que vai ter um monte de ideias, porque você é genial. Se eu fosse você, começaria reformando o pátio, e rápido, para que minha festa de aniversário possa ser aqui. Porque é isso que quero. Sério. É isso que eu quero que você me dê de aniversário. E fique feliz, porque eu ia pedir uma vespa. Agora decidi que só quero uma festa no pátio do Tony's, então faça acontecer. Vejo você à noite, quando vou cobrar a pegação adiada. Está avisado.

Ela vira para me dar uma piscadinha antes de desaparecer pela porta.

Vivi tem esse jeito de me deixar em estado de choque. Ela nem percebe. Ou talvez faça de propósito, não tenho ideia.

No silêncio da velha cozinha do restaurante do meu pai, percebo que ela está certa. Em algum lugar nos recantos do meu cérebro estou guardando ideias há anos. Desde bem antes de o meu pai morrer. Não digo que vão funcionar. Mas elas existem: sugestões de mudanças no cardápio, atualizações no espaço, diferentes maneiras de atrair turistas.

Saio para o pátio, sobre o qual nunca pensei muito. É um cantinho entre duas paredes de tijolinhos perpendiculares. Anos atrás, meu pai pavimentou o chão e instalou uma cerca baixa de ferro, formando uma área em L. Mas é meio que isso. Tem uma churrasqueira velha lá fora, uma escada enferrujada, um tanque de propano extra e um monte de outras tralhas.

Dá para ver o pátio da rua, e acho que foi assim que Vivi ficou sabendo dele. Não sei se uma área externa atrairia mais clientes. Nem se vale a pena investir nisso. Mas seria legal me dedicar a algo. Ainda mais se eu conseguir transformar esse espaço antigo e detonado em um lugar legal para o aniversário da Vivi.

Então eu sento em uma banqueta com um pedaço de papel que peguei no escritório. Não tenho certeza de quanto tempo passo rascunhando ideias. Entradas que nunca saíram muito e que poderiam ser substituídas. Pratos que as pessoas pedem e que não temos, mas poderíamos passar a ter.

Ainda estou escrevendo quando Felix entra pela porta dos fundos.

— Oi, Maní. Vi seu carro lá fora. Achei que fosse seu dia de folga.

— Só dei uma passada. — É agora ou nunca, Daniels. Coragem. Só espero que Felix me leve a sério, como um adulto. — Mas comecei a pensar sobre o pátio. Pode ser um jeito legal de atrair clientes.

— *Hum...* — Felix diz. — Sempre pensamos em fazer alguma coisa com ele, mas nunca colocamos a ideia em prática.

— Seria bom para os negócios, não acha? Uma área externa?

Ele assente.

— Poderia ser.

— Estamos indo bem, né? Tipo, o suficiente pra viver.

As palavras piscam na minha mente. ATRASADO. ATRASADO.

— Claro. — Felix me dispensa logo, mas eu o encaro. Conheço seu olhar como o do meu pai. Está tentando me proteger. — Temos altos e baixos, mas é assim nesse ramo. Estamos sempre bem.

Não caio nessa.

— Bom, tive algumas outras ideias.

— Então vamos ouvir — ele diz, e puxa uma banqueta para sentar ao meu lado. Felix coça a sobrancelha, balançando a cabeça e sorrindo. — Ah, Maní. Às vezes parece que estou olhando pro seu pai.

Encaro isso como um bom sinal.

9
VIVI

Sonho com minhas amigas Ruby e Amala. Estou na casa de Amala, que está lotada, e eu cheguei atrasada. A música está no máximo, e encontro as duas na cozinha. Ruby está usando uma coroa de plástico com uma grande joia rosa no centro. Entrego o presente dela, o que a faz soltar gritinhos, e tomamos shots de uma bebida com gosto de xarope de limão. De repente estou na varanda dos fundos, com fumaça nos pulmões, subindo a escada aos risos, tirando a camiseta dele, me sentindo uma megera, e grito para meu subconsciente: *Não! Pare com isso, pare com isso.*

Estou do lado de fora, e todo mundo sabe o que fiz, embora eu mesma não consiga lembrar. Amala chora e uma multidão se aproxima para assistir à cena. Estou do outro lado do gramado. A coroa idiota parece completamente errada na cabeça de Ruby enquanto ela abraça Amala, tentando consolá-la. O cabelo comprido de Amala balança e seu rosto se contorce enquanto ela grita:

— Como você pôde fazer isso *comigo*, Vivi? Some da porra da minha vida!

E eu sumo. Eu sumo.

Acordo assustada na minha cama na casa de Richard, com as mãos e a testa suadas.

Um pesadelo, uma memória. As duas coisas de uma só vez.

Olho para o teto. Branco, branco, branco. O vazio disso tudo dói.

Quando a posição do sol indica que já é o meio da manhã, estou em uma escada no centro do quarto.

— O que é isso?

Minha mãe está no batente da porta, com os braços cruzados de um jeito autoritário que não combina com ela.

— Vi uma foto superinspiradora numa revista, com o teto em destaque. Mas não se preocupe, falei com Richard.

— Como assim? O número que ele deixou era só para emergências.

Eu sei, eu sei, mas não deixava de ser uma emergência. Eu disse a ele que não conseguia dormir no meu quarto. Era nulo demais, como se as paredes fossem puro ruído branco, que gritavam aos meus olhos. Conseguia ouvir pessoas falando mandarim ao fundo — vozes sérias, provavelmente falando de ações, títulos ou, como gosto de chamar, símbolos da ausência de alma e de uma vida com objetivos errados. Mas Rich logo disse as cinco palavras mágicas, mesmo que seu tom tenha sido um tanto rude: "Faça o que quiser, Vivi".

Então eu fiz. Quando a loja de ferramentas abriu, eu já estava lá, esperando no banco do ponto de ônibus com um café da Betty. Peguei rolinhos, fita adesiva, uma lata de tinta na cor Noite Estrelada e uma menor de Azul-Real. Então achei uma escada na garagem e comecei a trabalhar no meio do teto, passando o rolo, e agora parece um buraco azul-marinho em um universo branco, o que faz valer a pena a dor no pescoço, o braço dormente e a sensação de que minha coluna é feita de ferro enferrujado em vez de músculos flexíveis e ossos.

—Vivian — minha mãe diz, brava. —Você está brincando?

— Tive que fazer isso. Lembra no inverno passado, quando você decidiu que o banheiro *precisava* de papel de parede *imediatamente*? É tipo isso. Além disso, Richard gostou da ideia de trabalho criativo e braçal grátis.

Bom, acho que gostou. Pelo menos *deveria*!

Minha mãe estreita os olhos para mim.

—Você não tem dormido bem?

—Tenho. E *você*, tem?

O tom passivo-agressivo da minha pergunta quer dizer: "não vem querer diagnosticar minha insônia como parte de um problema maior, porque você também tem insônia, e quando consegue dormir é porque encheu a cara de vinho".

— Na verdade, não. — Ela suspira, se resignando às minhas vontades, como sempre. — Bom, vou até o hortifrúti. Só vim ver se você já estava acordada, pra não se atrasar para o trabalho.

— Saio em alguns minutos.

Quando minha mãe vai embora, desço da escada e limpo os rastros de tinta azul-marinho do chão de taco. Cobri tudo com jornal, mas não alinhei as folhas perfeitamente, de tão ansiosa que estava para começar o processo de "anoitecimento" do teto. Desabotoo a camisa masculina que estou usando para proteger o macaquinho divino que tenho por baixo. É como uma roupa de banho vintage, frente única e justo, mas o short é um pouco mais comprido, com estampa floral e tecido de algodão. Calço sapatilhas douradas, porque estou me sentindo uma alquimista hoje, transformando um teto branco em uma boa noite de sono, que vale ouro. Depois visto um chapéu e um cardigã com cotoveleiras, e sorrio para mim mesma ao passar pelo espelho. É preciso rir de si mesma quando se parece um vovô da cintura para cima e uma mulher passando as férias na Riviera francesa nos anos 40 da cintura para baixo. Ou seja: fabulosa.

Cumpro a minha rotina de sempre. Hoje, fico bem na pontinha do penhasco, tão perto que qualquer movimento me faria cair lá para baixo. Seguro uma pílula com o polegar e dou um peteleco com o dedo do meio. *Obrigada pelos seus serviços, querida, mas não preciso mais de você!* Então corro para a cidade, através da grama e do musgo, com um grito de vitória — uííííí! O som se reproduz no mar, eu sei que sim, porque até ele reconhece que sou uma criatura selvagem, um espírito jovem num mundo vasto e bêbado de estrelas. UHUL!

As pílulas são de lítio, e adoro o som dessa palavra — suave, despretensioso, até calmante. *Lí-ti-o.* Quando o médico prescreveu, fiquei pensando por que as empresas farmacêuticas deram esse nome ao remédio, como se houvesse um comitê encarregado de escolher palavras tranquilizadoras que soam bem. Fiquei pensando de onde vem o "lit", se de "Lituânia", "litografia", ou de "monólito". Vem do grego, *lithos*, que significa "pedra". E o lítio foi mesmo a pedra que me manteve com os pés no chão quando o furacão devastador chegou para acabar comigo. Mas lítio não é o nome comercial; é um elemento químico, que aparece como *Li* na tabela periódica, mas eu acho que deveria ser de "linha", porque é nisso que transforma meus altos e baixos: numa bela linha reta.

Mas estou bem agora. Estou melhor do que nunca! Ainda tomo o outro remédio, porque ele mantém as criaturas sombrias dormindo. No ano passado, elas me envolveram em seus braços até que meu mundo supercolorido se tornou estático e cinzento. Até que eu não sentia mais nada.

Meu celular toca na bolsa, e fico contente ao descobrir que é Jonah, um dos meus muitos elixires. Quando o beijo, é como se eu tomasse um sedativo, e uma sensação quente atravessa meu corpo inteiro e acalma meu cérebro agitado. Sua timidez torna tudo o que faço surpreendente, o que é divertido. Ele ficou escandalizado quando dei um showzinho particular no chuveiro externo, quando voltamos da praia na semana passada.

— Alôôô?

— Viv? — Esse não é o tom de voz normal dele, tranquilo e casual. Jonah está em pânico. — Você está no trabalho?

— Estou entrando. Por quê? O que aconteceu?

— Você pode... Droga, não acredito que vou te pedir

isso... Você pode passar no Patterson's? — Abro a boca para responder, mas ele continua falando. — Minha mãe foi lá hoje de manhã, e achei que era um bom sinal, mas o sr. Patterson acabou de ligar dizendo que ela teve um surto no meio do corredor, não sei direito. Ele pediu que eu a buscasse, porque não quer que minha mãe dirija pra casa, mas o cara está com ela, estou cuidando dos pequenos, Naomi está no estágio, Silas não atende o celular no trabalho e eu... eu...

Levo um momento para absorver tudo aquilo, mas, quando consigo, jogo a chave da loja de volta na bolsa.

— Jonah, me escuta. Estou indo para o Patterson's e vai ficar tudo bem. Pede pra um dos vizinhos ficar com seus irmãos por, tipo, uma hora, e corre pra lá também, tá?

— Tá.

Desço rápido pela rua, agradecendo ao meu eu de meia hora atrás por ter decidido usar sapatilha em vez de salto alto. Tem um homem com bigode grisalho na entrada do Patterson's. Está usando uma camisa polo verde com um legume bordado no lugar do logo, então imagino que seja o próprio sr. Patterson.

— Oi — digo, tentando soar calma e adulta. — Sou amiga de Jonah Daniels. Ele já vai chegar, mas me mandou vir antes.

— Ela está nos fundos, na porta à direita. — Ele balança a cabeça perplexo, claramente preocupado. — Nem sei o que aconteceu. Eu a encontrei de joelhos, segurando uma caixa de croutons em meio a um ataque de pânico, acho. Não sabia o que fazer, então dei um saco vazio pra que respirasse dentro, como fazem na TV.

Balanço a cabeça com um olhar severo e espero passar a mensagem: *Se contar a alguém sobre o que aconteceu, vou começar a espalhar rumores sobre vermes e salmonela nos seus produtos!*

A sala de descanso do mercado é o tipo de lugar onde todas as coisas boas morrem. Não sei no que ele estava pensando quando a deixou aqui. Tem um sofá xadrez marrom que saiu de moda há mais de cinquenta anos, uma geladeira, duas máquinas de salgadinhos e refrigerantes e uma série de avisos pendurados. A mãe de Jonah está sentada ereta em uma cadeira de plástico atrás de uma mesa redonda, as mãos apoiadas sobre as pernas. Fico feliz de enfim vê-la pessoalmente, ainda que, diferente das fotos, pareça triste. Conheço a sensação de ser um fantasma na própria vida — ninguém te vê de verdade, ninguém te *sente*, então você fica parado, como se pudesse desaparecer a qualquer momento.

— Oi. — Minha voz sai abruptamente, embora eu queira soar gentil. — Sou a Vivi.

Ela olha para mim, dando um sorriso discreto que lembra o de Jonah — aquele de quando se esforça em vão para disfarçar a tristeza.

— Ah. Oi. Meu Deus. — Ela passa as mãos na blusa, como se tentasse se arrumar. — Meus filhos falam tanto de você. Sinto como se já te conhecesse.

— Sinto como se já conhecesse você também, mas fico muito feliz em te ver pessoalmente. — Sento na cadeira de plástico mais próxima a ela e procuro pelos filhos em seu rosto. O luto tomou conta de seus olhos, mas ela é linda, com cabelo claro e olhos azuis como Leah, mas um pouco magra demais. — Jonah está vindo, mas eu estava aqui do lado, então vim ficar um pouco com você até ele chegar.

Ela leva as mãos ao rosto.

— Isso é tão constrangedor — diz, com a voz alterada.

— Que nada. Já vi coisa muito pior.

A sra. Daniels ri de forma dura e autodepreciativa, apontando da cabeça aos pés como se sua aparência resumisse sua situação.

— Duvido muito, mas obrigada por dizer isso.

Levanto o braço esquerdo e arregaço a manga. A cicatriz corre como um rio pálido, torta, suavizando ao longo do braço. Como sempre, sinto uma necessidade de apagá-la. Deve ser a única vez em que fico feliz de ter uma prova do meu antigo desespero.

Ela semicerra os olhos e balança a cabeça, não em reprovação, mas em curiosidade. Fico aliviada ao perceber que ela não sente repulsa por uma coisa tão feia. Quer dizer, não sei se a cicatriz em si é feia — nunca pensei a respeito —, mas representa algo assustador e sem fim. Parecendo oca por dentro, a sra. Daniels sussurra:

— Eu não sabia.

— Estou melhor agora. Já faz um tempo.

— Você... teve que tomar remédios? — Ela parece uma criança com medo de tomar uma injeção, e não a culpo. — Desculpa. Esqueça o que perguntei, por favor. Foi muita falta de educação da minha parte.

— Sem problemas. Sim, tive que tomar. Um antidepressivo.

— E ajudou?

Fala, Viv. Ela não vai contar pro Jonah; ela precisa ouvir, desembucha logo. É a coisa certa a fazer. Anda, anda.

— Bastante. O primeiro que me deram foi um pesadelo.

— O primeiro piorou as coisas, me fez perder o equilíbrio, me fez voar. Deu início ao furacão. — Mas o de agora... ainda me sinto eu mesma.

— Só estou tão cansada. Tão, tão cansada, o tempo todo.

Uma lágrima escorre por seu rosto, até cair do queixo. Ela não limpa seu rastro.

Eu me lembro de estar nessa mesma floresta, perdida em sua parte mais escura e selvagem, com feras assustadoras e plantas carnívoras espreitando atrás de cada árvore. Tudo o que queria fazer era deitar sobre as folhas molhadas. Os insetos subiam pelas minhas pernas, e eu nem me dava ao trabalho de espantá-los.

— Ah, eu conheço muito bem essa sensação. Mas o remédio me fez voltar a sentir o suficiente para me deixar brava — eu digo, sem acrescentar que a raiva faz com que você se sinta poderosa. Levantei e consegui dar o fora de lá, cortando cada galho das árvores. Gritei até meu rosto ficar roxo, porque também tinha me tornado uma fera assustadora. Sobrevivi à escuridão e à solidão, e voltei rugindo para tudo o que havia no caminho.

Ela fica em silêncio por alguns segundos.

— Só fico brava comigo mesma.

— Bom, talvez seja um começo. — A sala está em completo silêncio, a não ser pelo zumbido da geladeira. Percebo que tem algo importante que ela precisa ouvir. — Aliás, acho que seus filhos são simplesmente maravilhosos, e queria te dizer isso. Baseada na experiência da minha mãe, já é difícil o bastante criar um filho mais ou menos normal, mas você conseguiu criar seis extraordinários.

— É — ela diz, amarga. — Que bela mãe eu sou.

— Oi.

Nós duas viramos e encontramos Jonah na porta. Ele está parado, e pela sua respiração dá para perceber que não acabou de chegar correndo. Fico pensando desde quando está ouvindo.

A sra. Daniels fica tensa de imediato, como se a mera presença do filho fosse um tipo de acusação. As lágrimas voltam a se formar.

— Eu disse a Jim que podia ir sozinha pra casa, mas ele quis que eu esperasse aqui. Sinto muito, querido. Não sei o que aconteceu. Eu estava bem e de repente senti o peito apertado, como se não pudesse respirar. Só queria comprar umas coisas para fazer cookies pra vocês e...

— Mãe, ei. Ei. — Jonah se ajoelha na frente dela quando saio do caminho. — Não precisa pedir desculpas. Está tudo bem. Estamos todos bem. Agora vamos voltar pra casa, tá?

— Mas... o carrinho...

— Posso pegar as coisas e a gente faz cookies depois. — Ele a guia até a porta, com a mão nas suas costas. Andamos um de cada lado dela no estacionamento, como guarda-costas protegendo uma celebridade dos paparazzi. Jonah abre a porta do passageiro e a fecha assim que a mãe entra.

— Desculpa por ter feito você vir até aqui.

Ele diz isso baixo enquanto damos a volta no carro. Está ventando, então seguro firme meu cardigã.

— Imagina. Eu já disse que a dor dos outros não me intimida.

Ele massageia a testa, pressionando tanto que deixa uma marca vermelha na pele.

— Acho que preciso contar pro Felix.

— Acho que você precisa perguntar pra sua mãe do que *ela* precisa. Conversar com ela.

Jonah olha para cima, como se fosse começar a chover em resposta, lavando a poeira do luto. Mas nunca chove em Verona Cove.

— Acho que eu já deveria ter contado faz tempo.

— Tá. Você que sabe. — Estalo os dedos. Ele pode ter me ouvido, mas não me *escutou*. — Preciso ir pro trabalho.

— Ei! — ele se assusta. — O que foi que eu fiz?

— Você me ouviu, pelo menos? Para de agir como se ela não tivesse vontade própria! Pelo amor de Deus, Jonah! Só... conversa com ela.

Ele levanta as mãos, encerrando o assunto.

— Tá... Nossa.

Quando viro para ir embora, ouço seus braços batendo contra o corpo e sei que está frustrado. Então escuto o motor do carro, mas nem observo enquanto eles se afastam, porque nesse momento Jonah não merece.

No nível mais profundo e íntimo do meu ser, tenho raiva de quem acha que a depressão é uma fraqueza, de que pessoas "tristes" devem ser tratadas como crianças. Pensar que Jonah

— meu namorado, meu amigo, meu amante, seja lá o que ele for — acha que sabe do que sua mãe precisa mais do que ela própria, que o luto tira sua voz, sua opinião, sua confiança, me deixa muito magoada.

Meus dias sombrios me tornaram mais forte. Ou talvez eu já fosse forte, e só provei isso. Jonah Daniels tem seus próprios problemas, mas não sabe qual é a sensação de definhar acorrentado às paredes de uma masmorra. E, quando os dragões entram, só conseguir pensar: *Ótimo. Finalmente vai acabar.*

Estou tão irritada que minhas mãos tremem, então não posso trabalhar na loja. As preciosas cerâmicas feitas à mão logo virariam caco por causa da tremedeira desta garota indignada que costumava estar mal.

Preciso focar em mim, na minha alegria, nos meus objetivos. Preciso de um dia só meu, tipo um feriado, só que melhor. Se conseguir pensar numa boa desculpa, minha mãe pode emprestar o carro para que eu vá até San Jose. Fica a três horas daqui, mas vou dizer que estou desesperada para fazer umas comprinhas. O que meio que é verdade. Tem uma loja da Vespa lá, e é disso que preciso agora. Já posso sentir o vento da Califórnia batendo no meu corpo a oitenta quilômetros por hora, e cada vez mais rápido. Vou usar um lenço no cabelo, como as mocinhas que andavam de conversível nos filmes antigos. Vou escolher a mais rápida, para deixar para trás toda lembrança desagradável. Vou vir com ela até Verona Cove e passar correndo pela casa de Jonah Daniels, como prova viva de que uma pessoa triste pode fazer qualquer coisa que quiser. Como prova viva de que podemos voltar melhores do que antes.

10
JONAH

Eu estava deitado na cama quando o celular tocou. Meus olhos estavam fechados, mas eu não estava dormindo, nem tentando pegar no sono. Depois do desastre no mercado, trouxe minha mãe para casa e a deixei no quarto. Então deitei de bruços na cama e tentei esvaziar a mente. Desejei que minha cama ganhasse vida e me transportasse para outro mundo. Como nos livros infantis.

Não sei bem como Whitney conseguiu meu número, mas ela queria saber se Vivi estava comigo.

— A gente não se vê desde manhã — digo, sentando.

— Ela não apareceu no trabalho e não atende o celular. Estou um pouco preocupada.

Fiquei supernervoso depois daquela ligação, até que Whitney ligou de novo e disse que tinha recebido notícias dela.

—Vivi esqueceu que tinha que trabalhar hoje —Whitney me disse. —Tirou o dia pra dar uma volta fora da cidade.

Não era verdade. Ela sabia que tinha que trabalhar. Mas consegui irritá-la tanto que ela decidiu sair da cidade. Para ser honesto, eu sabia que era só uma questão de tempo.

Agora estou sentado na frente de casa com Leah e uma caixa de giz. Ela está desenhando na calçada o mar e um golfinho mergulhando. Já eu faço pontos de interrogação de todas as cores. Entre eles, setas aleatórias apontando para toda parte. Depois vou fazer um autorretrato arrancando meus cabelos.

De alguma forma, estou bravo com Felix por não perceber que estamos com problemas. Ele veio em casa todos os dias por um mês depois que meu pai morreu, para abastecer a geladeira e falar com minha mãe no quarto dela. Então parou. Substituiu as visitas pela pergunta diária: "Como está sua *mami*?".

Eu nem conseguia pensar em uma resposta. Não podia dizer que ela ficava dormindo a maior parte do dia, em uma cama repleta de lenços de papel sujos. Parecia cedo demais para me preocupar de verdade, mesmo que não conseguisse deixar de me preocupar. E falar a respeito parecia trair minha mãe. Então eu só dizia: "Bem". Não queria que ele perguntasse. Queria que passasse em casa e visse por si próprio. Queria que se metesse e desse um jeito naquilo. Que fosse o adulto responsável.

Em um momento de desespero, quase dois meses depois que meu pai morreu, convidei Felix para jantar com a gente. Meu plano era criar coragem para ir com ele até a varanda e dizer que minha mãe precisava de uma ajuda que nós não éramos capazes de dar.

— Você sabe que eu adoraria jantar com vocês — ele disse.
— Mas sua *mami* me pediu para ficar um tempo sem visitar.

Fui imediatamente levado para meus primeiros dias na cozinha, fazendo uma série de perguntas, sem parar.

— Sério? Quando? Por quê?

— Faz mais ou menos um mês. — Ele suspirou. — Ela precisa de um tempo para pensar. Sei que é difícil ouvir isso. Mas, se eu ficar aparecendo na sua casa, fazendo o que seu pai costumava fazer, vou atrapalhar tudo.

— Ela disse isso?

— Sim. — Ele uniu as duas mãos enormes. — Mas isso fica entre nós dois, *sí*?

Não ficou. Contei para Naomi e Silas, então discutimos o que fazer. Como sempre, estávamos de lados opostos do ringue. Naomi queria que minha mãe fizesse terapia, Silas achava que precisávamos deixar minha mãe sossegada, e eu ficava sozinho no meio, ensanguentado.

Um *vrum* repentino chama minha atenção para a rua. Fica cada vez mais alto, até que uma vespa azul-clara estaciona na frente da nossa casa. A motorista está com as pernas de fora. Quando ela tira o capacete, me surpreendo ao reconhecer os cachos loiros.

Leah começa a gritar algumas perguntas bem pertinentes para Vivi. De onde saiu a vespa, afinal de contas? Mas Vivi continua caminhando na nossa direção. Temos assuntos mais importantes a tratar.

— Por que não vai dar uma olhadinha? — sugiro a Leah quando encontramos Vivi na metade do caminho.

— Posso sentar nela?

— Não — digo antes que Vivi permita. — Mas pode colocar o capacete.

— Você pode tocar nas partes azuis — Vivi diz. — Ela é como um pônei: gosta de carinho.

Ela olha para mim, e só então percebo que estou todo sujo de giz verde e amarelo. Ela limpa uma mancha no meu braço, parecendo refletir, então finalmente me encara.

— Foi um dia emotivo — ela diz. Quero perguntar o que foi exatamente que eu fiz para deixá-la furiosa. Mas não quero tocar no assunto agora que Vivi não parece mais brava.

— Eu sei. Sinto muito. Não deveria ter arrastado você para essa confusão. — Massageio a parte da minha testa que está sempre dolorida, acima da sobrancelha. — Não foi justo. O problema não é seu e...

Vivi coloca os dedos na minha boca, calando minhas desculpas atrapalhadas.

— Não vamos mais falar disso. Quer ir pra minha casa me fazer um jantar? Minha mãe está indo para San Francisco pra abertura de uma galeria.

Caso eu esteja pensando em recusar, ela tira a mão da minha boca e me beija. Eu a puxo para mim, com as mãos em seu pescoço. Essa garota viu minha mãe no meio de um surto. Então *eu* surtei, porque não tenho ideia do que estou fazendo. Até ela voltar.

— *Eca!* — Leah solta um gritinho de perto da vespa. — Vivi! É o *meu irmão*!

Olho para Vivi e limpo uma mancha azul em seu queixo.

— Ah, como você é sortuda. Suja de giz e levando bronca de uma menina de cinco anos.

Ela sorri, como se guardasse um segredo importante, e diz baixinho:

— Gosto disso.

E o mais maluco é que acho que ela gosta *mesmo*.

11
VIVI

—Você disse que tinha pegado o carro pra *fazer compras* em San Jose, Vivian!

Achei que minha mãe já fosse ter ido embora quando eu voltasse da casa do Jonah. Mas lá estava ela, toda arrumada para o evento na galeria, saindo para pegar o carro quando cheguei com a vespa. Ela me fez entrar imediatamente, com o rosto tão vermelho quanto sua saia.

— E eu fiz! Comprei uma vespa! Eu disse que queria uma! — O vendedor muito simpático a carregou até dentro do carro da minha mãe e eu dirigi de volta para Verona Cove, onde um vizinho me ajudou a tirá-la do carro. E agora ela é toda minha! Azul-clara e superimportante para mim. Minha mãe não pode estragar isso. — Por que você está tão nervosa? Comprei um capacete!

Foi uma compra muito sensata. Tenho habilitação de moto, porque o cara que eu namorava quando tinha dezesseis tinha uma. E é uma vespa GT, que pode ser usada na estrada! Agora não vou precisar pedir o carro dela emprestado o tempo todo.

— Isso custou uma fortuna, Vivian. — Odeio quando ela usa meu nome inteiro, como se fosse um palavrão. — E você roubou o cartão de crédito da minha carteira!

— Mas é o *meu* cartão de crédito! Comprei com o dinheiro que a vovó me deixou! Não é roubo se é *meu*!

A voz dela fica mais calma, o que me assusta ainda mais.

— Eu confisquei aquele cartão porque você não tinha responsabilidade suficiente para lidar com ele. O acordo era que eu aprovaria todas as suas compras.

Estou morrendo de raiva, deixando a cozinha mais quente por conta do calor que irradia do meu rosto.

— Para de me tratar como uma criança! Está ouvindo o que está dizendo? Vou fazer dezoito ano que vem!

Os olhos dela se estreitam, mas ainda sinto que me fuzilam.

— Você não está tomando os remédios, né?

— ESTOU, SIM!

Bom, um deles, pelo menos. O outro estou jogando no penhasco todos os dias e observando enquanto afunda no esquecimento.

— Me deixa ver sua bolsa.

— Quê? Não! Por quê? — Então me dou conta de que não tenho nada a esconder. — Tá bom. Toma.

Ela pega os dois frascos e despeja os remédios na mesa. Conta um a um e percebe que tem a quantidade certinha ali, como se eu tivesse tomado todos os dias.

Vejo seus ombros relaxarem, não sei se de alívio ou reconhecendo a derrota.

—Você não pode me culpar por ficar preocupada. Começou do mesmo jeito da última vez. Daqui a pouco você vai estar fazendo uma tatuagem sem eu saber.

Meus olhos queimam de raiva, dor, lágrimas, tudo ao mesmo tempo. Minha mãe sabe que odeio minha tatuagem de flor de lótus, que quero removê-la, que me arrependo dela.

— Não começa a falar disso! O verão está sendo incrível, me sinto bem! Mas você está estragando tudo porque não confia em mim.

Ela não tem ideia. Estava lá, mas não tem ideia do quão assustador foi — como se meu cérebro, meu corpo, minha vida inteira, estivessem acelerados e eu não conseguisse parar ou mesmo pausar. Quão fundo caí depois, tendo que viver com o que tinha acontecido. E depois tudo adormeceu. Não sentia mais nada.

Me lembro de tudo. E daria minhas melhores roupas vintage para esquecer. Minha mãe não tem ideia do pior porque nunca contei para ela, porque dizer em voz alta seria reviver tudo, porque sei que ela nunca me olharia do mesmo jeito.

— Acho que vou ficar em casa — ela diz, em voz baixa, mas sei que é só um blefe, tem que ser. A galeria vai exibir uma pintura dela.

—Você é quem sabe, mas nem vou ficar aqui — digo, o mais controlada e formal que consigo. —Vou pro Jonah; ele vai cozinhar.

Bom, na verdade ele vai cozinhar aqui em casa para que a gente possa ficar sozinhos, mas não vou me ater aos detalhes.

Ela relaxa um pouco mais, abrindo as mãos.

— Que legal. Ele cozinha bem, né?

— Uhum.

Minha mãe parece achar que Jonah é perfeito. Normal e estável, prova viva de que estou bem. Ela o viu no mercado outro dia com os irmãos e não parou mais de falar sobre como ele era fofo e responsável, e como era bom eu ter me aproximado de um garoto tão bonzinho. Ela está certa, claro, mas Jonah não é tão bonzinho a ponto de se recusar a vir fazer o jantar quando ela não está em casa e passar o resto da noite no meu quarto. Cubro a boca, como se estivesse refletindo, mas só estou escondendo um sorriso.

— Certo — minha mãe diz, pegando as chaves. — Essa conversa não acabou, mas continuamos depois. Você vai devolver aquela vespa. Não gostei nada disso, Viv.

Jonah aparece uma hora depois, com uma sacola de compras. Por algum motivo, isso me deixa ainda mais atraída por ele. É como se fôssemos mais velhos e morássemos juntos, e ele tivesse feito as compras para nossa casa de praia moderna e espaçosa.

— Na verdade, o jantar veio em boa hora — ele diz. — Andei pensando em umas receitas novas para o restaurante. Assim você vai poder experimentar uma delas antes da sua festa.

— Vou ter uma festa? — Bato palmas animadas, imaginando chapeuzinhos e luzinhas.

Jonah revira os olhos.

— Você disse que queria que seu presente de aniversário fosse um pátio reformado, então vai ganhar um.

Eu o vejo tirando as compras da sacola e colocando na mesa. Tem muita coisa que nem reconheço — alguma folha que não é alface, um tubérculo que parece uma mistura de batata e rabanete. Temos que revirar a cozinha de Richard para achar panelas, frigideiras e espátulas, porque eu e minha mãe quase nunca usamos essas coisas, então não sei onde ficam. Jonah coloca o salmão no forno e põe as batatas-rabanetes — que ele chama de batatas vermelhas — em uma panela com água fervendo.

Minha mãe disse que vai chegar tarde. Mesmo depois da nossa briga, no entanto, não ia me surpreender se ela tomasse algumas taças de champanhe e acabasse indo para a casa de outro artista atormentado. Provavelmente vou receber uma mensagem arrependida à meia-noite, mas não a ponto de fazê-la voltar para casa. Não estou julgando ninguém — de verdade — porque eu entendo. Entendo totalmente. Minha mãe quer que alguém a ame, e reconheço que ter uma filha que ama você não é o bastante. Ela também quer ser adorada por um cara interessante, do bem e estável. Não estou dizendo que ir para a casa de desconhecidos é o melhor jeito de achar esse cara, mas pode ser divertido, e com certeza é melhor do que ficar em casa sem nenhuma companhia.

Não concluí tudo isso sobre minha mãe sozinha. Minha tia fala bastante e adora dar sua opinião sobre a vida da irmã depois de tomar umas taças de vinho. Ela não é feliz no casamento e tem inveja porque minha mãe é livre — essa parte eu concluí sozinha.

Sento no balcão, balançando as pernas enquanto vejo Jonah trabalhar. É adorável, o ritmo fácil que ele emprega para fatiar os pêssegos para a salada, a habilidade de suas mãos em cada movimento entre o forno, a pia e a bancada.

— É lindo de ver, Jonah, sério. É como se você estivesse falando outra língua. Tipo quando a gente passa por duas pessoas conversando em espanhol e não entende as palavras, mas adora o som e sabe que a comunicação ali é perfeita. É assim com você e a comida.

Ele sorri, mexendo algum molho.

— Não é tão complicado.

Isso porque ele cresceu falando essa língua.

— Ei, o que é uma redução? Sempre aparece nos cardápios. Redução de balsâmico ou sei lá o quê.

— Ah, é uma técnica para fazer molho. Você aquece os ingredientes numa frigideira para que uma parte evapore, então o que sobra fica mais saboroso, e às vezes até mais grosso.

— Hum... Bom saber.

Do balcão, fico na mesma altura dele, o que é novo para mim. Então o puxo pela camiseta. É o tipo de beijo em que a gente mergulha de uma vez. Minhas mãos vão direto para seu cabelo incrível, puxando-o para perto. Sinto o momento em que os pensamentos racionais me abandonam, como se tivessem puxado a alavanca para que o trem deixe a estação. Já fui, não tem como me parar, vamos seguir pelos trilhos até o fim.

Então ele afasta a boca da minha, e eu acho que vai me dizer alguma coisa fofa, mas o que vem é:

— O salmão vai queimar.

Levo um tempo para me recompor, porque minha mente está embaçada, levitando acima de nós. Seria de esperar que isso me magoasse, o fato de que meu beijo não é o suficiente para distraí-lo, como se eu não pudesse transportá-lo para longe da realidade da cozinha. Mas não quero alguém que seja fácil demais; não quero alguém que caia em todas as armadilhas que crio. Jonah Daniels é um mistério. Vejo traços do meu batom vermelho em sua boca, o que só o torna mais delicioso que qualquer comida aqui.

Eu o observo atentamente enquanto tira o salmão do forno.

— Jonah?

— Oi?

—Você quer ser chef?

— Acho que sim. — Ele deixa a assadeira descansando e tira a panela do fogo. Quando escorre a água fervente, o vapor sai todo de uma vez. — Não consigo me imaginar fazendo outra coisa.

— Acha que vai estudar gastronomia?

—Tomara. Em algum momento.

Ele coloca as batatas vermelhas em uma tigela, então coloca leite e manteiga. Fico esperando que fale mais, mas, como já disse, Jonah Daniels às vezes é um mistério.

Então continuo cutucando. Sei que não é o assunto com o qual ele se sente mais confortável, mas acho que falar sobre seus sentimentos e planos vai fazer bem para ele.

— Acha que vai assumir o Tony's?

Jonah franze a testa, pensativo. Ele amassa as batatas com um instrumento que não reconheço, e os músculos de seus braços se contraem. Sento em cima das mãos para controlar o impulso de pular e desabotoar sua camisa.

— Acho que não. Pelo menos não por um longo tempo. Amo o restaurante e Verona Cove, mas queria morar numa cidade maior.

Os aromas carregam o ar à nossa volta — um leve toque de alho, manteiga derretida e outro tempero que não sei o que é.

— E você? Quer estudar moda? — ele pergunta. — Quer estudar em uma cidade maior?

— Nova York e Los Angeles têm cursos mais especializados, de figurinista. Mas tenho certeza de que conseguiria um estágio com alguém incrível, porque sou bem boa, modéstia à parte. E queria passar pelo menos um ano no Japão. Depois acho que moraria na Califórnia. — Penso a respeito, abrindo minha mente para as inúmeras possibilidades à minha frente. — Mas talvez vá para Nova York trabalhar com figurino para televisão e filmes independentes. As pessoas tendem a pensar em figurino como algo lindo, roupas para filmes de época. Mas existe uma arte por trás do figurino do realismo moderno. Tipo nos seriados. Você tem que estudar um personagem, saber quais escolhas ele faria, e ajudar a criar a ideia geral, com os roteiristas, o ator, a equipe de cabelo e maquiagem.

— Consigo ver você fazendo as duas coisas — Jonah diz, sorrindo. Ele está colocando o purê sobre uma cama do que agora sei que é rúcula. Estou aprendendo muitas coisas sobre comida esta noite.

— É... Adoraria fazer uma série que se passa nos dias de hoje, mas precisaria de pelo menos um grande filme. O figurino pode fazer a diferença entre uma cena qualquer e um momento icônico.

— Ah, é?

Ele parece espantado com uma declaração tão grandiosa, mas é verdade. Estou sempre certa quando se trata de figurino.

— Claro. Sem o vestido preto, as luvas longas e o colar de pérolas, Audrey Hepburn seria só mais uma garota em Nova York.

— E a tiara.

Pisco algumas vezes enquanto processo o que ele disse.

— Oi?

— Ela não usa uma tiara de brilhantes? Holly Golightly?

Jonah não olha para mim, porque está colocando o salmão com todo o cuidado por cima do purê.

Fico encantada. Meu Deus do céu, fico encantada pra caramba.

—Você já viu *Bonequinha de Luxo*?

— Claro. Minha mãe me fez ver todos os clássicos quando eu era pequeno.

Os dois pratos estão quase prontos agora, e ele coloca um pouco mais de molho sobre o salmão. Toda a experiência me dá água na boca, e fico pensando em como tenho sorte — um cara lindo, numa noite linda, me fazendo um jantar lindo.

— Jonah...

— Oi?

— Não sei direito como dizer isso... — Desço do balcão e olho para ele. — Mas acho que talvez você esteja se apaixonando por mim.

Ele me entrega meu prato com um sorriso ligeiramente convencido.

— Isto é salmão selvagem do Alasca com chutney de manga em uma cama de purê de batatas vermelhas com um toque de alho e rúcula. E fiz enquanto conversávamos sobre um filme da Audrey Hepburn. Acho que talvez *você* esteja se apaixonando por *mim*.

Fico na ponta dos pés para poder colar meus lábios nos dele, então sorrio. O "talvez" é completamente desnecessário, e nós dois sabemos disso, mas também sou um mistério.

— Talvez, Jonah. Talvez.

12

JONAH

A FOGUEIRA DE VERONA COVE SEMPRE É ACESA no primeiro sábado depois do Quatro de Julho. Ninguém sabe como essa tradição começou. Não tenho ideia de quem arranja a lenha ou compra as bebidas. Ou por que a polícia permite isso. Silas tem uma teoria de que eles deixam a gente pirar o quanto quisermos uma única noite no ano. Assim ficam livres de problemas pelo resto do verão. O público costuma consistir em estudantes do ensino médio e da faculdade que moram aqui. É uma regra não declarada: não pode ter ninguém com menos de quinze e ninguém já formado. Alguns turistas são convidados, mas normalmente só aqueles que passam todos os verões na cidade, uma vez que são um quarto locais, se fizermos as contas.

Naomi decide acompanhar Vivi e eu até a praia, o que nos deixa surpresos. Não que ela diga alguma coisa no caminho. Saltitando ao meu lado, Vivi pergunta quem vai estar lá (todo mundo) e se vai ter fogos de artifício (sim, mas poucos). Comparado a ela, pareço quase me arrastar. Vivi flutua, os pés mal tocam a areia a cada passo. Seu corpo parece menos sujeito à gravidade que o dos outros. Naomi sempre foi magra, e seus ombros ossudos são levemente encurvados. Sempre achei que sua postura não é muito boa. Nunca pensei que ela só sofria com a pressão há mais tempo do que eu. Mesmo antes de meu pai morrer, ela vivia preocupada. Com as notas, com a faculdade, com dinheiro, com nós cinco, com o meio ambiente, com a poluição. Sério.

— Nossa — Vivi diz. — Olha só essas estrelas. É surreal. Amo estar longe das luzes da cidade. Parece que a gente poderia continuar andando depois do penhasco, pisando nas estrelas como se fossem vitórias-régias na água, e assim percorrer toda a galáxia.

Ela me abraça e dá um pulinho para beijar meu rosto. Não preciso virar para Naomi para saber que está revirando os olhos. Mas sorrio, mesmo que minha dor nas costas piore quando Vivi se apoia em mim desse jeito.

Meu corpo inteiro está sentindo as dores da semana de trabalho no pátio do restaurante, além de cuidar dos pequenos e trabalhar meus turnos normais. No primeiro dia, só separei tudo o que havia ali. Metade foi para o quartinho nos fundos e metade direto para o lixo. Pedi que Silas levasse o carro para me ajudar a transportar um forno velho e quebrado para o ferro-velho. Ontem, me livrei das ervas daninhas, mas deixei as heras. Silas apareceu para ajudar, mesmo sem eu ter pedido. Trabalhamos em silêncio, eu puxando as raízes profundas com toda a força, ele mexendo nos cabos elétricos e testando se ainda funcionavam.

Hoje, peguei uma lavadora de alta pressão emprestada do sr. Thomas, que é o dono da loja de ferramentas vizinha do restaurante. Agora o pátio está vazio e limpo, pelo menos. Todo mundo que corta caminho por ali disse que ficou ótimo. A sra. Kowalski quer fazer uma reserva para a noite de abertura. Ainda nem estou pensando tão adiante, mas agradecemos de qualquer maneira. Talvez seja meio bobo, mas é bom me dedicar a alguma coisa com que me importo. O pátio fica um pouco melhor a cada dia, e vejo o progresso com meus próprios olhos. Nem me importo com as dores. Estou acostumado.

O fogo crepita à distância, e parece ter muita gente em volta da fogueira. Já dá pra sentir o cheiro de fumaça, ouvir as risadas e as conversas. Ano passado, vim com meu amigo Zach e outros caras do time de beisebol. Passei a maior parte da noite com eles e com Sarah. Naquela época eu ainda achava que ela era um yorkshire fofinho, e não irritante. Como parei de jogar no último semestre, nem vejo mais o pessoal. Mas não quero pensar nisso, em tudo o que mudou em um ano. Parece que tomei um soco no nariz em uma briga em que nem sabia que estava metido.

Conforme nos enfiamos no meio da multidão, as pessoas nos cumprimentam, principalmente Vivi. Paramos por um momento enquanto Naomi fala com alguns amigos e Adam, seu namorado na época do ensino médio. Quando viro para Vivi, vejo que ela está um pouco afastada, conversando com

Dane Farrow como se o conhecesse. E já tem uma cerveja na mão.

Dane Farrow é um delinquente. Ou pelo menos essa é a palavra que meu pai usaria para defini-lo. É quem arranja drogas para todo mundo na escola, porque seu irmão é traficante. E, por associação, também vende maconha e ritalina, acho. As coisas mais pesadas ficam com o irmão. Nunca penso em caras como Dane. Tipo, para que me importar com o que ele faz? Verona Cove é um lugar meio hippie, então maconha não é nada de mais por aqui. Mas não gosto que Vivi esteja falando com ele.

Quando ela vira para mim, eu a encaro.

— Você conhece Dane Farrow?

— Hum... — ela diz, me enrolando. É óbvio que está ponderando o que me contar. Até onde mentir. — Temos uma amiga em comum.

— Chamada maconha?

Vivi ri, como se eu estivesse brincando.

— Ele conhece a Whitney, e já foi na loja. Ah, *relaxa*, Jonah! Não faz essa cara. Dane só vende porcaria. Eu nunca compraria com ele.

Então ela compraria com outra pessoa? Nunca falamos sobre isso. Já fumei com amigos, mas nunca comprei maconha. Seria a última coisa em que pensaria nos últimos tempos.

— Jonah! Naomi! — Ellie está fazendo sinal para a gente do meio de um grupo de amigos. — Vocês vieram!

Ela abraça minha irmã e me dá um aceno tímido.

— Vi o pátio, ficou ótimo!

— Obrigado. Está melhorando. Ellie, esta é a Vivi.

— A namorada dele — Vivi acrescenta. Ainda não conversamos sobre isso, então tento não parecer surpreso. Ou aliviado.

— Que ótimo te conhecer! — Ellie estica a mão, animada. Vivi a aperta como se preferisse não tocar nela. — Leah não parou de falar de você da última vez que a vi.

Vivi continua com um sorriso no rosto, como uma boneca que não tem outra opção.

— Ah. Ninguém me falou de você.

Franzo a testa, porque é mentira.

— Ellie é a filha mais velha de Felix, lembra?

— Ah, é. — O sorriso falso permanece. — Verdade.

— Vamos, El — diz Naomi, pegando no braço dela. — Quero beber alguma coisa.

Sem dizer mais nada, elas vão embora. Talvez Naomi só estivesse tentando ajudar, e de fato ajudou, mas pareceu mais que estava fugindo de Vivi.

— Desculpa pela Naomi — digo, sentando em um tronco, e Vivi se aconchega ao meu lado. Esses troncos são outro mistério de Verona Cove, nosso Stonehenge. São enormes e parecem madeira petrificada. Há uma porção deles em volta da fogueira, e são inúteis durante os outros trezentos e sessenta e quatro dias do ano. — Não tem nada a ver com você. Minha irmã é assim mesmo. Ela demora pra gostar das pessoas, mas conhece Ellie desde pequena.

— Ah, deixa pra lá, Jonah. — Ela toma um gole da cerveja. — Vocês, caras, são tão bestas. Sério, vocês não têm ideia de como a vida ia melhorar se entendessem um pouco de linguagem corporal.

Pisco, meio irritado.

— Como assim?

Vivi suspira, então desvia o olhar para Adam.

— Quando aquele cara falou com a Naomi, ela mudou completamente. Nunca vi sua irmã sendo tão simpática e agradável, mas ela ficou exausta. Não sei quem ele é, mas mexe com ela.

— É o ex-namorado dela. — Naomi nunca me deu detalhes sobre o término, e nunca perguntei a respeito. Só mencionou por cima, quando estava indo para a faculdade ano passado. Como quando alguém come algo estragado e diz que "Passou mal". Você não pergunta detalhes. Entende que foi péssimo e pronto. — Acha que ela ainda gosta dele?

— Talvez não. Mas com certeza se machucou. — Vivi revira os olhos. — Sério, Jonah, não sei como você pode dividir o teto com alguém com o coração partido e não perceber. Eu sabia que alguma coisa do tipo estava rolando desde a primeira noite, reconheço os sinais de longe. Cheira a incenso, uma fumaça doce.

Quero dizer a ela que moro com seis pessoas de coração partido, uma delas em estado catatônico, com cheiro de acidente de carro. Metal quente e óleo. Aquele pó que os airbags soltam.

— Bom. — Ela vê que Naomi está voltando. — Vou encontrar Tasha rapidinho. Seja legal com sua irmã.

Não tenho ideia de quem é Tasha. O cabelo loiro e as pernas nuas de Vivi desaparecem. Achei que Naomi ia pegar no meu pé se eu bebesse, mas ela está com duas latinhas de cerveja.

— Toma — ela diz, sentando no lugar em que Vivi estava. — Peguei duas cervejas de verdade pra gente, em vez daquele chope nojento.

Ela abre sua própria latinha.

— Saúde. Que a gente sobreviva a esse ano infinito de merda.

Tomara. Bato minha latinha na dela, produzindo um ruído metálico, e bebemos.

— Ela é realmente uma coisa, né? — Os olhos escuros de Naomi estão focados em Vivi, que conversa com um cara que claramente não é Tasha. Ela ri e encosta nele de vez em quando. Está claramente flertando com ele. Até que me vê olhando e aperta os lábios como se me lançasse um beijo de longe. Sua boca vermelha se destaca ao luar.

— É. — Dou uma olhada para Naomi. — Você ia gostar dela se a conhecesse.

O fogo estala à nossa frente, e um galho da fogueira cai. Naomi fica em silêncio pelo que parece muito tempo. Finalmente, ela diz:

— Só estou tentando segurar as pontas.

Não é uma boa desculpa para seu mau humor eterno. Mas sei o que ela quer dizer.

— Vivi também.

Não sei como sei disso, mas é verdade. Nunca perguntei sobre a cicatriz irregular e intencional em seu punho esquerdo. Ela está quase sempre de manga comprida, ou com um monte de pulseiras. Isaac tocou no assunto uma vez, e Vivi contou uma história elaborada sobre ser atacada por um urso enquanto acampava nas montanhas. Ela nunca me contou a história verdadeira, só disse que não tinha medo da escuridão. E eu acredito nela. De vez em quando, esse outro lado se revela. Como se estivesse cansada de lutar contra seus demônios.

Não tenho certeza de quanto tempo passo sentado ao lado da minha irmã. Parece que somos as únicas pessoas que ainda estão sóbrias. Todo o resto ao nosso redor é um borrão barulhento. Beber com Naomi não é tão esquisito quanto achei que seria. O último ano fez com que nos aproximássemos em idade: ambos ficamos mais velhos. Porque temos problemas de verdade. Não "fulano terminou comigo", "fiquei de recuperação em biologia" ou "será que vou entrar em Berkeley?". Naomi e eu somos os adultos grisalhos bebendo em silêncio no bar enquanto os jovens se divertem na pista de dança.

Quando Vivi volta, está com o cara com quem estava flertando até agora. Maravilha.

— Naomi, este é o Ethan — ela diz, com segundas intenções perceptíveis na voz. — Acabei de contar pra ele sobre o seu estágio em engenharia ambiental.

Naomi não sorri, com um pé atrás sobre os motivos de Vivi.

— Ah, é?

— Eu estudo em Stanford. — Ethan fala rápido, parecendo muito empolgado por algum motivo. Ele aponta para o próprio peito, como se Naomi não fosse entender a quem ele se referia quando disse "eu". Seus olhos estão fixos na minha irmã de um jeito que me faz querer socá-lo. — Engenharia ambiental.

A expressão dela muda. Parece mais leve, e Naomi olha para Ethan com interesse. Minha irmã é a maior nerd, e em casa ninguém nunca quer conversar com ela sobre seus estudos. Ela desistiu faz tempo.

— Estudo na Politécnica.

— E faz o que no estágio? — ele pergunta.

Vivi cruza os braços, parecendo triunfante.

— Estou reunindo informações sobre poluentes, principalmente de fontes difusas e indicadores de bactérias. Mas vou começar a trabalhar com reparo de lençóis freáticos e coisas do tipo logo mais.

— Que demais. Estou trabalhando em uma empresa de direito ambiental agora no verão, acho que quero me especializar nisso. Temos um caso importante envolvendo poluição da água.

— Por favor, não se ofenda, Capitão Planeta — diz Vivi, tocando o braço de Ethan com aquela familiaridade dela —, mas isso é mais chato que ver uma vela queimar.

A sinceridade de Vivi pode ser encantadora, mas pode ser bem grosseira também. Naomi parece pronta para jogá-la no mar, mas Ethan só ri.

— É verdade. — Os olhos deles continuam fixos em Naomi. — Na verdade, estou com um pouco de fome. Quer ir até a lanchonete? Acho que ainda está aberta. Queria saber o que você acha sobre a questão do meio ambiente em Verona Cove.

— Claro. — Naomi levanta. Não estou acostumado a ver minha irmã tão aberta e tranquila. —Vai ser ótimo.

Eles saem juntos sem nem se despedir. Ainda consigo ouvi-lo dizer que cresceu no Colorado, por isso a vida marinha e a geografia variada de Verona Cove o fascinam. Levanto, num impulso de correr atrás de Ethan para avisar que se machucar minha irmã vou arrancar um galho de árvore e bater nele. Ou afogá-lo em água poluída. Ou fazer qualquer outra coisa que insulte um engenheiro ambiental.

— Senta aí —Vivi diz, dando um tapinha no meu ombro.
— O cara é escoteiro. Literalmente. Ele me contou.
— Nunca vi esse cara! Ele pode ser... um psicopata!

Ela revira os olhos.

— Ethan é primo de Violet Cunningham. Não é um andarilho que chegou na cidade de carona carregando uma foice enferrujada.

Violet passa as férias em Verona Cove há muitos anos, tanto que foi convidada para a fogueira. Mas mesmo assim.

— Além disso — ela diz, me dando uma cotovelada de leve —, dá uma olhada.

Naomi e Ethan passam pelo ex-namorado dela e seus amigos. Minha irmã nem olha. Vivi pode estar bancando o cupido, mas só agora me dei conta de que talvez minha irmã precise de um amigo. Ela volta do estágio e fica cuidando dos pequenos. Então vai cuidar do dinheiro com minha mãe. Limpa a casa, lava a roupa e faz as compras, como todos nós. Não consigo lembrar a última vez que a vi saindo com alguém da sua idade.

— É assim que se mata dois coelhos com uma cajadada só. Só que eu nunca mataria um coelho, muito menos dois, então não faz sentido o que eu disse. Não existe nenhum provérbio do tipo "dar um coelho chamado Ethan pra sua irmã e ainda deixar um coelho chamado Adam com ciúmes". Ah, e falando nisso: a festa no pátio vai rolar, né?

Não consigo entender como as coisas estão relacionadas, mas tudo bem.

— Vai.

— Eba, que ótimo. Prometi a Leah que ia ajudar com a fantasia de pavão, mas ela só quer usá-la numa ocasião especial. Então que tal no meu aniversário? Pensei que todo mundo podia jantar vestido como seu animal favorito. Ia ser *incrível*.

— Claro. Por que não?

Pela milésima vez nas poucas semanas desde que conheci Vivi, eu me pergunto no que foi que eu me meti.

— Eba! Ah, e não esquece de convidar o policial Hayashi!

Como se eu pudesse esquecer um pedido daqueles. Eu ainda não entendo qual é a dos dois. Sei que tomam café da manhã juntos às vezes. Semana passada, quando estava saindo do Tony's, ele apontou para mim e disse: "Cuide bem daquela garota". Então deu um tapinha ameaçador nas algemas presas no cinto.

— Vivi! — alguém chama perto da água. Sempre morei nesta cidade, mas, de alguma maneira, ela tem mais amigos que eu.

— Já volto — Vivi diz, me dando um beijo na bochecha.

— Não sai daqui. Vamos falar sobre minha festa antropomórfica. Não é uma palavra ótima? Não sei se é correta, mas quem é que vai me criticar por isso? Posso inventar minha própria língua se quiser. Não é algo que precise de aprovação, e...

— Alguém acabou de te chamar, não? — digo.

— Ah, é!

Ela segura meu rosto e me dá um beijo na boca antes de sair correndo.

Fico ali sentado, sem procurar outra pessoa para conversar. Meus motivos para vir hoje foram estranhos. A ideia não era me divertir, mas representar minha família, acho. Tipo, vejam só, estamos todos bem! Eu e Naomi estamos aqui. Tenho até uma namorada! Mas isso parece besteira agora. Não estamos bem, e não tem por que fingir. Quando termino a cerveja, estou pronto para ir para casa. Já fui visto, já disse oi. Acho que não estou com uma cara boa, mas até fazer uma cara mais ou menos me cansa.

Vivi me tira da introspecção ao voltar, puxando minha mão do mesmo jeito que Leah faz.

— Vem! É hora de nadar pelado!

Levo um segundo para absorver aquilo. Ouvi falar que o pessoal tinha nadado pelado na noite da fogueira há muitos e muitos anos, quando eu era novo demais para vir.

— Quê? Nem pensar.

— Ah, vamos! Vai ser legal! — Ela bate com um dedo na ponta do meu nariz e olha para baixo. — Não tem nada que eu não tenha visto aí.

Ela está falando sério? Ou está só me provocando? Nunca sei.

— Vivi, não vou tirar a roupa na frente dessa galera toda de jeito nenhum.

— Ai, Jonah, por favor! — Ela revira os olhos, e eu me sinto o pai de uma adolescente num seriado. — Está escuro! E você vai estar dentro da água. Ninguém vai ver nada.

— Claro que vai. — Na maior parte do tempo, a simples presença de Vivi me deixa meio bêbado. Um pouco tonto, e com vontade de mais, mais e mais. Mas também há momentos em que ficar com ela parece uma ressaca terrível. Ou vai ver que eu só sou o maior corta-barato mesmo. — E não quero que todo mundo veja você pelada.

— Tá bom, posso ficar de calcinha e sutiã. Por você. Por amor.

Antes que eu possa dizer que não é exatamente o que quero, ela já saiu correndo e está tirando a blusa. Quero gritar para que pare, porque isso tudo é esquisito demais para mim. Mas as palavras grudam como mingau na minha boca, presas na minha língua. Não quero ser o chato, o sem graça. É que nunca a vi com um sutiã que não fosse de renda e super--revelador, e não quero que outras pessoas... bom, *vejam tudo*. Quero ser a única pessoa que sabe da tatuagem de flor tão colorida que ela tem, e que tanto odeia.

Tem um grupo de umas dez pessoas tirando a roupa perto da água. E outras se aproximam quando me dou conta do que está acontecendo. Ver um monte de gente pelada é surreal. Meu instinto é desviar o olhar, porque parece errado encarar.

Os caras estão completamente pelados, mas a maioria das garotas está de calcinha e sutiã. Vivi está certa; não dá para ver quase nada na escuridão. O grupo que corre para a água é um borrão indistinto e pelado.

É claro que todo mundo na praia os encoraja. Ainda bem que Naomi foi embora. Não deve haver nada mais esquisito que sua irmã ver sua namorada quase pelada. Conformado, sento em um dos troncos. O grupo já está em meio às ondas, e eu só suspiro.

— Oi.

Uma figura magra aparece entre mim e a fogueira. Vejo que é Ellie sorrindo para mim.

— Oi.

— Meu pai disse que você está testando novos pratos. — Ela senta ao meu lado, ajustando a saia. — Ele está todo orgulhoso.

— Ah, é?

Orgulhoso. Como um pai. Não sei como me sentir quanto a isso. Do que me lembra.

— Ei — falo mais baixo, ainda que ninguém esteja por perto. — Posso fazer uma pergunta esquisita?

Ela assente.

— Quem é o dono do restaurante? Tipo, é metade do meu pai e metade do seu? E como fica agora? Com meu pai...

— Isso, cinquenta por cento de cada. A metade do seu pai agora é da sua mãe. — Ela dá um sorrisinho. — Foi o que ouvi. Quando seu irmão mais velho se mete em tanta encrenca quanto Diego se metia, você fica boa em ouvir atrás de paredes.

— E você... ouviu seu pai dizer mais alguma coisa? Sobre como o restaurante está?

Ela pensa a respeito, refletindo sobre o assunto. Então relaxa as sobrancelhas e comprime os lábios.

— Não. Mas meu pai parece estressado, e várias vezes cheguei e ele e minha mãe simplesmente pararam de falar. Achei que fosse sobre a nova namorada do meu irmão ou coisa do tipo. Por quê?

Se Felix quisesse que Ellie soubesse, teria dito a ela. Acho que não é justo preocupá-la. Mas, pelo jeito como me encara, acho que já é tarde demais.

— Não conte pro seu pai que eu falei, tá? Mas vi sem querer uns papéis que fizeram parecer que... os pagamentos estão atrasados.

— Ah. — Seus olhos escuros refletem a fogueira. — Eu não sabia. Não fazia ideia.

— Não quero que ele saiba que eu sei, mas estou tentando pensar no que podemos fazer.

Ela assente, devagar. Sei que é difícil processar a informação. Não pensei em dinheiro, muito menos me preocupei com esse tipo de coisa, durante os primeiros dezessete anos da minha vida. Preocupações com dinheiro deixam uma pessoa mais velha. Eventualmente, Ellie solta um suspiro.

— Bom, vou tentar pensar em alguma coisa para ajudar também.

— Sem seu pai saber.

Ellie sorri para mim, como se entendesse que quero protegê-lo. E, de alguma forma, proteger meu pai também.

— Sem ele saber.

Os nadadores estão de volta à areia, se vestindo. É um milagre que as roupas ainda estejam lá. Uma loira voluptuosa se agacha, só de calcinha fio dental e sutiã. Ah, sim. Minha namorada, com a bunda de fora na frente de todo mundo que eu conheço. Quero me jogar na fogueira.

— Então — digo, tentando parecer que estou achando engraçado. — Essa é a Vivi.

Ellie ri, e espero que me julgue — sinto que *devo* ser julgado —, mas ela não faz isso.

— Bom pra ela. Eu faria o mesmo. Nadaria pelada, digo. Mas os amigos idiotas do Diego estão aqui, e meus pais ficariam sabendo. Talvez no ano que vem.

Sorrio para ela. Talvez eu esteja sendo um babaca. Vivi só está se divertindo.

— Acho que ela bebeu demais. Desculpa se foi meio esquisita com você.

Ellie faz um gesto de quem nem se preocupa. Observa ao redor por um momento, para as pessoas rindo, para a cidade.

— Lembra no verão passado, quando falamos em sair de Verona Cove?

— Lembro.

Foi quando estávamos limpando as mesas antes de fechar o restaurante.

Ela observa meu rosto à luz da fogueira.

— Você ainda se sente assim? Mesmo numa noite como essa?

Assinto. Nós dois admitimos que queríamos ir embora

quando a escola terminasse. Que amamos nossas famílias, as pessoas daqui e o fato de conhecer um lugar tão bem. Mas, como Ellie havia dito, às vezes não dá nem para respirar.

— E me sinto mais culpado do que nunca, sabe? Como posso querer sair daqui... quando meu pai...?

— É o que ele ia querer pra você. — Ela segura a saia para levantar. — E sempre podemos voltar! Ver o que tem lá fora. Tudo vai continuar por aqui. Bom, a gente se vê.

Provavelmente é uma boa decisão ir embora antes que Vivi volte. Quando observo ao redor, eu a encontro tirando uma foto com alguém que não reconheço. Só de calcinha e sutiã. Já deu. Não sei quanto ela bebeu, mas, pelo jeito, foi o bastante.

Vou até Vivi, desanimado, e ela diz enquanto abotoa o short:

— Oi! Ah, foi muito legal! Você não sabe o que perdeu, sério.

Dessa vez, sua onda de energia sedutora não vai funcionar. Estou envergonhado e irritado.

— Ótimo. Agora vamos pra casa.

— Não! Como assim? Agora que começou a ficar divertido!

Abaixo a voz para um sussurro.

— Viv, você está bêbada. Acho que precisamos ir. Antes que mais pessoas tenham fotos de você praticamente pelada.

— *Oi?* — Ela estala os dedos inúmeras vezes, e fico esperando sentir cheiro de bebida. Seus olhos estão embaçados, como se precisasse se esforçar para encontrar o foco. — Não sou criança e o corpo é meu. Posso fazer o que quiser, e vai se ferrar por ficar me julgando. E por que se importa, aliás? Estava até agora ocupado dando em cima da *Ellie*.

— Isso me choca. Fico sem palavras.

— Não foi nada disso.

Ela faz cara de nojo.

— Ellie. Parece nome de criança.

— É apelido de Eliana.

Merda, penso, ao ver os olhos de Vivi se estreitarem. Devia ter ficado quieto.

— Ah, que *lindo*. E qual é o nome do meio dela? E a cor preferida? Você sabe *tudo* sobre ela?

Agora só estou bravo e respondo:

— Carmen, verde e você está sendo ridícula. Vai, vamos embora.

Também não foi a coisa certa a dizer. Merda, nunca falo o que deveria.

— Não, não, *não*. — Vivi fala tão alto que meu rosto fica quente. — Nem consigo *olhar* pra você agora, do jeito que está se comportando. Sério, Jonah, isso não é legal.

— Sinto o mesmo — sussurro. — Mas não vou deixar você sozinha aqui bêbada desse jeito.

— Claro que não. *Eu* é que vou deixar você sozinho aqui, sóbrio desse jeito.

Antes que eu consiga dizer qualquer coisa, ela vai embora, pegando o caminho que leva de volta à cidade. Não a chamo. Não a sigo. A ideia de vir à fogueira para mostrar que estou bem foi por água abaixo. As pessoas em volta viram nossa briga e Vivi indo embora.

Ando para casa, com as palavras da minha irmã ecoando na minha cabeça. Só quero sobreviver a esse ano infinito de merda.

Não sei há quanto tempo estou dormindo quando ouço um barulho na porta.
— Está tudo bem, Leah — murmuro. — Foi só um pesadelo. Estamos todos bem.
Mas ela não diz nada. A porta abre e sento, totalmente desperto. Vivi entra, cheirando a fumaça da fogueira e cerveja. Ela vem até a cama, e sinto seu corpo quente ao lado do meu.
— Está bravo comigo?
— Como entrou aqui?
Meu quarto fica no sótão, com espaço apenas para a cama e uma escrivaninha. Não entendo como pode ter chegado aqui, ela não deve ter usado o telhado.
Ela suspira como se minhas preocupações a exaurissem.
— Silas abriu a porta. Ele pegou no sono no sofá. Mas e aí? Você está bravo?
— Não sei. — E é verdade. Agora, tudo em que consigo pensar é que minha irmã ou meus irmãos mais novos vão nos pegar aqui. — Estou... confuso.
— Tá. Sobre o quê?
— Achei que as coisas estavam indo bem. Até que você ficou pelada na frente de todos os caras da escola. E ficou brava quando não gostei. E surtou só porque eu estava falando com outra garota.

Sei que estou soando carente, mas não vou voltar atrás. É verdade.

— Jonah. — Seu sussurro paira no ar entre nós. — Estou tentando viver intensamente. Tentando sentir tudo que posso. Priorizo as experiências em relação a tudo e a todos. Pode ser difícil aceitar isso, e sinto muito, mas é quem eu sou.

Não é um pedido de desculpas. Não que eu esperasse um — não é o estilo de Vivi.

Ela se move na cama, subindo em mim para me encarar.

— Jonah, acho que você é uma pessoa maravilhosa e com uma alma madura demais pra sua idade. E talvez a coisa humana a fazer seria deixar você em paz, porque nunca vou ser uma namorada obediente e bem-comportada. Mas *não quero* deixar você em paz.

É muito, muito difícil pensar com Vivi em cima de mim.

— Obediente? Não quero nada do que você acabou de dizer.

— Então, beleza. Me deixa ser quem eu sou, e te deixo ser quem você é. Vamos sentir tudo o que quisermos sem precisar pedir desculpas. E, se ficarmos bravos, paciência. Depois fazemos as pazes.

E é verdade: com Vivi, posso ser eu mesmo. Ela não me impede de ficar triste. Nunca tenta fazer com que eu esqueça minhas frustrações. Ela é só ação — vamos pra praia, vamos escrever uma peça, vamos fazer sundae e jogar Candy Land enquanto assistimos *A fantástica fábrica de chocolates* com os pequenos.

Ela se aproxima de mim, oferecendo os lábios.

— Jonah, vamos fazer as pazes.

Eu a puxo e a beijo. Mas mordo seu lábio, porque ainda estou bravo. E porque nos damos muito bem. E, mesmo quando as coisas não saem como planejado, a colisão só resulta em mais faíscas.

Nos filmes, normalmente a música começa agora e vai aumentando, com uma batida sólida. Quando uma garota se esgueira até seu quarto, tudo é surpreendentemente silencioso, mas parece superalto, porque você tem medo de ser pego — a boca na pele, as peças de roupa indo ao chão. A respiração pesada e a ideia de que aquilo está realmente acontecendo. E, em algum momento, o som da sua voz pergunta:

— Tem certeza?

Em resposta, você recebe risadinhas abafadas e as palavras:

— Tenho. Você é muito fofo. Não aguento.

Você tenta não pensar em como tudo parece casual para ela. Tenta se convencer de que para você também é. Mas não é verdade. Seus sentimentos preenchem o quarto como um fogo raivoso. Seus sentimentos por ela poderiam fazer o vidro das janelas explodir.

Quando acordo, Vivi já foi embora. Os lençóis estão desarrumados e tem uma canetinha no chão que devo ter derrubado da escrivaninha quando estava procurando por uma camisinha. Só quando já estou vestido noto as letras miúdas na cabeceira da cama, perto do colchão: *Vivi esteve aqui.*

Como se eu fosse esquecer.

13
VIVI

Por duas semanas depois da fogueira, tudo o que eu pinto é azul-escuro, dourado, castanho-avermelhado e cor-de-rosa. Apaixonado, profundo e metálico. Rasgo um vestido velho — preto com listras douradas — e transformo em uma blusinha cropped e em um short de cintura alta que me caem superbem. Minha mãe decide que posso ficar com a vespa se sempre usar o capacete e repuser o dinheiro gasto trabalhando. Na loja de cerâmica, junto cacos esquecidos no forno e faço um mosaico para Whitney. Ensino os pequenos a dançar suingue usando vídeos do YouTube e meus próprios passos. Faço um piquenique no jardim, decoramos cookies como se fossem o sol, palmeiras e bolas de praia, e construímos uma fortaleza de areia na praia.

Beijo Jonah Daniels quatro mil vezes, sempre que sua família não está olhando. Discutimos por tudo no mundo e mais um pouco. Acho que as águas-vivas são lindas! Dançando translúcidas debaixo d'água com suas saias com franjas. Jonah queria que todas elas morressem. Gosto de macarrão instantâneo com muito queijo. Ele fica vermelho de frustração, e faz macarrão caseiro só para provar que é muito melhor. E é óbvio que acredito em vida fora da Terra!

— Aposto que já vieram pra cá, inclusive — digo, mas Jonah só balança a cabeça.

Eu o arrasto para a praia à noite ou de madrugada, para vermos o nascer do sol. Ficamos enrolados, línguas, pele, mãos, suspiros, promessas, e quando estou totalmente a par do mundo de novo, a escuridão já foi embora e o dia chegou. Não me importo de ter perdido a alvorada — prefiro fazer a minha própria.

Meu vestido para a festa chega, e eu o penduro na parede, porque é arte. Pedi asas brancas de borboleta pela internet, e depois de três tentativas consigo chegar ao tom perfeito de tinta azul.

No dia do meu aniversário, abro os olhos e dou de cara com minha mãe cantando "Parabéns pra você" totalmente desafinada. Eu não estava dormindo, estava só deitada, sonhando. Ela tem um cupcake de morango enorme nas mãos, com uma vela dourada que tremula quando minha mãe anda na minha direção.

— Faça um pedido, meu amorzinho — ela diz.

Sento, assopro a velinha e faço um pedido, então me jogo contra os travesseiros, devorando o cupcake e ignorando as migalhas que caem na colcha. Abro o envelope que ela me dá e dentro encontro um cartão-presente da minha loja de arte on-line favorita. Também tem um pedaço de papel em que se lê: TE DEVO UMA. GUARDE ESTE CUPOM.

— Seu presente ainda não está pronto. Vou pegar no sábado. — Ela parece muito satisfeita consigo mesma, o que me deixa curiosa. — Ah, e quase esqueci! Chegou pra você.

Ela me entrega um envelope branco com meu nome escrito em uma letra que conheço tão bem que poderia até copiar. Remetente: RUBY OSHIRO, SEATTLE, WA. Fico sem ar.

— Ela ligou semana passada pra saber o endereço — minha mãe diz. Não quero abrir na frente dela, porque não tenho ideia do que vou encontrar. — Fiquei tão feliz. Ela disse que você nunca mais entrou em contato.

Contei para minha mãe que Ruby e Amala não estavam mais falando comigo depois do que tinha acontecido em março. O que tenho certeza de que seria verdade, se eu tivesse dado uma chance a elas. Amala nem tentou, mas Ruby ligou, mandou mensagem e bateu na porta da minha casa. Eu só ignorei.

— Querida? — minha mãe perguntou, baixinho. — Ruby sabe, né? Sobre o transtorno bipolar?

Meu silêncio é resposta o suficiente, ainda mais quando não consigo encará-la nos olhos.

Sinto minha mãe se afastar de mim.

—Vivian! Ruby é sua amiga mais antiga. Como pode não ter contado? Depois de tudo que aconteceu?

— Não preciso contar tudo pra ela! Nem pra você, inclusive! — Antes que ela possa protestar, eu a corto. — E olha quem fala! Nem sei quem é meu pai. Então não acho que preciso manter você atualizada de como andam meus relacionamentos.

— Isso é completamente diferente — ela diz, sombria. — Estou te protegendo até que tenha idade suficiente para lidar com certas... realidades.

— E talvez eu esteja protegendo você também. — Se ela soubesse... Quer dizer, ela sabe um pouco: a tatuagem, a quantidade absurda que gastei em roupas e presentes. Mas não sabe exatamente o que aconteceu na festa de dezesseis anos de Ruby, em março. O que eu fiz.

— Sei que você quer ficar em Verona Cove, e eu disse que vou pensar a respeito. Se concordar, vai ser porque acredito de verdade que é o melhor pra você. — Seus olhos se estreitam, com a segurança de alguém que acredita estar tirando uma carta da manga. — Mas não vou fazer isso se é pra você se esconder.

Ela fala como se as duas coisas se excluíssem.

— Não precisa ter vergonha, Vivi. Você tem uma doença e...

— PARA. Você está obcecada com isso. — Meus olhos se enchem de lágrimas. Sinto minhas mãos tensas, apertando o envelope. — É meu aniversário. Poxa, mãe!

— Desculpa — ela sussurra. — Eu não deveria ter... É só que me preocupo e... Bom, desça se quiser comer. Comprei ingredientes pra fazer panquecas.

Abro o envelope depois que ela vai embora e encontro um cartão feito à mão, claro. Faz anos que admiro o talento de Ruby com papel, o nível de detalhes e complexidade. Ela consegue transformar uma foto da *National Geographic* de um derramamento de óleo em uma minijaqueta de couro, uma estampa de flores de algodão em nuvens fofinhas, tirinhas em zigue-zague e bolinhas em um balão.

Esse cartão é bastante sentimental para Ruby, e a garota feita de papel que olha pela janela do quarto claramente é ela. A franjinha de lado, o batom fúcsia, a legging preta. A manta floral, a moldura da janela de madeira, a blusinha de gola canoa listrada.

Seu coração está colado fora do peito, da mesma cor que sua boca. Fora da janela, em vez de um céu azul, se vê um corte quadrado de um mapa, com um coração vermelho em cima da Califórnia.

Minhas lágrimas dificultam a leitura. Ah, Ruby. Você vai partir meu coração. Dentro do cartão está escrito, com a caligrafia dela: *Parabéns, Viv. Saudades.* Nada mais, nada menos. Nenhum pedido de explicação, nenhuma acusação, nenhuma insinuação de que Amala me odeia tanto quanto tenho certeza de que odeia.

Tenho vontade de rasgar o cartão. Mas Ruby não criaria nada para fazer com que eu me sentisse culpada. Só amada. Ainda assim, a culpa corre pelas minhas veias, ruidosa, ácida, tomando conta do meu corpo.

Depois de março, eu sabia que não merecia amigas como ela — que não merecia amiga nenhuma, já que as tinha traído.

Mas, agora, me permito escrever. Linhas e linhas de tentativas de entrar em contato, a maioria das quais nunca li.

Finalmente digito algo que venho sentindo há tantos meses. *Saudades também.*

Tento deixar os pensamentos de lado na casa dos Daniels, porque estou ocupada transformando uma menininha em uma ave com cauda.

— Dá uma voltinha — digo a Leah, que logo obedece. — Pronto. Você é a criança-pavão mais incrível que já vi.

Jonah não está em casa, porque teve que ficar no restaurante preparando o jantar para minha festa, mas Silas, Bekah e Isaac concordam que Leah está magnífica, do collant azul brilhante à cauda de penas em leque à maneira como pintei círculos brancos e pretos em volta de seus olhos. Ela dá uma dançadinha, tão animada quanto eu. Os outros três se recusam a me contar do que vão vestidos, por ordem de Jonah.

— Muito bem — anuncio. — Agora tenho que ir para casa me arrumar.

A minha primeira ideia foi me vestir de golfinho, como uma homenagem ao meu antigo eu, mas é surpreendentemente difícil, mesmo para alguém com talento, criar uma fantasia assim para uma garota de quase dezessete anos.

Além disso, quero asas, porque, afinal, não queremos todos? Às vezes jogo os braços para trás e sinto os ombros proeminentes — acho que tecnicamente são as escápulas, que parecem asas quebradas. Todo mundo acha que evoluímos dos macacos, mas não estou totalmente convencida de que não tivemos asas — pelo menos alguns de nós.

Então quero minhas asas de volta por uma noite. Mas não as asas de uma ave poderosa, batendo com força o bastante para fazer barulho. Quero pairar tranquila na brisa, permitir ser levada pelo vento. Eu sei, eu sei: borboletas são usadas com certo exagero em metáforas horríveis para a metamorfose, aquela velha história de sair do casulo renascida e transformada. Mas não vou me vestir de borboleta para provar que meus dias de lagarta ficaram para trás. Não tem nenhum simbolismo. Beleza é motivo suficiente para escolher alguma coisa.

Minhas asas são largas e diáfanas — náilon esticado sobre um arame fino e arqueado. Pintei as partes internas com o azul perfeito de doer os olhos de um dia de sol, mas as bordas estão escuras, como se mergulhadas na tinta. Entre as duas cores, pintei pequenas ranhuras, como na superfície de uma folha.

O ponto principal não são as asas detalhadas, mas o vestido vintage. Paguei uma pequena fortuna por ele, mas valeu cada centavo. É um vestido justo de melindrosa dos anos 30, repleto de miçangas pretas brilhantes. A barra termina em uma franja na altura do joelho, e as alças formam um fabuloso V no meu colo.

Tudo bem, admito que estou usando um sutiã tomara que caia com um belo bojo, mas preciso dar a esse vestido o decote que ele merece, entende?

Estou usando sapatilhas de bailarina pretas, que não são muito confortáveis, mas são lindas e me deixam supercharmosa, então tudo bem. Colei cílios postiços bem grossos nas pálpebras e passei um delineador marinho com glitter. Troquei o batom vermelho por um rosinha, porque é assim que os deuses da maquiagem me pediram.

Jonah queria vir me buscar, mas implorei para que não o fizesse. Se tem uma noite perfeita para passear pela cidade com minha vespa, é hoje, como a borboleta mais glamourosa que já passou pela Terra. Dirijo mais devagar que o normal, para que minhas asas não sejam danificadas, e me sinto algo entre uma super-heroína e uma miss acenando em um desfile — e é exatamente o que sou.

Jonah está esperando na frente do Tony's, todo arrumado com casaca preta, gravata e colete brancos. E, caramba. Minhas mãos tremem enquanto paro a vespa.

— Feliz aniversário — ele diz antes que eu desça. — Cadê seu capacete?

Ah, fala sério! Até parece que eu ia estragar meu cabelo depois de passar quarenta e cinco minutos trabalhando nele só por causa de um trajetinho de dois minutos a quarenta por hora. Como sempre, Jonah é mais paternal que qualquer pai no mundo.

— E você está vestido do quê? Ser humano chique?

Ele sorri e se endireita, com os braços do lado do corpo, indo para a frente e para trás sem dobrar os joelhos.

— Pinguim.

Quando demoro para reagir, de tão encantada que estou, seu sorriso tímido mas orgulhoso começa a se encher de dúvida.

— Não? Achei que ia combinar com seu vestido e...

Eu o interrompo com um beijo, porque é perfeito. Nunca

beijei um garoto de casaca, e quer saber? Posso me acostumar com isso. Jogo os braços em volta do seu pescoço e me jogo em cima dele, amando o anacronismo da coisa — pegação em público usando roupas antigas e formais. Que se dane a festa, só quero levar Jonah pra casa e ter uma festinha só nossa. Mas ele se recompõe e fico surpresa ao notar que o batom rosa não deixou marca em sua boca. Vou ter que me esforçar mais da próxima vez.

— Você está... — ele começa, devorando meu vestido com os olhos. — Bom, você sabe.

— Eu sei. — Dou uma voltinha e aceito sua falta de palavras como o elogio que é.

Ele me leva até a entrada lateral, de onde vêm as risadas e as luzes do pátio. Prendo a respiração, animada, e o ar parado nos pulmões faz os batimentos do meu coração soarem mais fortes.

Jonah abre o portãozinho e os convidados gritam FELIZ ANIVERSÁRIO! tão alto que acho que meus tímpanos vão estourar. Meus olhos se enchem de lágrimas, transformando tudo em borrões coloridos reluzentes.

Duas mesas compridas foram colocadas juntas, com uma lanterna com uma grande vela dentro no centro de cada uma. As folhas são de um jade profundo, subindo pelas treliças de madeira, e há luzinhas brancas e lanternas chinesas formando uma galáxia de planetas suspensos. Minha mãe e um monte de gente linda que mal me conhece estão sentados nos bancos. Eles não apenas vieram, como estão fantasiados. Mal consigo reconhecê-los, mas a fantasia de flamingo que minha mãe estava aperfeiçoando hoje de manhã é fácil de encontrar.

Deveria haver um nome para esse sentimento, algo como *espetacularidade* ou *explosivisão*. É grandioso demais para caber em mim, então cubro o rosto antes que as lágrimas comecem a escorrer. Não quero me impedir de sentir nada, de reagir por instinto, porque não vou fazer dezessete anos outra vez, e realmente estou tentando viver a vida enquanto posso. A emoção transborda. Tenho uma sensação enorme e úmida de que devo estar fazendo alguma coisa certa.

— Vivi — Jonah sussurra. — Por favor, me diz que está chorando de alegria.

Desço as mãos um pouquinho, para que a ponta dos dedos fique debaixo dos meus olhos. As sobrancelhas de Jonah estão caídas, seus olhos escuros parecem preocupados, loucos para me compreender.

— É literalmente a coisa mais incrível que alguém já fez por mim — declaro. Então dou risada, em parte para que todo mundo saiba que estou bem, e em parte porque estou histérica de tanto amor e gratidão. — Já é a melhor noite da minha vida, e acabou de começar!

Jonah me leva até meu assento, na ponta da mesa, e enxugo as lágrimas dos olhos para reparar nos convidados. Isaac é uma coruja, com um triângulo amarelo de cartolina grudada na ponte dos óculos. A parte de baixo do nariz de Silas está pintada de preto, e ele tem uma faixa elástica na cabeça com uma meia preta de cada lado — são orelhas caídas de cachorro. Bekah usa o que parece ser uma fantasia comprada de abelha, talvez uma relíquia de um Halloween passado. O vestido de Whitney está coberto de bolas de algodão, e ela tem orelhinhas de ovelha saindo do cabelo cacheado volumoso. Minha mãe está de flamingo e Leah, a mais nova da festa, é um pavão. Entre as duas, está o policial Hayashi.

—Você está vestido de quê? — brinco, vendo que ele usa uma malha azul comum. Mas parece que penteou o cabelo branco, e acho incrivelmente fofo que esteja sentado entre Leah e minha mãe.

— Urso velho e rabugento — ele diz. Morro de rir, até ser interrompida por alguém tocando meu braço delicadamente.

— Desculpa, me atrasei — diz Naomi, embora não pareça muito preocupada. Ela não está fantasiada, mas gosto do seu vestido, marrom com bolinhas brancas. Depois que senta ao lado de Silas, pega uma tiara na bolsa com duas orelhinhas. Ela é um cervo, o que parece uma escolha bem acertada, com seus membros compridos e o vestido. Tenho vontade de voltar a chorar, mas a comida está chegando, e foco nisso.

Ellie surge usando uma camisa branca e colete preto. Vai ser nossa garçonete esta noite, e estou me divertindo tanto que nem me importo se sua pele brilha como âmbar à luz de velas. Ela serve a comida que Jonah fez, bem caseira, em tigelas grandes ou pratos — uma salada verde linda com vinagrete de champanhe e tilápia empanada com coco, acompanhada por um molhinho de abacaxi que nem sei explicar, mas que minhas papilas gustativas amam, saboreiam, jamais vão se esquecer.

Meus olhos se arregalam enquanto abro os presentes — um livro de Isaac, um esmalte pink metálico de Bekah, um retrato meu de Leah, uma caneca que Whitney fez especialmente para mim.

— Aqui. Passa pra ela. — Hayashi entrega uma plantinha para Leah. — É um…

— Eu sei.

É uma muda de bordo japonês. Ainda não posso ir para o Japão, então ele me deu um pedacinho do país. Tenho dificuldade em engolir.

— Bom, sei que você gosta de árvores — ele diz, brusco.

— Então achei que se você tivesse uma muda para chamar de sua, talvez não ficasse tentada a depredar a natureza de novo.

— Como assim? — minha mãe pergunta.

Meu queixo cai. Ele viu minha inscrição na árvore.

— Ah, nada — Hayashi diz para mim mãe. — Estou brincando com ela.

Meus olhos ainda estão cheios d'água quando Jonah traz o bolo. É de cereja com chocolate, duas camadas, com aquelas velas que parecem fogos de artifício. Eu as vejo queimar e não peço nada. Como poderia? Como *poderia*, quando tenho tudo isto?

Jonah e eu saímos depois que abraço todo mundo pelo menos duas vezes — até Naomi, que fica toda dura. Vamos embora na minha vespa, com Jonah dirigindo, muito embora não tenha carta. Ele passa em casa para pegar os capacetes. Jonah me diz que ainda temos uma surpresa pela frente, e fecho os olhos com os braços firmes em volta de sua cintura, sentindo o vento bater nas asas nas minhas costas.

Ele se afasta cada vez mais pela costa, parando só quando

chegamos a uma construção que parece ser uma igrejinha com campanário. Mas não. É um farol. Está apagado, mas reconheço a forma — uma torre com um mirante circular cercado por grades pretas. Um planeta de vidro em uma gaiola.

—Vem — diz Jonah, me puxando pela mão ao descer da vespa.

—Vamos entrar? Como?

— Meu pai conhece o cara que cuida daqui. Bom, conhecia.

Jonah tira do bolso uma chave presa a um cordão velho e abre a porta. Os detalhes brancos nas bordas da construção me lembram uma casinha de gengibre, como se o teto pudesse ser de alcaçuz e as janelas de balas. O lado de dentro está empoeirado e tem cheiro de pinheiro, com displays de cartões-postais e miniaturas de barcos. Jonah me observa enquanto examino tudo, passando os dedos pelas prateleiras repletas de livros sobre o mar.

— O amigo do meu pai começou a trabalhar como voluntário na lojinha quando se aposentou. O farol não está mais ativo, mas a Sociedade de Conservação Histórica de Verona Cove o restaurou alguns anos antes de eu nascer. Muitos turistas vêm aqui.

— É demais — sussurro, para não estragar o clima. — Podemos subir?

— Aonde achou que estávamos indo? Pro porão? — Ele sorri, satisfeito consigo mesmo. — Tem certeza de que não quer meu paletó?

Balanço os cabelos.

— Ai, Jonah, você acha mesmo que eu iria esconder esse vestido?

Ele me leva para cima por uma escada em espiral, e mesmo sem ver seu rosto posso dizer que está sorrindo, porque sabe que estou amando tudo. Meu coração bate quatro vezes mais rápido enquanto subimos, *tum-tum-tum-tum*, em meio ao silêncio e à ansiedade. Sinto o vento nas minhas orelhas assim que entro no mirante, mas o ar do Pacífico é quente, e perco o fôlego com a vista. Por um momento, minha noção de perspectiva se esvai, tentando conciliar a altura com as estrelas e o mar, e entendo porque as grades são tão altas.

— Nossa.

A palavra ecoa no silêncio da noite. Apesar de toda a alegria que o jantar me proporcionou, de toda a plenitude, humanidade e comunhão envolvidas, isso é completamente diferente. Estou no extremo da Terra, virada para o cosmos, com a lua cinzenta acima de mim. Acho que *yūgen* deve significar isso: a beleza profunda do mundo natural, tão sutil que provoca um sentimento de maravilhamento que sequer tem nome. A palavra é intraduzível, assim como o sentimento, então testemunho as maravilhas do universo sem nenhuma intenção além de aproveitar meu assento na primeira fileira.

— Fecha os olhos — Jonah diz, e obedeço de imediato. Ouço uma música que parece vir de um rádio antigo. Então sinto uma luz, um sol explodindo diante das minhas pálpebras. Abro os olhos e descubro que estou iluminada. O farol está aceso, e a luz é brilhante demais para encará-la diretamente.

Jonah surge ao meu lado, com as mãos na grade.

— A cidade investiu uma grana pesada para que este farol continuasse funcionando. Só acendem em ocasiões especiais.

— E deixaram que acendesse hoje?

Não posso acreditar, de verdade. Como fui tola no começo do verão, achando que era Jonah quem precisava de mim para ser feliz.

Ele sorri.

— Bom, vamos dizer que prefiro pedir desculpas do que pedir permissão.

Ficamos juntos ali pelo que parece muito tempo, enquanto o rádio toca músicas acima do ruído branco das ondas batendo.

— Meu pai costumava me trazer aqui — Jonah finalmente diz. — Foi ele quem trouxe o rádio, para ouvir jogos de beisebol. Eu era obcecado pelo esporte e por barcos quando pequeno. E na verdade nem tem barcos aqui em Verona Cove, mas a gente fingia que tinha.

— É claro que você ama barcos. — Ajeito minhas asas. — Foi um capitão em outra vida.

Ele me lança um sorriso, balançando a cabeça daquele jeito "Ah, Viv..." que me faz saber que é louco por mim e pelas minhas excentricidades.

— Nunca mais voltei aqui. — Parece que ele está confessando uma fraqueza ou falha. — Mas queria que você visse.

Sei o que ele quer dizer: *queria que você me visse*. E eu o vejo — iluminado, desviando o olhar, querendo sorrir, com o cabelo incrível dançando ao vento. Sei que falar do pai não é fácil para ele, como se cada palavra subisse sozinha, mas ficasse presa na garganta. Uma vez na vida, mantenho a boca fechada, porque quero dar espaço para ele.

— Já ouviu aquele ditado que diz que os barcos ficam a salvo no ancoradouro, mas não foi pra isso que foram feitos?

Assinto, embora não tenha certeza. Talvez seja uma daquelas ideias que existem no inconsciente coletivo, principalmente de quem se sente atraído pelo mar, que ouvem seu chamado.

— Meu pai tinha essa frase gravada atrás do relógio que meu avô deu pra ele. Dizia que era o motivo pelo qual tinha aberto o restaurante, casado com minha mãe e tido tantos filhos tão novo. — Ele suspira, observando o mar abaixo de nós. — Dizia que o que definia um homem eram essas decisões. Manter a si mesmo e sua família a salvo no ancoradouro, para sempre? Ou seguir em frente e enfrentar a tempestade?

Estico o braço, tocando a manga de sua casaca.

— Ele devia ser um pai incrível.

— Ele era. — Jonah continua observando a água. — Fico pensando se em algum momento vai doer menos. Esse... esse buraco na nossa vida.

— Ah, acho que uma hora sim, ainda que o buraco nunca desapareça. Mas a renda é um dos tecidos mais bonitos que existe, sabe? É cheia de buracos e fendas, mas, de alguma forma, ainda é completa. E linda.

Isso o faz sorrir.

— Nunca teria pensado assim. Desculpe. Estou sendo chato. Tive sorte de poder passar algum tempo com ele. Sei disso.

Isso faz com que eu balance a cabeça e me afaste um pouco, franzindo a testa enquanto considero o que ele disse.

— Jonah, você não tem que se justificar só porque não tenho pai. São coisas totalmente diferentes.

Ele me encara e cria coragem para perguntar:

—Você sente falta do seu pai?

— Dá pra' sentir falta de alguém que você nem conheceu? — pergunto. Mas eu sinto. Ou, pelo menos, me pergunto o que estou perdendo por não conhecê-lo. De tempos em tempos, quando meu humor começa a vacilar, fico brava com ele ou com minha mãe, ou sinto pena de mim mesma. — Bom, acho que dá. Porque sinto falta do *seu* pai às vezes, mesmo nunca tendo conhecido ele. É como se o conhecesse um pouco, como se juntasse fragmentos de vocês seis para formar um mosaico dele.

Ele sorri, mas é um sorriso triste.

—Você sabe alguma coisa sobre o seu pai?

— Acho que era músico. Descobri algumas coisas, ainda que minha mãe se recuse a falar a respeito. Eu enchia o saco dela quando era pequena, aceitaria qualquer coisinha, e ela finalmente me disse que o conheceu em um show. — Posso ver minha mãe com apenas dezenove anos e um homem desfocado que nunca conheci. Eu o imagino com cabelo comprido e uma barba de roqueiro, calça justa e tatuagens. — Não culpo meu pai por não aparecer, sabe? Ele é um cara criativo, que gosta de ser livre, e acho que é daí que vem parte do meu espírito selvagem. É quem ele é, independente de quem seja, e gosto de ter um artista na família. — Jogo o quadril de lado e faço uma pose levando a mão ao cabelo. — Na verdade sinto até pena dele. Ele sequer sabe o que está perdendo.

Jonah me observa tão admirado que meu coração parece uma bolinha de pinball, batendo no meu estômago, na minha garganta e nas minhas costelas em uma velocidade estonteante. Sei que sou especial — justamente porque me esforço para isso —, e é bom ser vista, assim como eu o vejo.

Observo o mar, e Jonah me envolve com seus braços, apoiando o queixo no meu ombro. Tenho uma sensação de que, se caíssemos na água, eu poderia simplesmente me segurar em Jonah para boiar e voltar à superfície.

Alguns dos caras com quem já fiquei tentaram me entender. Queriam saber de todos os detalhes, os ondes, quandos e comos da relação, e sempre me irritou que eles precisassem mapear os *sentimentos*. Outros caras pareciam satisfeitos em me deixar entrar e sair de suas vidas, aliviados por não serem obrigados a fazer planos, comprar ingressos para um show no mês seguinte ou para o baile de formatura.

Jonah não faz nada disso. Estamos juntos agora, sobre a água escura e agitada, sobre as ondas brancas, e é o suficiente.

Então vem o pensamento horrível de que quero muito contar a Ruby e Amala sobre ele. Tento tirá-las da minha cabeça. Para mim, estamos sempre no quarto de Amala, tingindo as pontas do cabelo de Ruby de alguma cor incrível e fazendo piadas bobas. Costumávamos ir a museus, cafés, lojas de discos e shows que estavam na moda. Por que volto aos momentos mais simples, quando estávamos de pijama?

—Viv? — Jonah me chama. —Você está bem?

— Claro — digo, meio hesitante. — Antes do que aconteceu com seu pai, você tinha um grupo de amigos?

Ele assente ainda apoiado no meu ombro.

— Eram caras legais. Não se afastaram nem nada do tipo. Mas estou sempre ocupado. E... bom. Eles não sabem como falar comigo agora. — Antes que eu possa dizer qualquer coisa, ele continua: — Você nunca fala sobre seus amigos. Deve ter milhares deles, baseado na sua popularidade em Verona Cove.

Levanto um ombro, contente que Jonah não possa ver meu rosto.

— A gente meio que brigou. Mas é passado. Agora estou aqui.

Então por que quero tanto tirar uma foto minha com Jonah e mandar para Ruby e Amala dizendo que estou apaixonada por um cara LEGAL e que isso é ótimo?

Ficamos abraçados por um tempo, até que já não é mais meu aniversário. Penso em barcos, em como são imponentes, mas delicados quando comparados ao mar agitado. Penso em faróis, sobre aportar em segurança, em como é fácil bater. Penso no amor, no que mereço e em como estou tentando aceitar tudo o que o universo me dá.

Então o rádio começa a tocar algo mais agitado, meio folk.

— Gosto dessa música — Jonah diz no meu ouvido, e sei pela sua voz que está sorrindo.

No começo só ficamos juntos, até que o refrão chega, e é libertador, nos anima. O garoto de expressão séria e roupa de pinguim pega a mão da garota com asas de borboleta e a gira.

Balançamos os quadris e batemos os pés como se estivéssemos pisando em uvas para fazer vinho. Entramos na frente da luz do farol, balançando os braços. Mesmo que não possamos ver, sabemos que estamos fazendo sombra no céu.

É aqui que estou, em algum lugar entre a escuridão completa da noite e o brilho intenso da luz do dia, e sorrio enquanto danço e o vento brinca com o cabelo de Jonah. As velas do bolo e as luzinhas do pátio teriam bastado. Mas Jonah Daniels iluminou todo o meu mundo.

Até as constelações podem nos ver agora: temos dezessete anos, estamos despedaçados e continuamos dançando. Nossos corações conturbados latejam, e somos mais fortes do que qualquer um poderia imaginar.

14

JONAH

Acordo com o barulho da chuva. Estou tão exausto que achei que era o teto caindo ou o ar-condicionado morrendo de enfisema. Não chove em Verona Cove no verão. Isso simplesmente *não* acontece.

O céu do outro lado da janela do meu quarto está cinza. Não é uma tempestade passageira de verão. Olho para o alarme e vejo que são dez horas, o que não é possível.

Passo pelo quarto de Leah no caminho para a cozinha. Ela ainda está contorcida na cama como um gatinho dormindo. Nunca tinha me dado conta de que é a luz do sol que a acorda tão cedo todas as manhãs. No andar de baixo, Bekah e Isaac estão jogando um jogo de tabuleiro que não vejo há anos. Tranquilos. Sem brigar.

Que dia estranho.

Tomo um banho e faço sanduíches de ovo para o café da manhã em vez de mingau de aveia, já que o mundo está de cabeça para baixo. Está chovendo, meus irmãos estão se dando bem e estamos comendo algo que aumenta o colesterol. Leah morde o sanduíche e faz uma careta, então o levo para minha mãe. Ela está sentada na cama, com um monte de papéis em volta. Mas pelo menos está de roupa. E seu cabelo parece diferente. Brilhante. Penteado?

— Oi, querido — ela diz, olhando para mim. Seu rosto parece atento. É difícil explicar por que a mudança imediata é tão perceptível. Quando alguém está triste há tanto tempo, falta energia para mover até mesmo o menor músculo facial. Como se estivesse deprimido demais para levantar totalmente as pálpebras. Esta manhã, noto um leve movimento nas bochechas dela. Sua testa parece ativa.

— Oi. Trouxe um sanduíche pra você. Já foi mordido pela Leah. Mas ainda está quentinho.

— Obrigada — ela diz, com um sorriso genuíno.

Sério. Acordei na vida de outra pessoa.

Dou uma olhada nos papéis à sua volta e não posso evitar perguntar:

— O que está fazendo?

Ela ajeita uma mecha de cabelo atrás da orelha.

— Bom, Naomi tem cuidado das coisas da casa pra mim.

Todos os meus músculos se contraem. Falar de dinheiro me faz suar mais do que um maratonista.

— E ela está fazendo um ótimo trabalho, mas precisava de ajuda este mês. Então resolvi dar uma olhada pra ver se está tudo bem. — Talvez ela sinta minha tensão, porque acrescenta: — E está. — Minha mãe continua falando: — Sabe por que fiz contabilidade? — ela pergunta, enquanto anota algo no bloquinho que tem em mãos.

Na verdade, sei. É fácil esquecer como conheço bem minha mãe. A tristeza é como um disfarce agora, mas sei quem está por baixo dele.

— Porque você adora matemática.

— Adoro mesmo — ela concorda. — E adoro porque na matemática sempre há uma resposta certa. Não é uma questão de interpretação, não é subjetivo. Você tem que chegar em determinado ponto, ainda que por caminhos tortuosos. A vida não é sempre assim.

Fico contente que minha mãe esteja concentrada nos números, porque assim não pode ver meu queixo caindo. Ela parece funcional e está até, caramba, refletindo sobre a vida. Me sinto um louco por estar deduzindo demais disso. É como uma miragem, como quando ela foi ao mercado. Parecia um bom sinal, mas acabou em um surto em público.

— É verdade — digo, como um bobo. — Bom, me avise se precisar de alguma coisa.

Ainda estou balançando a cabeça, estupefato, quando o celular toca. Imagino que seja Vivi. Agora que paro para pensar, estou surpreso que não tenha aparecido ainda na porta da frente, usando uma capa de chuva e galochas, implorando para que a gente dance na chuva com ela. Imagino que esteja trabalhando na loja. Mesmo assim, é incomum eu acordar e não encontrar uma série de mensagens safadas e criativas dela. Vivi não dorme muito.

Mas é Felix. *Estamos lotados. Pode vir?*

O restaurante quase nunca lota no almoço, especialmente nos dias de semana do verão. A maioria dos turistas nem sabe que funcionamos nesse horário, mas tem que passar pelo Tony's no caminho de volta da praia. Hoje o pessoal deve ter decidido ir almoçar enquanto espera a chuva passar.

O folheto turístico de Verona Cove diz que o clima aqui é "perfeito". Não faz calor demais no verão e a temperatura não cai muito no inverno. Mas hoje é possível sentir uma frente fria. Corro na chuva com um guarda-chuva velho que encontrei no armário do corredor. Quando chego à Main Street, meu jeans está todo molhado.

A lousa do Tony's está na rua, com um guarda-chuva que alguém ajeitou sobre ela. De longe, parece uma pessoa muito atarracada se protegendo da chuva. Mas a ideia é impedir que o cardápio do dia, cuidadosamente escrito com giz, fique molhado e se apague. Consigo ler as letras brancas apesar das gotas caindo. ESPECIAL DIA DE CHUVA: SOPAS E PÃO CASEIRO.

Nunca fizemos pão caseiro e raras vezes temos uma sopa do dia. Belisco meu braço, porque parece um sonho. E um daqueles bem bizarros, em que você sabe que é sua vida, mas com todos os detalhes modificados.

Lá dentro, a cozinha está mais fumacenta que nunca, e o cheiro é dominante e irresistível. Mais que isso. De fermento, forno e tempero. Felix está picando legumes como uma máquina. Gabe está controlando o fogão cheio de panelas de sopa.

— Jonah! — Ellie me chama. — Oi!

Ela está à mesa perto dos fornos, passando azeite em cima de quatro pães prontos para assar. Seu cabelo preto está preso de qualquer jeito dentro de um boné que parece grande demais para ela e que reconheço como sendo de Felix. Ela usa um avental florido que deve ter trazido de casa.

— Oi! O que está acontecendo?

As mãos dela se movem tão rápido que é como se tivesse meia dúzia de braços, como um personagem frenético de desenho animado. Mas sua voz é controlada, muito profissional.

— Estamos fazendo seis sopas: tomate, legumes, canja, agridoce, mexicana e tailandesa. Achei que essa última era um risco, mas meu pai mandou superbem, porque os clientes não param de pedir. Também temos quatro opções de pão: francês, milho, parmesão e alecrim.

Ellie faz uma pausa para respirar. Ela polvilha alecrim sobre as massas, então dá um tapinha nos pães, como uma verdadeira padeira.

— Uma tigela de sopa e um pão para acompanhar por cinco dólares. Por mais três dólares, fazemos um queijo quente. Cinquenta centavos a mais por cada tipo diferente de queijo. Temos...

— Eu sei. — Fui eu que criei o sistema de organização dos laticínios no ano passado. Posso nomear os tipos de queijo por ordem alfabética ou sabor, do mais leve ao mais pungente. Preciso incluir isso nos formulários de inscrição para as faculdades. *Experiência: organização de queijos.* Posso ter largado todas as atividades extracurriculares para cuidar dos meus irmãos, mas pelo menos ninguém confunde provolone com muçarela na minha cozinha. Deviam me dar uma bolsa por isso.

— Verdade. — Ela ri para si mesma enquanto bate as mãos para limpá-las. — Estou falando como se você fosse um cliente. Precisamos de alguém para atender, então vou para o salão e você pode cuidar dos pães. A menos que prefira ficar de garçom.

— Não, assim está ótimo. — Minha mente já entrou no ritmo da cozinha; minhas mãos trabalham no piloto automático, amarrando o avental. A cozinha só fica melhor quando estamos à beira do caos. Quando a casa está cheia, a adrenalina é total. Queria que acontecesse mais.

Depois que Ellie explica em que pé estão os pães e vai embora, fico ali parado por um momento. É muita coisa para absorver. Felix dá risada enquanto despeja uma pilha de legumes picados em uma panela.

— Ela sabe bem como planejar.

Certo, hora de trabalhar. O pão de parmesão está com uma crosta perfeita, então o coloco apenas para aquecer e sigo para a massa do pão de milho.

— Como pensou nisso?

Felix ri de novo.

— Acha mesmo que fui eu, Maní? Foi tudo ela. Acordou cedo e sentiu cheiro de chuva, como um bassê. Um minuto depois estava aqui, com as receitas de pão da *abuela*, me explicando seu plano. Vou dar uma corridinha até o mercado para comprar mais cenoura, aipo e... O que mais mesmo?

— Leite de coco! — Gabe grita do fogão.

Quando Felix sai pela porta dos fundos, Jack, um dos cozinheiros, tira os olhos dos pratos com queijo quente para perguntar:

— Quantos anos a Ellie tem?
— Dezesseis. Então *não*, Jack.
— Então *sim*, Jack! — ele diz. — Tenho dezoito. Por que não? Acho que tenho uma chance. Ela é legal.
— Cara, Ellie acabaria com você.
— Quê?
— Ela não tem paciência. — Coloco o pão de milho no forno. — E precisa de muita para lidar com você.

Ele e Gabe vivem brincando enquanto trabalhamos, e tenho que admitir que são engraçados. Como se para provar meu ponto, a porta da cozinha se abre e Ellie aparece para dizer:

— Acelerem aí, preguiçosos.

O restaurante fica lotado durante todo o almoço. Os pães entram e saem do forno, tempero caldos e caldos de frango, e por aí vai. Minha mente só fica vazia desse jeito na cozinha. E com Vivi. Apesar do ritmo frenético, consigo dar uma olhada pelo vidro da porta. É uma porta vaivém com uma janela circular que dá para o salão. Quando eu era pequeno, me lembrava um submarino. Vejo que famílias ocupam todas as mesas. As pessoas levam colheradas de sopa à boca e passam manteiga no pão. Jogam a cabeça para trás, rindo. É uma correria, mas tudo parece em câmera lenta. Ninguém tem pressa, porque não tem aonde ir. Estão juntos. Sinto tanta falta do meu pai que meu estômago chega a doer. Preciso me manter ocupado, trabalhando.

Às quatro, todo mundo foi embora, e o turno de preparação para o jantar começa a se sobrepor em nossa rotina bem azeitada.

—Vão pra casa, vocês dois — Felix diz para mim e para Ellie. — Já trabalharam bastante.

— Tá. — Ellie se estica para dar um beijo no pai, depois vira para mim. — Vai andar até sua casa? Queria te mostrar uma coisa.

— Hum, vamos lá.

Olho para Felix para ver se sabe o que está acontecendo. Ele parece estranhar.

— Babaca — Jack diz pra mim.

Quando saio, Ellie já está me esperando. A chuva parou, mas o cheiro continua o mesmo. Ela me entrega um pedaço de papel dobrado, tomado por sua letra certinha em caneta azul.

— Fiz algumas anotações. São... comentários, acho. — Ela aponta para a primeira linha. — Fiquei pensando em algumas tendências enquanto atendia os clientes. Eles perguntam sobre certos pratos, ou comentam entre quais estão em dúvida.

Olho para a primeira linha. *Visão geral. Tipos de clientes: frequentadores assíduos, turistas querendo "algo leve e saudável", pessoas que querem comer o máximo possível.*

Vou para o fim da folha. *Conclusões*, está escrito, como se fosse um trabalho para a escola. *Criar opções para crianças, expandir o cardápio de saladas e permitir que os clientes possam acrescentar frango ou camarão nelas, fazer alguma indicação nos cardápios nos pratos vegetarianos ou sem glúten e criar mais opções desse tipo.*

E não para por aí.

— Nossa.

Ellie pigarreia.

— E, depois de hoje, acho que a gente devia considerar um combo de sanduíche e sopa pro almoço.

— Legal. — Meu repertório de palavras está inacessível depois do turno de trabalho enlouquecedor. Mas é legal. E inesperado. Sabia que Ellie queria ajudar, mas não tinha ideia de que se importava tanto. — Legal mesmo.

— Espero que não ache que agi pelas suas costas! Depois da fogueira, percebi que tinha algumas ideias sobre o que os clientes pensam e querem.

— Não! — digo. — Isso é legal. Tipo, nossa! Está tão organizado e... claro.

Ellie parece envergonhada por um instante, embora seu sorriso fácil me faça pensar que estou imaginando coisas.

— O que posso dizer? Estava inspirada.

— Ótimo. Muito legal.

Sério? "Legal" de novo?

— Mais uma coisa: acho que os turistas não têm uma ideia muito clara do tipo de restaurante que somos. Sei que é uma grande mudança, mas estava pensando... E se mudássemos o nome para Tony's Bistrô?

— Hum. — Penso a respeito. — É. É o que somos. Um restaurante casual, mas agradável. Acha que seu pai concordaria?

Ela assente.

— Acho.

Dobro o papel e guardo no bolso. Passamos pela loja de cerâmica e dou uma olhada lá dentro, procurando por

Vivi. Só encontro Whitney sozinha, e ela acena. Dou uma olhada no celular, mas não recebi nenhuma mensagem. É estranho.

— Então... — Ellie diz. — Como está sua mãe? Só a vi na igreja uma ou duas vezes depois que voltei.

— Ah, você sabe... Bem.

A maioria das pessoas só assente de forma solene quando digo isso, aliviadas por terem tirado essa desagradável obrigação social do caminho. Ellie fica em silêncio, então presto atenção nela. Está estreitando os olhos. Mal posso ver além de seus longos cílios.

— Jonah. — Ela diminui o ritmo consideravelmente, e eu a acompanho. — Como ela está de verdade?

Nós dois paramos. Estamos na calçada em frente ao parque. Cruzo os braços. Abro a boca para dizer "Bem" de novo, de um jeito mais convincente. Mas pareceria uma mentira ainda pior. Os olhos escuros de Ellie me analisam, esperando até minha confissão.

— Mal. Mal mesmo.

Volto a andar, fugindo daquelas palavras. Quebrei a barreira que separava nossa família do mundo exterior. Nos expus. Ellie corre atrás de mim, e me alcança.

— Quão mal?

Sua expressão é tranquila. Terem pena de mim faz com que eu me sinta digno de pena.

— Ela mal sai da cama, tudo bem? — Pareço cruel mesmo sem querer briga. — Desculpa. A coisa está feia. Eu... não sei.

Espero que pergunte como pude não pedir ajuda ainda. Espero que julgue o modo como tenho lidado com a situação com tanta dureza quanto eu mesmo julgo. Mas ela só diz:

— *Eu sabia.*

Sai num sussurro, como quando você diz "merda" para si mesmo ao derrubar alguma coisa.

— Desculpa, Jonah — Ellie diz. — Talvez não seja da minha conta, mas... estava com essa sensação.

— Nossa, você não tem do que se desculpar. — Tento rir, mas pareço amargo. Porque é como me sinto. — Estamos tentando dar um tempo a ela. Naomi, Silas e eu, digo. Mas os dois deveriam ir para a faculdade no fim de agosto, e não vou dar conta de cuidar dos três menores sozinho. Silas está falando em adiar a faculdade por um ano. Não queria que fizesse isso, mas não sei se temos outra opção.

Damos alguns passos lentos. Estou em conflito. Apesar de aliviado por botar tudo para fora, sinto que estou traindo minha família.

— Oi, vocês dois! — a sra. Albrecht nos cumprimenta do outro lado da rua, enquanto Edgar cheira o hidrante. Acenamos para ela, mas meu rosto queima. Me sinto constrangido, como se estivesse usando o banheiro e alguém entrasse de repente. Me sinto pego num momento de intimidade.

Quando estamos longe o bastante dela para voltar a falar, já é hora de seguir em direções diferentes.

— Depois de tudo o que aconteceu com Diego, sabemos muito sobre depressão. Remédios, terapia, conversa, realmente *escutar*... — Suas sobrancelhas estão franzidas, mas não sei dizer se está confusa ou magoada. Talvez ambos. — Por que não falou nada pro meu pai?

— Porque... porque só faz sete meses. E, de um jeito estranho, parece que é um assunto só dela, que não me diz respeito. Não quero envergonhar minha mãe. E por uma porção de outros motivos.

Ela assente, devagar.

— Entendo. Bom, o que posso fazer?

— Nada. — Fácil assim, fecho a porta. Depois de sete meses, é como um instinto. — Tipo, obrigado, mas estamos bem.

Deveríamos seguir cada um para sua casa, mas não saímos do lugar. Ellie fica me encarando, esperando. Seu silêncio me vence. Se eu ficar muito mais tempo sem dizer nada, vai ser dolorosamente desagradável, em vez de só um pouco. Seria fácil dizer "A gente se vê!" e virar as costas, mas minha boca e minhas pernas não cooperam.

— Na verdade — digo, sem conseguir me segurar —, vivo dando para trás na hora de contar pro seu pai. Sei que minha mãe parou de fazer a contabilidade do restaurante depois de tudo, mas acho que ela ficaria feliz se seu pai pedisse para que voltasse. Poderia sugerir isso a ele?

Ellie assente como se fosse totalmente normal pedir a uma amiga para pedir ao pai dela pedir à sua mãe uma mãozinha na contabilidade.

— Claro. Vou tocar no assunto com ele. Talvez assim os dois voltem a se falar mais. E, por favor, me diga se precisar de uma babá pros seus irmãos, de alguém que vá ao mercado ou qualquer coisa do tipo. Quero ajudar, se eu puder. E se quiser conversar, de verdade...

— Obrigado. A gente se vira bem na maior parte do tempo. O que me deixa louco de preocupação é quando chegar a hora de Naomi e Silas irem embora. Mas Vivi acha que vai conseguir convencer a mãe a ficar mais tempo em Verona Cove, então talvez a gente possa contar com a ajuda dela também.

Ellie sorri.

— Seria ótimo.

— E obrigado pelas ideias para o restaurante.

Agora estamos fazendo menção de nos afastar.

— Foi divertido. Pensa a respeito quando tiver um tempinho. Vou mostrar pro meu pai e podemos conversar mais na quinta-feira, se quiser. Até lá!

Ela já se afastou um pouco quando pergunto:

— O que tem na quinta-feira?

— Nada. É nosso próximo turno juntos.

Ela acena e vai embora, e faço o mesmo. Talvez devesse me sentir culpado por expor minha mãe sem falar com Naomi e Silas antes, mas não me sinto. É como se tivéssemos mais alguém no time. Ou como se só agora tivesse percebido de que havia mais gente conosco o tempo todo.

15
VIVI

Eis porque revistei o quarto da minha mãe: eu precisava saber. Fiquei pensando no assunto desde que eu e Jonah falamos sobre nossos pais no farol. O pai dele sempre esteve presente, então sua morte foi uma perda irreparável. Agora me pergunto se *meu* pai poderia ser um acréscimo significativo ao meu mundo.

Por muito anos repeti para mim mesma: *Você não precisa saber quem é seu pai*. Mas acho que é um mito que criei sobre mim: não sou órfã de um pai, não sou uma menina boba em meio a uma crise de identidade, nada assim. Mas *e se eu fosse*, sabe? Tipo, e se eu me permitisse ser essa garota por um minuto?

É o que faço. Abro uma janelinha para realmente sentir o que sinto, e deixo uma rajada curiosa de vento entrar. Fiquei analisando meu próprio rosto no espelho ontem, procurando por pistas dele em mim. Tenho o nariz de botão da minha mãe e seus lábios cheios, mas seus olhos são escuros, enquanto os meus são azuis. Só posso ter os olhos dele, e acho que sempre soube disso — seus genes estão em mim e nem sei qual é seu nome. A cor natural do meu cabelo é loiro-escuro, assim como a da minha mãe. Mas minhas sobrancelhas são bem cheias, enquanto as da minha mãe quase não existem; ela nem sai de casa sem pintá-las. Os dedos dela são longos e finos, já minhas mãos são pequenas. Tenho os olhos, as sobrancelhas e as mãos dele. O que mais? Saio do banheiro depois de mais de uma hora.

Se minha mãe tivesse casado com outra pessoa, talvez eu tivesse esquecido meu pai biológico por completo. Mas só houve um único cara que eu quis que fosse meu padrasto, quando era pequena. Ele chamava Adesh, e minha mãe o amava tanto que se tornou uma pessoa totalmente diferente quando os dois terminaram. Eu também o amava, porque ele era bonito e muito bonzinho. Se ele tivesse gritado alguma vez, acho que eu teria rido, porque seu sotaque fazia tudo soar lindo. Mas ele nunca gritava, de jeito nenhum. Estava sempre ocupado demais cantando, me mostrando músicas novas e fazendo meu prato favorito, *makki paneer pakora*. Ele voltou para a Índia para cuidar dos pais, e eu lembro de ouvir uma conversa em que minha mãe disse: "Me deixa ir com você". Mas ele disse que não podia deixar que ela mudasse a vida dela e a minha daquele jeito. "O que tiver que ser, será", foram as palavras dele. Os dois mantiveram contato por bastante tempo, trocando cartas, e ela as mantém guardadas no fundo da gaveta de calcinhas.

Li todas as cartas há alguns anos, sem que ela soubesse, porque sentia saudade dele, e minha mãe sempre ficava triste quando eu tocava no assunto. Na última, ele dizia que estava noivo de uma mulher chamada Saanvi, mas que o amor por minha mãe ficaria intocado em um espaço especial de seu coração para sempre. Depois que li isso, me senti culpada. Sinto que cruzei uma barreira que não deveria, adentrando um território privado. Mas a partida de Adesh também é uma parte triste da minha história, e eu precisava saber o que tinha acontecido. No inverno, minha mãe ainda usa um lenço lindo que ele mandou de Mumbai. Ela o enrola no pescoço lentamente, como se estivesse desfrutando do toque do tecido, e sei que deseja sentir o cheio dele, de temperos, de calor e dos dias em que o amor ainda não estava perdido.

De qualquer maneira, foi isso que me levou a procurar na gaveta das calcinhas. Era lá que ela escondia a maior parte das suas coisas em Seattle, então, se havia alguma coisa a ser encontrada, deveria estar lá.

Paciência nunca foi meu forte, mas precisava escolher o momento com cuidado. Só fui até seu quarto pela manhã, quando ela já estava no caminho de três horas até San Francisco para comprar material numa loja especializada em arte.

As cartas de Adesh continuam na gaveta. Acho algumas fotos, com anotações atrás, escritas com os garranchos típicos dela. *Eu e mamãe*: uma foto desbotada dela ainda pequena com minha avó, que morreu jovem. *Eu e Adesh*: uma foto da minha mãe com o namorado, os narizes se tocando e os olhos fechados, como se estivessem loucos de amor. *Minha Viv*: uma foto minha com cinco ou seis anos, usando óculos escuros de armação rosa e segurando uma casquinha de sorvete. Essas são as fotos mais preciosas para minha mãe. Não há nenhuma do meu pai, nem dela aos dezenove anos, grávida de mim.

Desisto, aceitando o fato de que não vou descobrir mais sobre meu pai. Há pouca luz no céu lá fora, e pressiono as mãos contra as paredes de vidro da sala, aquelas que me lembram de que a única coisa que me separa da natureza é uma polegada de material de construção. Seja revestida de madeira, gesso, isolamento térmico ou simplesmente vidro, uma casa não deixa de ser parte de um ecossistema maior. É tão tolo pensar que existimos separados da natureza. Tolo mesmo.

Nem me pergunte como meu cérebro funciona, como as ligações são feitas, mas de alguma maneira, começo a refletir sobre burocracia, sei lá por quê. E um pensamento surge: onde estão nossos documentos importantes, como certidões de nascimentos e carteirinhas da seguridade social? Em casa, fica tudo em um cofre, cuja combinação nunca descobri. Ela não é o tipo de mãe que traria arquivos e pastas etiquetadas para Verona Cove. Mas é o tipo que teria tudo de que precisa para o caso de uma emergência. Os documentos têm que estar em algum lugar.

Obcecada por essa ideia, vasculho as outras gavetas. Nada, nada, nada. Reviro o lugar inteiro, fazendo as roupas voarem como num furacão. Finalmente, no fundo do armário de Richard, onde o resto das roupas da minha mãe está pendurado, encontro um envelope pardo. Lá estão nossas certidões de nascimento, os cartões da seguridade social e um seguro de vida no nome da minha mãe. É um envelope grande. O endereço nele é de um escritório de advocacia em Washington. Quase rasgo minha certidão de nascimento tentando ler. Vivian Irene Alexander. Recebi o nome das duas avós da minha mãe, e sempre gostei do fato das minhas iniciais formarem uma palavra. Nascida em Olympia, Washington, dia 23 de julho, bem na virada do sensível signo de câncer para o impetuoso signo de leão — com o qual me identifico muito mais. ROAR! Mãe: Carrie Rose Alexander.

Pai: James Bukowski.

Inspiro e expiro, devagar. Meu peito sobe e desce. Arfo.

Estremeço, como os momentos que antecedem um terremoto, e as lágrimas enchem meus olhos antes que eu consiga terminar de ler.

Ainda estou respirando?

Com as mãos tremendo, pego uma folha de papel. O documento concede a custódia total à minha mãe. Meu pai não pode simplesmente aparecer e reivindicar qualquer direito sobre mim. O documento é do ano em que nasci. A assinatura dele está ao fim, um traço rápido de tinta, como se quisesse acabar logo com aquilo.

O nome do meu pai é James Bukowski. De Berkeley, Califórnia. Meu rosto formiga com essa informação; meu sangue parece zumbir dentro das veias, contra minhas terminações nervosas. Ele tem um nome, James, e eu nunca imaginaria seu sobrenome, que poderia ser o meu, se as coisas tivessem sido diferentes. Será que o chamam de Jim, ou Jimmy? Será que ainda mora em Berkeley? E por que, *por que* minha mãe fez isso comigo? Por que o manteve afastado de mim? Será que era um homem perigoso? Ela estava tentando me proteger?

Acho que nunca imaginei que saberia qualquer coisa sobre ele, e agora questiono se não era o que eu realmente queria. Não, eu queria isso. Eu quero. Não sei. Não sei de nada.

Apesar de ter amado minha vida passada como bailarina nos anos 20, sou infinitamente grata à internet. Procuro e procuro, digitando frenética. O pensamento às vezes me assusta, na verdade — a quantidade de informação pessoal que você consegue encontrar on-line. Mas hoje faço uso disso a meu favor.

Tem um James Bukowski em Berkeley, Califórnia. Só sei que ele trabalha para a universidade. Talvez meu pai seja professor de música. Talvez largou a vida de roqueiro e começou a dar aula. Pode acontecer, não?

Tenho que descobrir. Mesmo que não seja ele, tenho que descobrir.

Meus pensamentos abrem espaço para meus sentimentos mais secretos, as esperanças que sempre tive, e pelas quais nunca me deixei levar por completo. Como meu pai provavelmente tem uma vitrola antiga e uma coleção incrível de discos, e como vamos ouvi-los juntos, dançando pela sala. Como não sabe cozinhar nenhum prato muito elaborado, mas diz que ovos mexidos são sua "especialidade", e faz um hambúrguer vegetariano incrível no verão, enchendo o quintal com cheiro de churrasco. Como ele tem uma coleção de chapéus antigos — coco, fedoras, boinas — e me deixa pegar emprestado o que quiser. Ele provavelmente tem tatuagens.

Mas me pergunto de que tipo. Talvez a gente faça uma juntos, para simbolizar nosso espírito livre, o modo como estamos conectados e entendemos um ao outro, apesar de sermos independentes.

Vou até Cherie — o nome da minha vespa recém-batizada — e coloco o capacete, porque meu cabelo vai ficar uma bagunça se eu dirigir sem ele na estrada. Estou ótima, com meus sapatos vintage favoritos, uma camisa branca e uma saia linda, que vai até minha panturrilha — o tipo de saia que faz um movimento incrível quando você rodopia. Eu mesma a costurei com um tecido antigo, que tem um fundo branco e flores vermelhas, cor de pêssego e azul. Tenho que apertar bem as pernas em volta da vespa para impedir a saia de voar enquanto dirijo, mas mesmo que voe, quem se importa? Tenho problemas muito maiores pairando sobre mim, como as nuvens no céu por todo o litoral, à deriva.

Não fiz uma mala porque não preciso de nada quando chegar lá. Ou não vai ser meu pai e eu vou dar meia-volta para casa ou *vai* ser meu pai e vou ter tudo de que preciso. Então só pego o celular, um batom, o cartão de crédito de emergência e minha identidade, que já estão na minha bolsinha favorita. O endereço de James Bukowski em Berkeley já está anotado em um pedaço de papel. Ou, pelo menos, o endereço de uma casa hipotecada em seu nome, que imagino que seja dele. Dirijo e dirijo até que finalmente a encontro, e estaciono a vespa. Cheguei.

A casa é tão convidativa, tão suburbana. Quadrada e de tijolinhos, mais chique do que eu pensava. Mas não importa. A hora chegou, a *minha* hora, e talvez eu finalmente conheça meu pai. Sei que há grandes chances de não ser ele, mas, se for, ele vai amar. Teve que ficar longe de mim por todos esses anos graças àquele acordo idiota, mas eu o encontrei, e agora ele vai me conhecer. Vamos preencher o buraco em nossa alma — ele por nunca ter conhecido a filha, eu por nunca ter conhecido meu pai. A varanda da frente faz com que me sinta pequena, como se estivesse vendendo cookies ou cartões de Natal. Mas consigo bater na porta, e alguém abre em seguida.

— Oi — digo, minha voz soando com a de uma garotinha.
—Você é James Bukowski?

— Sim. Posso ajudar? — Não pode ser meu pai. Ele é mais velho do que meu pai deveria ser, mais velho que minha mãe. Está de gravata e com as mangas da camisa engomada dobradas. Seu cabelo está começando a ficar grisalho nas têmporas, e tem uma barba bem curta. Mas seus olhos são azuis e suas sobrancelhas, cheias, como as minhas, exatamente como as minhas. *Não.*

—Você é o... músico James Bukowski?

— Não. Sou professor. — Ele parece confuso, como se imaginasse que sou uma fã ou uma stalker. — De economia. Por quê?

Então não é ele. Acho que estou aliviada. Estou?

— Ah, certo. Bom, obrigada de qualquer jeito. Me enganei.

Viro para ir embora, mas ele continua ali, com a porta entreaberta. Então algo me faz virar como uma bailarina de uma caixinha de música.

— Meu nome é Vivi. Isso não significa nada pra você, né?

Tenho certeza de que não, mas sua expressão muda. É como se uma máscara caísse no chão e se estilhaçasse. Em um segundo, seus olhos vão de confusos a raivosos, e não consigo entender o motivo. Finalmente estou aqui, sua filha. Eu o encontrei e vamos nos conhecer. Ele sai para a varanda e fecha a porta atrás de si. Mas antes eu vejo. As fotos dos filhos na parede. Dos filhos de verdade.

—Você não pode estar aqui.

Fico paralisada, como uma estátua de jardim.

O rosto dele fica vermelho, uma veia pulsa.

—Você não deveria estar aqui.

Ah, meu Deus, é ele. Ah, meu Deus, este homem é meu pai, e ele me odeia, e sua família não sabe que eu existo. Quero dizer: "Não, você é quem não deveria estar aqui!". Isso não pode estar acontecendo. Ele não pode ser essa pessoa ridícula, esse professor chato, que não tem nada de roqueiro, que tem uma vida tradicional. Meu pai não é um músico com coração livre. É um cara normal. *Um senhor normal e responsável.*

— Carrie me prometeu que isso não ia acontecer — ele disse, como se aquilo fosse me fazer desaparecer no mesmo instante. — Mando um cheque todo mês. É por isso que você está aqui? Por dinheiro?

Meu corpo solta um ruído estranho, o ar é forçado para fora do meu estômago e da minha boca, como se alguém tivesse me dado um soco. Não estou chorando, ou talvez esteja. Não faço a menor ideia do que está acontecendo. Só sei que esse homem, que tem os mesmos olhos que eu, está furioso, e eu o odeio de um jeito que nem posso acreditar.

— Sinto muito — sussurro. Ouvir minha própria voz é a prova. Estou aqui. Sou alguém com uma opinião, com direitos, e na verdade *não* sinto muito. Nem um pouco, aliás. Respiro fundo e acho que começo a gritar. — Sou uma *pessoa*, não sou uma promessa que alguém fez! E *você*... Quer saber? Você é *patético*. Pode até não me querer, mas agora não quero você também.

— Abaixa a voz agora mesmo — ele sibila para mim, e tenho certeza de que estou chorando, aos soluços, fazendo barulhos nojentos e animalescos como uma vaca morrendo em seu jardim.

Abaixar a voz? Ele não pode me dizer o que fazer! Como se fosse meu pai. Puxo ar suficiente para responder. Ah, vou fazer isso, sim, e meus pulmões são como um furacão, as palavras rodam como se fossem folhas, e vou descarregar todas de uma vez só, com toda a força da minha fúria.

— ABAIXA VOCÊ A PORRA DA VOZ! VOCÊ É A MAIOR DECEPÇÃO DA MINHA VIDA. Fica aí com sua FAMÍLIA DE VERDADE, porque não estou NEM AÍ. Estou ALIVIADA em saber que não perdi nada. Mas você perdeu, JAMES BUKOWSKI. Porque sou INCRÍVEL PRA CARALHO, e sinto PENA que não saiba disso. Tenha uma ÓTIMA VIDA. NUNCA MAIS vou pensar em você.

Vou embora com passadas largas, me xingando por usar salto alto, mesmo que não muito. Não achei que fosse precisar de um plano de fuga, que fugiria de um homem que é tudo que não quero ser. Choro tanto que meu nariz escorre.

— Jim, o que está acontecendo? — Ouço uma mulher perguntando assustada atrás de mim enquanto vou até a vespa.

Olho para trás a tempo de ver a porta fechando. Ótimo. ÓTIMO. É bom que a mulher dele saiba. Se ele não teve coragem de dizer que tinha uma filha por dezessete anos, espero que agora ela descubra. Vai ver estou acabando com seu casamento, e nem posso dizer que estou triste, não mesmo. ESTÁ ME OUVINDO? NÃO ME ARREPENDO DO QUE FIZ, DE TER NASCIDO OU DA MINHA VIDA.

16

JONAH

Quando Vivi liga, mal consigo entender o que diz. Ela chora, cantarola e repete sem parar "Jonah" e "por favor".

— Jonah, Jonah, vem me buscar? Por favor, Jonah. Eu não... Eu só... Por favor, vem.

—Vivi. — Minha voz sai sem fôlego, como se tivesse corrido. —Você está bem?

— Sim. Não sei. Jonah, por favor, vem me buscar.

— Claro, estou indo. Onde você está?

— Cloverdale? — Ela funga. — Acho.

Fica a mais de uma hora de Verona Cove.

—Você ligou pra sua mãe?

— não. Nem pensar, Jonah, por favor, vem só você.

— Certo — eu digo. — Me espera em algum lugar seguro, tá? E me manda uma mensagem dizendo onde está. Estou saindo.

Felizmente, Naomi chegou mais cedo do estágio hoje,

então dirijo sem parar rumo ao sul, sem saber o que vou encontrar. O sol começa a se pôr e sinto um frio na barriga. Quando chego perto de onde acho que Vivi está, observo ao redor à procura de cabelo e pele claros, lábios vermelhos. Ligo para ela, mas cai direto na caixa postal.

Finalmente encontro a vespa e uma pessoa encolhida ao seu lado. Ela está sentada na calçada, em frente a um conjunto habitacional. Suas pernas estão dobradas e escondidas embaixo da saia, que está rasgada na barra. Seu rosto manchado de maquiagem está apoiado nos joelhos. Saio do carro correndo, como num filme de ação, quase esquecendo de colocar em ponto morto antes de descer. Nem penso em fechar a porta.

— Viv! Ei, Vivi! — chamo. — Oi.

Ela levanta, descalça, e corre até mim. Sua camisa branca está suja e para fora da saia. Antes que eu consiga processar o que está acontecendo, ela se joga nos meus braços e enterra o rosto no meu ombro. Suas lágrimas ensopam minha camiseta. Sinto o calor delas na minha pele.

— Por que não foi pra um lugar seguro, como pedi? — pergunto. Ela só chora. Pergunta errada. — Cadê seu capacete?

— Acho que... no... jardim... dele... Me pararam... porque... estava sem.

Espera.

— Viv, o que você está fazendo aqui?

— Odeio ele — ela geme. — *Odeio!*

— Quem?

— Meu... pai.

Sinto sua respiração em mim, o modo como seu peito sobe e desce contra o meu. Minha nossa. Ela encontrou o pai? Aqui em Berkeley?

— Tudo bem — digo, e ela chora no meu ombro. Claramente não está nada bem, mas quero que esteja.

— Queria nunca ter ido atrás dele — ela murmura no meu pescoço. — Queria nunca ter encontrado com ele. Queria que estivesse *morto*.

Merda — ela encontrou o pai. Eu a abraço, na calçada, enquanto chora. Finalmente, a ponho no carro. Um senhor para e pergunta se precisamos de ajuda. Ele está voltando do mercado com um litro de leite, que coloca no chão antes que eu possa responder. Colocamos a vespa na traseira da van. Vivi já está reclinada no banco do passageiro, com os braços em volta do corpo. Não se move, mas mantém os olhos abertos. Encarando o nada.

— Ela está bem? — o homem pergunta depois que fechamos o porta-malas. — Moro com minha mulher logo no fim da rua, se quiserem ficar um pouco por lá e tomar um café antes de ir...

— Não precisa — afirmo, mas fico feliz com a oferta. É bom ver alguém mais velho que eu tentando ajudar, para variar. — Mas obrigado. Ela só teve um dia longo e ruim.

Ele assente, me dando um tapinha no ombro como se fosse um velho amigo.

— Aguente firme. Sempre que temos problemas com o carro, minha mulher fica muito mal. Ela vai estar melhor amanhã.

— Espero que sim — digo. Dentro do carro, Vivi embala a si mesma. Sua mão está perto da boca, fechada, como se fosse chupar o dedo. — Obrigado pela ajuda.

Entro e dou a partida sem saber o que dizer. *Você está bem?* Claramente não está. *Quer falar a respeito?* Claramente não quer.

Fico pensando em quantas pessoas se sentem assim em relação à minha família, sem saber o que dizer. Às vezes acho que todo mundo deveria receber um manual para esse tipo de situação quando começa o ensino médio. Parece a idade ideal. Quando encara o fim da infância e precisa começar a crescer. Talvez as escolas devessem distribuir um livro chamado *Guia prático para pessoas quebradas*. Eu e Vivi poderíamos escrever alguns dos capítulos. Pai morto. Pai ausente. Mãe dependente. Mãe excêntrica. Mas cada pessoa quebrada é diferente, e não tem um único jeito de lidar com todas elas. Só um monte de jeitos errados.

Vivi se mexe ao meu lado. Não consigo acreditar que é a mesma garota que nadou pelada na praia. Que entrou na minha casa no meio da noite. Que fez minha irmã caçula voltar a falar, dançar e rir. Quero parar o carro no acostamento e pegá-la nos braços. Quero encontrá-la em meio a essa tristeza, do mesmo jeito que fez comigo. Conosco. Olho de novo para ela e sinto uma necessidade enorme de fazer alguma comida gostosa para ela. É uma herança do meu pai. O impulso de alimentar os outros. Queria poder cozinhar, mas não há tempo para isso.

—Vivi, você comeu alguma coisa hoje?

Tiro os olhos da estrada para procurar a resposta em seu rosto. Ela balança a cabeça em negativa. Sua expressão não muda. Vivi parece mais magra do que quando nos conhecemos. Não sei por que só notei isso agora.

Paro numa farmácia e compro chinelos para ela. Nem pergunto onde estão seus sapatos. Também compro uns lencinhos de remover maquiagem iguais aos que Naomi guarda no armário do banheiro. Quando volto para o carro, calço os chinelos em seus pés sujos. Ela nem se mexe. Limpo seu rosto. Vivi continua olhando para a frente como se eu não estivesse aqui. Como se nem estivesse tocando nela.

Vamos até a lanchonete vinte e quatro horas do outro lado da rua. Vivi fica olhando para a janela enquanto peço por nós dois. Lá fora está escuro o bastante para que só veja nosso reflexo. Mas ela encara algo além. O passado recente, o futuro, não sei. Quando as panquecas dela chegam, ela só dá uma mordida. Então se arrepia como se tivesse engolido papelão úmido.

— Ei — digo, pegando sua mão. — Sei que não está com fome, mas vou me sentir melhor se você comer. Pode ser? Por favor?

Franzindo o nariz, ela prova o chantili do chocolate quente. Não pedi café porque quero que durma no caminho de volta.

— Está gostoso — ela diz, baixinho. Mas nem pega os talheres.

Corto uma linguiça ao meio e passo no xarope de bordo.

— Não me obrigue a fazer isso, Vivi. Sério.

215

Ela franze a sobrancelha, rabugenta.

— *Vruuuuum!* — Faço minha melhor imitação de aviãozinho. Alto. E levo o garfo até sua boca. Um motorista de caminhão numa mesa próxima olha para a gente. Tento imitar a voz de um piloto, o que quer que isso signifique. — Linguiça pedindo permissão para aterrissar. Câmbio.

Ela segura um sorriso.

— Está brincando, né?

— Não! Salsicha para torre, é uma emergência. Precisamos de autorização para pousar. — Tento fazer o som entrecortado de um radiotransmissor funcionando mal. — *Iiiih, niii, xiii.*

Viv ri, abrindo a boca o bastante para o pedaço de linguiça.

— Tudo bem. Vou comer.

Ela come toda a linguiça e toma o chocolate quente até o fim. Então, do nada, começa a rir. Parece meio louca e musical — afinal, é a Vivi.

Por fim, consegue se explicar:

— Joguei os sapatos na porta dele. Não consigo acreditar que fiz isso.

— Sério?

— Sério. Todo o resto é um borrão. Quase não lembro de nada. É como se tivesse desmaiado. Mas tenho certeza dessa parte porque... Bom, estou sem sapatos. — Ela limpa a boca com um guardanapo. Aperta os olhos como se fizesse força para lembrar algo que aconteceu há anos, e não algumas horas atrás. — Eu estava fugindo de lá enquanto ele fechava a porta pra poder inventar alguma mentira pra mulher dele ou sei lá o quê. Meus sapatos estavam me atrapalhando, e eu estava *muito* puta. Então os tirei, corri de volta e joguei um direto na porta. BAM! O outro foi logo em seguida, e acho que o salto até arranhou a madeira. Caramba, aquilo me fez bem. Só lembro disso. Foi muito, muito bom. Então saí correndo com a vespa. Por um segundo, pelo menos. Então fiquei tão triste que parecia que minhas costelas estavam esmagando meus órgãos.

Conheço a sensação. Sei que as emoções vêm do cérebro, então por que as pessoas sentem dor no peito? Por que parece que tem algo a ver com o coração?

Pago pela comida e vamos embora. Tem alguns outros carros na estrada, e Vivi liga o rádio bem baixinho. Ela fala sem parar, vomitando os sentimentos. Tento ficar em silêncio. Se ela está falando, é melhor não interromper.

Vivi entende que a mãe estava tentando protegê-la. Mas continua brava. Não sabe como se sente em relação ao pai ter pago pensão por toda a sua vida. E pensa em como ele faz para esconder isso da mulher. Ela fica feliz com o fato de que ele se importa o bastante para fazer pelo menos isso? Ou só faz isso para que a mãe de Vivi não conte para a mulher que ele tem uma filha? Ela não sabe. Mas sabe que não está preocupada em ter ou não arruinado seu casamento. Vivi entende de segredos. Mas não desse tipo. Não quando não se consegue dizer à esposa que tem uma filha fora do casamento.

— Meu Deus, ele é tão cretino! Nem consigo acreditar. Sério, Jonah. — Ela balança a cabeça. Ainda está chateada, mas é um alívio vê-la com energia. — Sabe, tem gente que acha que toda criança precisa de duas pessoas que a amem e sejam responsáveis por ela. Não concordo. Você nasce sozinho e morre do mesmo jeito. Se tiver *um* adulto que seja legal com você, já é lucro. Não me sinto mal por ter crescido só com minha mãe, de verdade. Ela é o bastante e tenho orgulho de tudo o que fez por nós duas, mesmo estando tão brava com ela que poderia tacar fogo em todos os seus quadros. Não é isso. É só que vivi dezessete anos achando que tinha um pai roqueiro, mas meio inútil, e levei um tempo até concluir que ele não tinha nem *tentado* ficar comigo, não aguentava a responsabilidade ou sei lá o quê. Só que meu pai é esse cara todo responsável e estável, com uma família, que viveu no mesmo lugar a vida inteira. Quão difícil teria sido manter contato? Ele já é pai, então por que não ser um pai pra mim também? Agora tenho que aceitar o fato de que ele é um babaca, e é metade de quem eu sou.

Ela faz uma pausa, e eu poderia aproveitar para falar alguma coisa. Um pensamento me surge tão rápido que nem parece meu. Depois de todas essas semanas com Vivi, às vezes sinto como se ela tivesse alterado a química do meu cérebro. Como se tivesse rearranjado meus neurônios.

— Não estou convencido de que ele seja seu pai. — De canto de olho, vejo que ela vira para mim. Despertei seu interesse. — A ciência moderna discordaria, mas ela não te conhece. Acho que sua mãe é sua mãe, mas eu diria que seu pai é a Lua. Isso explicaria por que é meio lunática.

Ficamos um segundo em silêncio.

— Jonah Daniels. — Ela diz meu nome completo, como

faz às vezes, só que dessa vez num sussurro, balançando a cabeça. — Não mereço você.

Então Vivi fica em silêncio de novo, mas pega minha mão e a segura pelos quilômetros e quilômetros que faltam para chegar. Dirijo só com uma.

17

VIVI

O TEMPO QUASE PARA DENTRO DO MEU QUARTO. Meu celular está sem bateria desde ontem, e nem me dei ao trabalho de recarregar. Só saí para usar o banheiro. Mas pelo menos tomei banho, então ninguém precisa se preocupar com a loira triste desenhando figurinos pretos e costurando um véu de renda preta como se fosse ao funeral do pai dos seus sonhos, aquele que talvez morasse em um barco, com tapeçarias penduradas nas paredes.

Fico rascunhando meu próprio rosto sem expressão a partir do reflexo no espelho de corpo inteiro — olhos arregalados e nariz desinteressante. Defino a mandíbula, fazendo o sombreado e apagando; meu cabelo, meus ombros e a malha escorregando de um lado. Os detalhes têm que ser perfeitos. O formato dos lábios, o fio da malha. Levo minutos, ou horas, ou dias.

Quando fica parecido comigo, vazia e mal-humorada, prendo o autorretrato em um cavalete. Faço duas curvas de tinta preta escorrendo dos meus olhos pelas minhas bochechas. Misturo roxo, preto e branco e pinto manchas nos meus ombros. Pinto meus lábios de rubi. *Ruby*, o nome vem à minha cabeça na hora. Uso tinta demais enquanto tento afastar o pensamento, e parece que estou babando sangue.

Então faço um X preto em cada um dos meus olhos, sem hesitar.

Talvez cole algumas coisas sobre ele depois.

Imagino que a maioria das mães ficaria horrorizada com esse autorretrato. A minha só dá uma olhada, apoia a mão no meu ombro e diz:

— Fico superorgulhosa que esteja lidando com suas emoções de maneira criativa.

Eu sei.

Eis o que também sei: meu pai não é músico. Ele era um estudante de pós-graduação, terminando o ph.D., quando conheceu minha mãe em um concerto em Berkeley. Era quase dez anos mais velho que ela, que achou ele meio intelectual demais, mas de um jeito legal. Seus cabelos cobriam as orelhas e sua barba era desalinhada. Tinha saído com os colegas para comemorar o aniversário de um deles.

Ele não estava de aliança naquela noite. Mas deveria estar.

Tenho dois meios-irmãos. Meu meio-irmão tinha dois anos na noite em que minha mãe engravidou. Ele está na faculdade agora. Minha meia-irmã é três anos mais nova que eu. Eles não sabem da minha existência, ou pelo menos não sabiam. Não sinto que são meus irmãos, porque não temos nada em comum, além de metade dos genes. Pode parecer bastante, mas não é.

Meu pai pagou pensão minha vida toda. Parte do dinheiro está em um fundo para que eu possa pagar uma faculdade. Outra parte minha mãe usou para pagar o aluguel ou as compras quando eu era pequena, antes de seu trabalho como pintora finalmente decolar. Uma vez ou outra ela também usou para me comprar um casaco novo ou pagar uma babá quando tinha que fazer hora extra. Pareceu se sentir culpada ao explicar tudo isso, o que é ridículo. Nem sei como me sinto sobre ter um dinheiro que veio dele. Parte de mim acha que o cara me deve pelo menos isso — que deveria fazer o sacrifício em meu nome por ter sido um cretino completo. Outra parte acha que não devo aceitar nada dele. *Nunca.*

Passo os dedos pelo autorretrato, e minhas unhas traçam linhas finas na tinta.

Porque é tarde demais. Já tenho coisas dele — como meus olhos, que quero arrancar das órbitas depois de tê-lo encontrado. Talvez toda vez que fui incrivelmente egoísta na vida... Talvez não tenha sido só a adolescente autocentrada de que minha mãe tanto fala. Talvez seja ele aparecendo. Talvez eu tenha uma predisposição genética a abandonar as pessoas, ao narcisismo, à mentira.

— Não me arrependi do que aconteceu nem em um único dia da minha vida, está ouvindo? — minha mãe disse, num tom que meio que me forçava a concordar. Eu a ouvi, e sei disso, que sou tudo para ela; ela sempre me disse isso. Minha mãe pigarreia. — Mas fico extremamente triste que não tenha o pai que merece.

Fico pensando que sou uma Vivi diferente da de alguns dias atrás, e não sei como ser essa nova versão. Só sei que não posso voltar às possibilidades infinitas. Tenho uma resposta. Só queria que não fosse essa.

Não estou dizendo que *odeio* Jim Bukowski, porque, sabe, tento *muito* não cultivar ódio na minha vida. Mas... sabe aquela sensação de domingo à noite, quando a realidade bate e você se dá conta de que usou mal seu tempo, e a ansiedade de acordar cedo e ir para a escola estão bem na sua frente? Bom, espero que ele sinta isso em cada minuto do resto da vida. Só isso.

Quando a campainha toca, desço para atender, porque minha mãe foi dar uma volta. É o policial Hayashi, de uniforme, parecendo severo e muito profissional, como se alguém tivesse ligado para que fosse até minha casa.

—Você não tem ido ao café.

Olho de volta para ele.

— Precisa que eu prenda alguém?

Hum, até que é uma boa ideia.

— Bom, se por acaso passar por Berkeley, fique à vontade para prender meu pai. A acusação oficial é ser um babaca completo que nunca quis me conhecer e que odeia o simples fato de eu estar viva.

— Ele parece um idiota mesmo. — O policial Hayashi abaixa as sobrancelhas de um jeito protetor que me faz pensar que vai soltar um rosnado. Acho que fico esperando que diga que sente muito ou que seria incrível me ter como filha. Em vez disso, ele endireita a postura e diz: — Mas a vida é assim. É preciso lidar com o que se tem.

Ah. E é *isso* que eu tenho? Se alguém tivesse me dito antes! Que eu tenho que *lidar* com o que eu *tenho*. *Uau!* Problema resolvido. Estreito os olhos para ele.

— E você por acaso tem filhos?

Ele me ignora e vira para ir embora.

—Você precisa comer e pegar um ar fresco. Não faz bem ficar trancada em casa.

Antes que eu possa pensar em uma resposta, o policial Hayashi já foi, então bato a porta e preparo um café. Empurro a prensa francesa com muito mais força que o necessário.

— Ah, que bom, você saiu do quarto — minha mãe diz, balançando as chaves na mão enquanto entra pela porta da frente. Acho que é o terceiro dia depois da minha desventura em Berkeley. — Você pelo menos lembrou de que eu saí pra pegar seu presente de aniversário?

Tiro os olhos do café. Ela ainda está na porta, e não consigo ver do balcão da cozinha o que tem nas mãos. Quando se inclina, ouço patinhas no chão.

Uma bolinha branca, do tamanho de um pãozinho, invade a cozinha, batendo as unhas no chão. É amor à primeira vista e me deixa sem fôlego.

— Sério? — Pego a cachorrinha, que tem lacinhos cor-de-rosa nas orelhas. Ela é tão quentinha e agitada. — É minha?

Sempre quis um cachorro, desde antes de entender o que me diziam, e com certeza antes de aprender a falar. As pessoas sempre dizem que não têm lembranças dos primeiros anos de vida, mas juro que lembro de estar no carrinho de bebê e apontar para os cachorros que passavam, tentando desesperadamente comunicar que eu queria que fossem meus.

— É sua. A dona mudou para uma casa de repouso e não tinha quem cuidasse da cachorrinha. Ela se chama Sylvia.

— Sylvia — sussurro. Ela é mesmo uma Sylvia, atrevida e inocente, com seus pelinhos brancos indicando certa idade, mas jovem em espírito. Sylvia não demora para lamber meu pescoço. É como se um bichinho de pelúcia tivesse ganhado vida para me fazer companhia.

— Viv — minha mãe diz, mais séria. — Sylvia agora é sua, então você é responsável por ela. Você é tudo o que ela tem. Se por algum motivo não estiver por perto, não vou tomar conta dela. Não vou dar comida nem sair pra passear com ela, entendeu?

Estreito os olhos para a minha mãe. Espertinha.

Às vezes acho que ela simplesmente não sabe o que fazer comigo. Tem um furacão como filha, e o melhor que pode fazer é se proteger do vento. Sei a mensagem que quer passar com a cachorra: não fuja ou acabe no hospital de novo. Agora outra vida depende de você conseguir segurar as pontas. A dessa cachorrinha inocente, que lambe minhas orelhas com sua língua rosa.

— Tá — digo. Sei que é um truque, ainda que embrulhado para presente, mas quer saber? Eu aceito. — Entendi.

No andar de cima, Sylvia vagueia ao redor da minha cama, inspecionando meus bichinhos de pelúcia e deitando entre eles. Descanso a cabeça no travesseiro ao seu lado. É gostoso ter uma companhia que não queira conversar ou me dizer o que fazer. Ela acaba dormindo, e seu hálito é tão quente que parece que tem um dragãozinho fofo na minha cama. Quando ouço uma batida na porta da frente, Sylvia desperta com um latidinho. Não vou atender Hayashi de novo.

Ouço os passos da minha mãe, e a porta do meu quarto abre.

— Viv — ela diz —, Jonah está aqui.

Encaro minha mãe como quem diz "E daí?", porque sou uma péssima pessoa e nem ligo para isso. Quero ficar sozinha, e ninguém está convidado, com exceção de Sylvia.

— Vivi — minha mãe repete. — Por favor...

O que ela quer dizer é: "Por favor, não seja mal-educada, Jonah foi até Cloverdale te buscar, ele te ama, não é o inimigo, embora o resto do mundo seja". Não tenho vontade de me maquiar e não ligo se Jonah vir minha cara limpa. Normalmente ligaria, mas não tenho energia para ser essa Vivi hoje, nem de longe. Que ele veja que meus cílios são castanho-claros e não pretos e grossos, que minhas bochechas são brancas e não rosadas. Pego nos braços a bolinha de algodão que é Sylvia. Ela parece se sentir em casa.

Quando apareço na porta, Jonah parece surpreso com meu rosto limpo, que ele nunca viu. Mas não parece assustado.

Abro a porta um pouco mais, para que possa ver a cachorrinha.

— Esta é a Sylvia. Sylvia, este é o Jonah.

— Oi — ele diz. O sorriso faz com que pareça mais jovem, como Isaac. Ele estica a mão para que Sylvia cheire, o que ela faz. — Que fofinha.

— Minha mãe me deu de aniversário.

O sorriso desaparece do rosto dele.

— Como você está?

Estamos sendo estranhamente formais, com os papéis trocados — Jonah aparecendo na minha casa de surpresa em vez de eu aparecer na dele. E ele parece hesitante, como se minha tristeza fosse demais para encarar. Não posso ser suas asas, a pessoa que o faz voar para longe do luto. Estou completamente perdida, sem a menor condição de salvar outra pessoa.

— Vem — ele diz, oferecendo a mão com a palma para cima. Gosto de uma porção de coisas em Jonah Daniels, algumas delas muito superficiais: seu cabelo, seus braços fortes, seus olhos castanhos. Mas realmente amo suas mãos, que é uma parte do corpo que as pessoas costumam ignorar. Muita gente tem dedos gordinhos, nós dos dedos protuberantes, cutículas ressecadas. Você não repara nas mãos até que outras estejam segurando as suas. As de Jonah são grandes, bronzeadas e macias — mãos incríveis para um garoto.

Não quero sair de casa, mas esse é o fascínio de Jonah: ele é tão lindo e tão bom; bom o bastante para aparecer mesmo sabendo que talvez eu o afaste com minha amargura. Então acabo aceitando sua mão.

Deixamos Sylvia brincando na grama da ribanceira que se estende sobre o mar. Atrás de nós, árvores floridas soltam pétalas como se fossem lágrimas. É meu lugar preferido em Verona Cove, onde costumo jogar meus remédios, e talvez o mais silencioso nessa já tão silenciosa cidade. Mas, se você se concentrar, vai notar que na verdade é barulhento, por causa dos sons da natureza. O céu está azulzinho e limpo, e uma brisa fresca e lenta bate na grama.

— Tem certeza de que ela fica bem sem coleira? — Jonah pergunta, sendo o adulto responsável de sempre.

— Tenho.

Sentamos perto do limite do penhasco, mas não perto demais, com certa distância entre nós, porque não quero ser tocada por ninguém além das nuvens. Jonah me conta o que os pequenos têm feito; sobre as mudanças que vão acontecer no restaurante, a pintura das paredes e as novas receitas.

— Choveu um dia essa semana — ele diz, quando não respondo ao seu monólogo. — Quando foi para Berkeley.

Sei disso, porque senti o cheiro quando voltei. Jonah está se esforçando, como se tentasse uma abordagem por um ângulo diferente ou procurasse uma nova entrada. Quando tudo o que faço é pensar no que ele fala em vez de dizer alguma coisa também, Jonah tenta outro caminho, outro assunto. Minha alma é um labirinto, e Jonah vai dar um jeito de entrar. Esse tipo de força moral é admirável, então deixo as coisas um pouco mais fáceis para ele.

— Sabe, em Botsuana, a palavra para chuva é a mesma que usam para dinheiro: *pula*. Chove tão pouco lá que é uma coisa valiosa.

— Sério?

— É. E todo mundo sabe sobre danças da chuva e tal, mas algumas culturas faziam outras coisas pra salvar as plantações. Durante as secas, deixavam as pessoas que haviam nascido em dias de tempestade vagando sozinhas na floresta procurando por chuva. Como se fossem amuletos humanos.

—Você sabe bastante sobre chuva.

— Sei *tudo* sobre chuva.

— Porque cresceu em Seattle? — Jonah pergunta, mas franzo a testa. — Nem consigo imaginar como é ter chuva o tempo todo.

— Seattle não está nem entre as dez cidades em que mais chove no país. E já te contei como os dias de sol são incríveis por lá. Mesmo quando está nublado ainda é lindo, e ainda é minha casa. Amo aquele lugar. —Viro para ele. — Achei que entendesse isso.

Jonah me encara, e eu espero que compreenda o que acabei de dizer.

— E entendo, Viv.

Sei que estou sendo horrível — rude e inflexível. Às vezes, *identifico* os fatos, mas não os sinto. O que quero dizer é que sei que não sou subnutrida, nem tenho um câncer agressivo. Durmo em uma cama quentinha e segura as noites, posso tomar sorvete quando quiser. Nesse mesmo instante, sinto o cheiro salgado do mar e da praia na brisa que balança meu cabelo. Racionalmente, reconheço que tenho sorte. Mas não me *sinto* sortuda. Quero começar minha vida do zero, levar minha alma de volta ao cosmos e retornar como outra garota, com outra vida. Com certeza com outro pai.

— Todo mundo tem perguntado de você — ele diz. — Só dois meses por aqui e uma cidade inteira já te ama.

Bufo, pensando no meu visitante matutino. A curiosidade faz com que eu quebre minha política de só conhecer os fantasmas de cada um na própria fonte. Porque o policial Hayashi usa uma aliança, mas é evidente que seu coração foi partido.

— Qual é a do Hayashi? Ele é casado, né?

— Ah... ele era. A mulher e a filha morreram em um acidente de carro quando eu tinha uns... sete? Oito anos? A garota estava na faculdade na época.

Cubro o rosto com as mãos e mal consigo sussurrar:

— Meu Deus. Ele perdeu a família toda?

— Seu filho está vivo e bem, já é adulto. Acho que tem filhos e tudo. Mora em Portland.

Eu provavelmente deveria pensar que Hayashi tem todo o direito do mundo de me dizer para eu me virar com o que eu tenho. Mas só consigo pensar em como o mundo parece triste e sem sentido às vezes — tão árdua, inútil e impossivelmente triste.

Olho para o mar, que se afasta e se aproxima, por entre as falésias escarpadas. Para mergulhar na água, seria preciso correr muito rápido e ter o vento a seu favor. Um salto simples jogaria a pessoa direto nas pedras, mas consigo pensar em maneiras piores de partir. Seria como voar, como planar, com o vento quase sem oferecer resistência. Dizem que você morre na hora, com o impacto, mas mesmo assim... ah, a aterrissagem! Estremeço ao pensar.

— Se você fosse se matar, como faria?

Jonah fica em silêncio por um tempo, mas nem viro para ver seu rosto, porque não me importo se está chocado, me julgando, ofendido... Nem ligo.

— Nossa, Viv. Não tenho ideia. Nunca pensei sobre isso.

Argh. Óbvio que não. O nobre Jonah tem um dever a cumprir com sua família.

— É só uma pergunta hipotética, Jonah. — Como ele pode ser tão sensível? Não tem nada de mais! Não gosto de como as pessoas escondem as próprias cicatrizes e dúvidas. Sério, não é justo com quem está mal. Elas acreditam que todos os outros têm tudo sob controle, sem um único pensamento ruim na vida. Tipo, sei que todo mundo às vezes passa a noite em claro se torturando com todas as atrocidades que acontecem no mundo, o fato de que vamos morrer e o significado da vida. Sei que a vida não é só ficar sonhando acordado com pôneis cor-de-rosa e um trabalho como provador de cupcakes. — Você acredita no céu?

Sempre acho que não acredito em Deus porque não vou à igreja e não me importo com o que as pessoas façam desde que não machuquem os outros. Mas, se isso é verdade, porque murmuro para um ser maior de tempos em tempos? *Por favor, me ajuda*, peço às vezes. Ou fico brava com algum ser desconhecido no céu pela vida que tenho. *Não é justo*, reclamo. *Você não está sendo nem um pouco justo comigo*. Às vezes acredito em reencarnação e até no céu sobre o qual falam para as crianças, com estradas de ouro, corais nas nuvens e felicidade eterna. Às vezes não acredito em absolutamente nada, porque a vida pode ser tão desesperadora que não posso evitar pensar que estamos sozinhos.

— Quero acreditar — Jonah diz, depois de um tempo.

— Não é a mesma coisa.

— Não é. — Ele suspira como se o pensamento passasse por sua cabeça com uma frequência incômoda. — Eu sei.

É isso aí, Jonah, penso. Suguei toda a sua energia, destruí sua habilidade de parecer otimista. Se quer afastar alguém, recomendo que comece a falar sobre morte e Deus. Sempre dá certo.

Vejo as ondas se formarem e quebrarem, se formarem e quebrarem. O lado esquerdo do meu peito dói.

O coração é uma coisa estranha — um caroço feito de músculo com canos saindo. Às vezes penso que o meu é feito de borracha, e o mundo o estica e retorce dentro do meu peito, causando toda a dor. Por isso passei a maior parte do meu tempo nesse mundo sofrendo. Às vezes penso que um coração de porcelana seria melhor. Deixe que ele caia das minhas costelas e quebre no chão, sem mais bater, fim. Só que tenho um coração elástico que sangra quando o mundo enfia suas garras nele, e continua a bater apesar da dor.

Perto de nós, Sylvia cheira as flores. Me aproximo de Jonah e sento em seu colo, como uma criança. Ele me envolve com seus braços e enfio o rosto em seu pescoço quente. Independente do tipo de céu em que você acredita, seu tempo na Terra vai acabar. O que estou dizendo é que você deve escutar — escutar de verdade — o barulho das ondas e o chamado distante dos pássaros do oceano. Deve sentir o coração de um garoto batendo no seu rosto. Deve encher os pulmões de ar marítimo. Tipo, enquanto pode. Você tem que fazer essas coisas enquanto pode.

— Ei, Jonah — sussurro. — Você toparia entrar em casa escondido e dormir comigo hoje à noite?

Ele pensa a respeito por um momento.

— Claro. Mas Sylvia não pode soar o alarme.

À noite, deixo Jonah entrar depois que minha mãe fechou a porta do quarto dela, e nos enfiamos debaixo dos lençóis. O corpo fofinho de Sylvia aparece e some no fim da cama, onde está toda enrolada, como uma rosquinha com cobertura de açúcar. Jonah e eu ficamos inquietos até dormir, em uma rota conturbada para um destino pacífico. Nossos corpos se enroscam como a fumaça que sai de uma chaleira — espirais e arcos se movendo um sobre o outro, fluidos, nunca parados.

Agora minha cabeça descansa em seu ombro, então sinto sua respiração ficar mais lenta e vejo seus lábios entreabertos, como os de uma criança sonolenta.

— Jonah? — chamo, só para ter certeza.

— Está tudo bem — ele diz, com os olhos fechados. Não está acordado de fato. — Está tudo bem.

Jonah diz isso mesmo dormindo, como se tivesse dito tantas vezes que é uma resposta automática do seu corpo. Toda a dor em sua vida, todo o cuidado que tem com os outros. E ainda assim ele abre o coração partido o suficiente para que eu possa entrar. Fico pensando o quanto deve doer, o quanto deve exigir dar ainda mais de si quando já se tem tão pouco sobrando.

Mesmo dormindo, ele continua me abraçando, me protegendo. Faz isso sem sequer perceber, enquanto estamos deitados sob o teto parcialmente pintado como o céu.

O pensamento faz meu coração se encher — e se partir.

18

JONAH

Volto para casa depois do turno do almoço e encontro Felix sentado na cozinha com minha mãe. Eles estão conversando enquanto tomam café, como dois velhos amigos. Minha mãe está de jeans e camisa.

Aparentemente, atravessei um portal para o passado. Para algum momento há mais de dezoito meses, quando eu tinha uma mãe que tomava banho e andava entre os vivos.

Dois meses atrás, eu teria pensado: É um bom sinal. Mas ela me decepcionou muitas vezes. Sei que só está tentando enganar Felix. Algo que ela sequer se dá ao trabalho de fazer com a gente, nem mesmo por um dia.

— Oi, querido — ela diz, ao me ver.

— Oi. — Uma única sílaba poderia estragar tudo. É assim que me sinto, pelo menos. Tem um filme que a Leah ama, em que uma bruxa se transforma em princesa. Só que, quando do olha no espelho, vê seu verdadeiro eu refletido. Se eu segurasse uma das panelas de aço inoxidável na frente da minha mãe, seu reflexo estaria de pijamas e olhos inchados.

— Segui o bom conselho da minha filha, Maní — Felix disse, apontando para a papelada na mesa. — Liguei pra sua mãe hoje cedo perguntando se me daria uma ajudinha com as contas.

— Está tudo bem? — pergunto, mesmo sabendo que Felix vai mentir se não estiver.

— Vai ficar — minha mãe diz. — Vamos até o restaurante para dar uma olhada em algumas coisas. Você pode ficar com os pequenos? Silas e Naomi devem voltar do trabalho em uma ou duas horas.

Estreito os olhos. Fico chateado que fale assim comigo, como se eu não soubesse. Ela não é o capitão aqui, mas na frente de Felix assume a posição.

— Claro.

Felix recolhe a papelada e minha mãe me dá um beijo quando passa por mim. Resisto a me afastar. Não quero que ela finja que está bem. Quero que fique *realmente* bem.

Às vezes queria dormir e só acordar daqui a dois ou três anos. Talvez eu esteja estudando gastronomia. Talvez eu não tenha mais que ficar colando os pedaços da minha família despedaçada. Talvez, daqui a uns anos, a gente esteja bem o bastante para seguir em frente.

Deito no sofá até que Bekah reclama que está com fome. Faço sanduíches de frango e obrigo todo mundo a comer salada também. Então vou para o quarto de Leah brincar com ela. Seus cavalinhos de plástico têm muitos acessórios — escovas, flores para a crina e laços para o rabo. Mal pegamos tudo quando ouço Bekah e Isaac brigando.

Então ouço algo quebrando. Merda.

— Fica aqui — digo a Leah.

No andar de baixo, a briga continua. Isaac e Bekah disputam o controle remoto, vermelhos com a raiva e o esforço. Fico aliviado ao perceber que não quebraram a TV, só um porta-retratos, que encontro caído na mesinha perto deles.

Quando me veem, os dois se defendem ao mesmo tempo.

— Foi ele!

— A culpa é dela!

Olho para os dois e Bekah diz:

— Eu cheguei primeiro, e ele sabe que sempre vejo esse programa.

— Mas é um programa idiota, e está passando um programa sobre dinossauros que eu falei na semana passada pra ela.

Isaac faz mais uma tentativa de pegar o controle.

— Parem. — Estico a mão. — Me deem o controle. Ninguém vai ver nada. Parece que vocês têm cinco anos de idade.

— Mas... — os dois começam.

— Agora. — Pego o controle da mão de Bekah e enfio no bolso traseiro. — Vocês *quebraram* uma coisa e nem assim pararam? Não percebem como isso é ridículo?

Levanto o porta-retratos com cuidado, e não cai nenhum estilhaço. O vidro só rachou no meio quando caiu da mesinha, formando uma teia de aranha.

É a foto de casamento dos meus pais. O vidro está partido sobre seus rostos sorridentes. Nunca mais vou ver meu pai sorrindo para minha mãe ou para qualquer pessoa. Os melhores anos da vida deles passaram, e às vezes parece que os meus também. Como se a vida nunca mais fosse ser tão boa. E nem aproveitei enquanto podia.

— O programa de dinossauros é *educativo* — Isaac diz em sua defesa, como se eu fosse mudar de ideia por isso.

— Ah, vai, Jonah! Vocês já tiraram a tv a cabo da gente! — Bekah grita.

O porta-retratos quebrado me tirou o fôlego. Me atingiu bem onde dói — nos meus próprios cantos quebrados. Parte de mim quer chorar. Mas, em vez disso, grito, deixando a raiva sair de mim.

— Mas que droga! Vocês estão brincando comigo? — Minha voz ecoa pela sala. Inspiro fundo para falar. — Por que têm que tornar tudo ainda mais difícil? Não entra na cabeça de vocês que só tenho dezessete anos? Não sou um adulto! E vocês ficam aí brigando como dois idiotas e quebrando o porta-retratos com a foto do casamento da mamãe e do papai. Olha só o que vocês fizeram!

Mostro o porta-retratos para eles, e os olhos de Bekah se enchem de lágrimas. Isso deveria me fazer parar, mas não faz.

—Vocês precisam parar de ser tão idiotas. Já deu. Tem mais gente nessa família. Temos que pensar nos outros o tempo inteiro. Mas vocês só pensam em vocês mesmos.

Os dois estão lado a lado, com os lábios tremendo, os olhos arregalados e as lágrimas rolando.

— Jonah — Silas diz ao aparecer na porta, com o avental do trabalho na mão. — Já chega.

— Desculpa — respondo automaticamente para ele, então viro para meus irmãos mais novos. Isaac enxuga as lágrimas. Sou o pior irmão do mundo. — Sinto muito. Eu não devia ter gritado. Não devia... Desculpa.

Vou embora correndo. Voando. As casas vizinhas são um borrão na minha visão periférica. Meses de peso acumulado nos meus ombros finalmente me derrubaram. Meus irmãos — por quanto tempo mais vamos aguentar? Minha mãe — devemos deixar que continue em luto ou contar a Felix? Meu pai — às vezes nem parece verdade que ele se foi. Isso me faz questionar tudo. E, ainda por cima, o restaurante — seu legado, o trabalho da sua vida —, que pode ou não estar com sérios problemas.

E eu. O que estou fazendo com a minha vida? Vou ter o mesmo destino que meu pai; morrer antes dos quarenta e dois anos. Eu costumava achar que já era velho, agora é pouco mais que o dobro da minha idade. E passei os últimos oito meses só tentando chegar ao final do dia. Tenho mais um ano de escola, mas e depois? Minhas notas são razoáveis, mas não espetaculares. Não tenho nenhuma habilidade digna de uma bolsa de estudos. Meu último ano deveria ser como o de todos os outros: tentando descobrir o que fazer.

Tenho basicamente duas conquistas na vida: meu molho holandês perfeito e o fato de que ajudo a cuidar dos meus irmãos desde janeiro.

Mas acabei de gritar com eles. Chamei os dois de idiotas.

Talvez eu não devesse estar aqui, na casa de Vivi. Ela está tão para baixo... Mas preciso dela.

Bato na porta. Do lado de fora, o lugar parece mais com um prédio comercial. Uma caixa grande com cantos angulosos. Bato de novo, sem resposta. Então dou a volta na casa, para gritar embaixo da janela do seu quarto. Ela costuma ouvir música alto, de modo que não consegue escutar mais nada. A luz está acesa e o vidro está aberto.

—Vivi! — Nada. —Viv!

Preciso de algumas tentativas, mas lanço gravetos até acertar um. Se ela não estiver em casa, vai estranhar ao encontrar aquilo ali quando chegar. Então Vivi coloca a cabeça para fora.

— Olá, querido — ela diz. Está usando brincos enormes e uma peruca vermelha de corte reto. — Entra! A porta está aberta!

Em seu quarto, Vivi está no centro de um ciclone de materiais, rodeada das mais diferentes cores e texturas. Tem uma faixa comprida de tecido na máquina de costura. Uma tela no cavalete, com gotas azul-marinho e amarelo forte. Recortes de revistas espalhados no chão. Um filme mudo em preto e branco passa na TV.

Fico aliviado ao ver que está se sentindo melhor. É como se toda a sua criatividade tivesse sido reprimida, e agora explodisse por todo canto.

— Oi — digo, parado na porta por um momento. Ela acena, mas não me olha. Está usando algum tipo de roupão de seda com mangas largas, como uma fantasia de feiticeira, e segura uma tesoura diante de uma revista aberta. — Fiquei batendo na porta um tempão.

— Desculpe, querido, não ouvi. Meus pensamentos estão a todo vapor, tão altos que não ouço mais nada. São tipo cachorrinhos disputando entre si para chamar minha atenção.

Sylvia não pula em cima de ninguém, só dorme na cama. Vivi levanta. Espero que venha me abraçar, mas vai até a tela. Sento na beirada da cama, que está tomada por cobertores enrolados, retalhos de tecido, botões e pedrinhas. Se fosse qualquer outra pessoa, eu esperaria que perguntasse por que estou aqui. Mas é a Vivi. Não preciso de um porquê. Ninguém precisa de porquês no mundo dela, muito menos ela própria.

Balançando a cabeça, Vivi aperta o pincel na parte de cima da tela e observa uma bola de laranja fosforescente surgir ao lado do azul e do amarelo. Então espalha a tinta com algumas pinceladas.

Não sei como começar a contar por que vim aqui, contar as coisas que disse aos meus irmãos. Outra pergunta surge na minha mente.

— Posso perguntar uma coisa?

— Sempre, querido, você sabe. Sou a fonte da verdade, água escorrendo camada após camada até chegar ao fundo e voltar ao topo.

Ela ri sozinha.

— Você já pensou, tipo, no nosso futuro?

— Mas é claro! — *Pinta, pinta, pinta.* Nem olha para mim.

— Pensei na gente morando num apartamentinho numa cidade grande, tomando café na cama, você me beijando antes de ir para o trabalho como sous chef num restaurante superchique, eu com minha própria loja vintage, customizando coisas para vender... e para mim mesma, claro. E, tipo, talvez eu descubra que estou grávida e no começo a gente fique meio "Ai, merda", porque somos novos demais, né? Mas então decidimos deixar rolar, e temos um menininho que vai com a gente pra todo lado, e fazemos dar certo, como uma pequena família urbana.

Então ela vê um futuro para nós dois. E parece uma vida boa. Uma possibilidade real. Vivi me conta isso simples assim, algo que poderia acontecer em dois ou três anos. Uma cidade grande para me distrair, um trabalho que me mantém interessado, uma Viv para a qual voltar todos os dias.

Mas ela não terminou.

— Mas você tem que entender, querido, que eu penso em *tudo*. Vejo a gente mudando pra Índia e eu me apaixonando pelo país, mas você acha que é muito quente e cheio, então volta para os Estados Unidos. *Eu* fico por lá e acabo casando com outra pessoa, passo os dias usando sáris e perambulando pelos mercados ao ar livre atrás das frutas mais coloridas e dos tecidos mais exuberantes. Também vejo você indo para uma faculdade de elite na Costa Leste, com carvalhos e gramados extensos, e eu vou te visitar, mas acabo te traindo com um dos seus professores, na escrivaninha do escritório dele. Te imagino abandonando sua vida aqui, mudando para uma cabana remota em Jackson Hole, onde vai, tipo, viver da terra, e fico a vida toda te desejando, mas você virou um homem das montanhas, e essa vida não é pra mim. Mas quando é inverno, está nevando e a lareira está acesa, imagino você de camisa de flanela, fazendo delícias da floresta na sua cozinha rústica, e só quero me transportar até você por uma única noite.

O que eu posso responder para esse tipo de coisa? Mal consigo acompanhar. Vou para a Índia ou para uma universidade tradicional onde Vivi me trai com um homem mais velho ou então vivo isolado em uma cabana?

— Nada de Japão pra gente, então?

— Ah, querido, quando sonho com o Japão, estou *sempre* sozinha. Mas não precisa ter medo, talvez eu possa visitar você em Jackson Hole! No Natal, não seria incrível? É a única coisa que não combina com Verona Cove. Natal sem um pingo de neve. Ah! A gente deveria fazer o Natal em julho! Íamos nos divertir à beça! Vamos fazer agora mesmo! Deve ter alguma lojinha de artigos de Natal que fica aberta o ano todo, não?

Ela vira para mim, a pintura finalmente esquecida. A roupa, o "querido", a linguagem. É como se Vivi tivesse visto um filme antigo e desenvolvido uma nova personalidade.

— Já é 1º de agosto — digo.

— É mesmo? — Ela vira para mim. — Que coisa... O verão está escorrendo pelos nossos dedos, *quelle tragique*... Daqui a pouco as aulas voltam e...

Vivi respira fundo. Levo um momento para organizar os pensamentos.

— Gritei com Bekah e Isaac.

— Acho que posso convencer minha mãe a me deixar terminar a escola aqui, o que realmente seria fabuloso... —

Vivi continua falando. Ponho a mão no seu braço. O toque faz com que me encare.

—Viv. Você me ouviu? Gritei com meus irmãos.

Mal posso ver seus olhos azuis, piscando por baixo de toda a maquiagem.

— Bom... Eles mereceram? Porque às vezes é preciso gritar para ser ouvido, e às vezes você tem que abrir os pulmões e deixar as palavras voarem, porque elas estão presas dentro de você e precisam sair, não é? E...

— Não — digo, derrotado, soltando seu braço. — Não, eles não mereceram. São crianças. Mas estou cansado das brigas dos dois. Chamei eles de idiotas.

— Ei! — Vivi diz. — Você acha que a loja de ferramentas ainda está aberta?

— Quê?

— A loja de ferramentas. Preciso de algumas coisas pro meu projeto, e preciso já, pra que possa continuar trabalhando...

Ela teve uma semana ruim. Entendo isso. Fico aliviado ao vê-la na ativa, mas por que nem está me ouvindo? Talvez precise que eu seja mais claro.

—Viv. Eu estraguei tudo. Feio. Não sei o que fazer.

Ela joga a cabeça para trás e encara o teto.

— Isso está me deixando louca. Preciso terminar de pintar hoje à noite, mas odeio, odeio, simplesmente *desprezo* fazer os cantos.

Tudo bem, já deu. Cansei. A única vez que decido reclamar, e ela nem *finge* prestar atenção.

— Quer saber, Viv? Foda-se. Nem sei por que vim aqui.

— Olha a boca, Jonah Daniels — ela diz, embora pareça inabalada. —Você não é o único com problemas, queridinho.

—Você está parecendo maluca. Andou bebendo?

— EI! — Ela vira para mim, com os olhos brilhando, estalando os dedos sem parar. Será que fumou um? Não. Está agitada demais. — Estou no meio de um surto criativo, então não me venha com suas ofensas. Só estou bêbada de arte, música e vida.

Não sou capaz de acompanhar. Estou assustado, para ser honesto. Achei que *eu* estava perdido, mas aparentemente Vivi também está. Se não consegue deixar todas essas coisas de lado por alguns segundos para me ajudar quando preciso, então já chega.

— Esquece, Viv. Que bom que está se divertindo. Eu estou tendo uma noite *de merda*, mas quem se importa, né?

— AFE, Jonah, para de me tratar como se eu fosse a vilã nessa pecinha de autopiedade que você está escrevendo. Não sou a bruxa má nem a princesa. Sou eu mesma, e dona do meu nariz. Você não pode me REDUZIR. Então NÃO. MATE. MINHA. ENERGIA. CRIATIVA. — O estalar dos dedos está frenético agora. —Você não vai conseguir. Estou tendo uma revelação!

Eis o que aprendi nos últimos cinco minutos: você não pode ser mais pirado que Vivi Alexander. No espectro do mau humor ao êxtase, ela nunca está no meio. Ela me detona com suas alterações de humor como um soco cruzado. Empolgada! Brava! Agora, me fuzilando com o olhar, me *odiando*. E o sentimento é mútuo, por isso bato a porta atrás de mim.

★

    Estou na frente da casa de Felix minutos depois, zonzo de tanta adrenalina. Vim aqui por puro instinto, não tenho um plano. Foi só uma resposta automática à crise.

    Quando viro para ir embora, ouço a voz de Ellie.

    — Jonah?

    Ela está na lateral da casa, com uma mangueira na mão, sob a luz do sol que se põe. Quero sair correndo.

    — Estou quase terminando — ela diz. — Espera só um segundo.

    Fico ali na calçada como o idiota que eu sou. Vejo Ellie molhar as dálias e as margaridas amarelas. Minha mãe costumava cuidar do nosso jardim. Uma das minhas tarefas era regar as plantas. Todas morreram esse ano.

    Ellie desliga a água e guarda a mangueira. Gosto dela por inúmeras razões — e sempre gostei, mesmo quando não era legal ser amigo de uma garota. Ela é tão boazinha que posso imaginá-la dando comida na palma da mão a um cervo, como uma princesa dos desenhos da Leah. Mas, quando éramos mais novos, eu a vi dar um soco no estômago do Patrick Lowenstein depois que ele chamou o irmão dela de "mulherzinha". E não foi para defender a honra de Diego. Sei disso porque, antes que seu golpe fizesse o garoto se dobrar de dor, ela gritou: "VOCÊ NÃO PODE USAR 'MULHER' COMO SE FOSSE UM XINGAMENTO!". Achei aquilo legal pra caramba.

    — Ei — ela disse, se aproximando. — Quer entrar? Acho que vamos jantar daqui a...

— Não — digo. — Obrigado.

Ela para na minha frente. Seus olhos vasculham meu rosto, da esquerda para a direita, como se estivesse lendo a página de um livro. Ela percebe na hora que tem alguma coisa errada — muitas coisas, na verdade.

—Vem logo — ela diz, e eu a sigo até a varanda. Parece falta de educação não cumprimentar todo mundo, já que estou aqui, mas a educação passou longe de mim hoje, claramente.

Ellie vai até o balanço da varanda e dá uma batidinha no assento ao seu lado, onde sento. Ela levanta as pernas, apoiando os pés descalços no balanço.

Fico com os pés no chão, os cotovelos apoiados nos joelhos. Não consigo nem olhar para ela agora, então levo as mãos ao rosto.

— Gritei com Isaac e Bekah. Chamei os dois de idiotas. Fiz os dois chorarem. E depois... Vivi... nem me escutou. Nossa, eu só...

Quero que ela grite comigo. Ellie vai para a igreja, poderia muito bem me mandar rezar umas ave-marias. Esta é minha confissão, e quero ser perdoado.

Mas ela só passa as mãos nas minhas costas. Pelos primeiros cinco segundos, seu toque só deixa meus músculos ainda mais tensos. Meu peito sobe e desce com esforço, como se estivesse chorando, o que não estou fazendo. Então relaxo.

— Jonah, você é um irmão incrível. Todo mundo perde a paciência às vezes. Não precisa se envergonhar.

— Preciso, sim. Eu me sinto...

— Culpado. Eu sei. Mas Bekah e Isaac sabem o quanto

você os ama. Sei que você tenta esconder dos pequenos que está estressado, mas talvez seja até bom que saibam, entende?

Minha mãe costumava massagear minhas costas quando eu era pequeno. E é aí que a coisa pega. É claro que estou cansado de ser um pai substituto. Mas também sinto falta dos meus pais. Às vezes só quero ser a criança, por mais constrangedor que pareça. Sei que tenho dezessete anos. Não deveria precisar que alguém passasse a mão nas minhas costas e dissesse que tudo vai ficar bem. Que não estou estragando tudo, apesar de ver as coisas desse jeito.

Não consigo me expressar, então Ellie continua falando, enquanto passa as mãos nos meus ombros.

— Sabe, no ano passado, eu estava estudando para uma prova de matemática superimportante, mas a Lina ficava insistindo pra eu brincar de Lego com ela. Ficava me interrompendo o tempo todo. "Já passou uma hora? Vamos jogar agora?" Eu estava exausta, estressada pra caramba. Até que disse pra ela calar a boca e me deixar em paz.

Observo Ellie por um instante, com um pouco menos de medo de encarar seus olhos.

— Ela chorou — Ellie disse. — Então *eu* chorei, porque fiquei me sentindo muito mal.

— Sério? — Então Ellie, uma das pessoas mais legais que eu conheço, tinha feito sua irmãzinha chorar?

— Sério.

— Só não sei como vou encarar os dois agora.

Ela dá de ombros.

— É só ir pra casa e pedir desculpas. Tenta explicar por que fez aquilo. Vai ficar tudo bem, prometo.

Mas tudo em que consigo pensar é: *E se eles se lembrarem disso para sempre? E se eu passei todo esse tempo tentando fazer com que tudo ficasse bem, e agora só vão recordar que os chamei de idiotas?*

— Espero que sim.

— Acho que é hora de falar com sua mãe. — Ela para a mão no meio das minhas costas. — Diga que não consegue mais lidar com isso. Jonah, conheço sua mãe desde sempre. Se ela soubesse o que isso está fazendo com você, Naomi e Silas, ficaria arrasada. Precisa da ajuda de um adulto. De um terapeuta ou de grupo de apoio.

Quando viro para encará-la direito, Ellie afasta a mão.

— Eu sei. É parte do motivo pelo qual pirei hoje. Seu pai passou em casa, então minha mãe simplesmente fingiu que estava tudo bem. Ele não deve fazer a menor ideia. Isso me deixou puto. Que ela não possa fingir pela gente, mas pelos outros, sim. Não quero mais fingir. *Não vou* mais fingir que está tudo bem.

Eu não tinha percebido a verdade naquilo até que disse em voz alta.

— Vou dizer à minha mãe que ela precisa de alguém. O mais rápido possível. E se não concordar… vou contar aos seus pais o que está acontecendo. — Engulo em seco. Sinto como se tivesse algo entalado na minha garganta. Odeio a ideia de dar um ultimato à minha mãe. — Acho… acho que é o que meu pai gostaria que eu fizesse.

Finalmente, me reclino no balanço, levantando um pouco as pernas. Ele vai para trás e para a frente, rangendo.

Quando Ellie finalmente fala, sua voz sai baixa:

— Também acho.

— Obrigado. — Não sei mais o que dizer. — Desculpa por ter vindo até aqui e vomitado tudo isso em cima de você.

Agora que me acalmei, não consigo acreditar que cheguei como o Hulk, transformado pela raiva. Ellie estava seguindo sua rotina, e eu invadi o jardim como um paciente que fugiu do hospício.

— Fico contente que tenha vindo. De verdade, Jonah. — Observo Ellie e sei que está hesitante. — Se fosse o contrário... se eu tivesse perdido meu pai, quero dizer... Acho que eu recorreria bastante a vocês. Nossas famílias se conhecem. E não do jeito que as pessoas da escola se conhecem. Sabemos da infância uns dos outros, das peculiaridades, dos momentos mais constrangedores e tudo mais...

Estou vivendo justamente um desses momentos agora. Não importa quão gentil Ellie seja: essa situação não é legal.

Levantamos, e ela dá um tapinha no meu braço, porque acho que um abraço seria esquisito. Digo um "até mais" como um idiota, como se o papo tivesse sido totalmente casual, e começo a andar para casa.

Assim que chego, sai tudo de uma vez. Coloco Bekah e Isaac no sofá e digo que sinto muito por ter perdido o controle. Que me preocupo com eles e com a nossa mãe, e que sinto falta do nosso pai o tempo todo. Que pareceu coisa demais de uma vez só, e eu surtei.

— Você nunca diz que sente saudades do papai — Bekah sussurra.

— É claro que sinto, Bek. O tempo inteiro. Estou com saudade dele sempre que me vê na cozinha, com panelas e frigideiras.

Todo esse tempo, achei que falar sobre a falta que sentia do meu pai só pioraria as coisas para eles. Mas os dois trocam olhares aliviados.

— Quando você está triste, é melhor falar — Isaac diz. — Isso vale pra todo mundo, né?

— É — respondo. — Combinado.

Meu celular me acorda no meio da noite, vibrando. Cinco ligações perdidas, sete mensagens de texto, todas de Vivi. *Acorda!!! Oiêêê! Anda, Jonah. Desce. Porta dos fundos. Tô aqui. Tá me ignorando de propósito? Jonah, pelo amor!!!*

Pera, escrevo, para ganhar tempo. Se eu descer, talvez comece uma gritaria. Ou talvez Vivi só peça desculpas. Se eu não descer, ou ela vai acordar minha família inteira, ou vai dar um jeito de entrar sozinha. Ou ambos. Desço os degraus devagar, prendendo o fôlego e me arrepiando a cada ruído. Então saio na escuridão do quintal, garantindo-me de que a porta está destrancada.

— Até que enfim! — Vivi diz, alto demais. Ela está fantasiada. Um chapéu fedora e um sobretudo aberto, deixando a camisola justa à mostra. — Sinceramente, Jonah, eu estava quase partindo pra outra... Está bancando o difícil, é?

— Ainda estou bravo com você. — Sei que parece infantil, mas não me importo. Ela basicamente me ignorou na única vez em oito meses em que pedi atenção.

— Ótimo — ela diz. — Bom, não é *ótimo*, mas tudo bem, não estou nem aí. Também estou brava com você.

— Por quê?

— Por estar bravo comigo.

Vivi se aproxima tanto que seu pé fica entre minhas pernas. Metade de seu corpo está colado no meu. Seu chapéu toca meu queixo. Ela pressiona os lábios contra minha garganta, quentes e cheios. Sei por experiência própria que agora tem uma marca vermelha ali.

—Viv, não. Não vai funcionar — minto. Seu perfume me inebria. Enche minhas narinas e meus pulmões. Sinto que penetra minha corrente sanguínea e percorre meu corpo.

— Tá — ela sussurra, perto do meu ouvido, então escorrega as mãos pelo meu pescoço.

Luto para manter os braços colados ao corpo.

— Não está funcionando.

— Jonah...

As mãos dela encontram meus punhos, me puxando. Ela escorrega minhas palmas pela camisola na lateral do seu corpo e sobre os quadris. Não está usando nada por baixo. Mesmo que meu cérebro esteja bravo, o resto do meu corpo responde. Meu cérebro é ignorado. Ela sabe que me pegou.

Sua boca está na minha, e eu a beijo quase com raiva. Sinto seus lábios formando um sorriso. Meus pensamentos vêm e vão, completamente desarticulados enquanto Vivi passa a mão pela minha barriga. Como se controlasse meu corpo porque não consegue controlar minha cabeça. Não quero pensar que está fazendo isso só para que eu não fique mais bravo.

—Viv, não quero que você peça desculpas desse jeito.

Tenho dificuldade em dizer essas palavras.

— Rá! — ela diz apenas. — Isso não é um pedido de desculpas. Por que eu deveria me desculpar se estou brava? Mas não estou com vontade de brigar. Prefiro descontar em você. Assim.

Eu a conduzo pelo jardim até ficarmos escondidos. Ela pressiona o corpo contra o meu, as mãos no meu cabelo. Tento me afastar por meio segundo. Há sempre um momento quando fazemos uma pausa entre os beijos e nos encaramos com um sorriso rápido. Mas, hoje, Vivi não desacelera. E acho que é por isso que alguma coisa parece fora do lugar.

Mas então não sinto nada além de Vivi.

19

VIVI

ONTEM À NOITE, NO CAMINHO de volta da casa de Jonah, passei por uma caixa de correio branca com números metálicos indicando sessenta e seis. *Não acredito*, pensei, olhando para os mesmos números que tinha escrito no meu quarto horas antes. Eu estava recortando diferentes fotos de revistas de moda para fazer *alguma coisa* com elas que já não lembro o que era, então meus olhos recaíram sobre o número da página: sessenta e seis.

Sessenta e seis é um belo número — não é espelhado nem nada do tipo, mas é redondo, curvilíneo e completo. E, o mais importante, é meu nome em algarismos romanos: VIVI. Certo, tecnicamente, não é assim que se escreve sessenta e seis, só seis duas vezes seguidas, mas acho que podemos concordar que é quase a mesma coisa. Parecia que a página estava me chamando — afinal, por que meus olhos tinham focado nela? Então anotei o número na mão e continuei meu trabalho. Em determinado momento, fui ver Jonah, porque precisava da boca de alguém na minha do mesmo jeito que precisamos de limonada em um dia quente de verão: como se fosse a única boa ideia no mundo, como se fosse *sofrer* até conseguir.

Estou no caminho certo, posso sentir. Meus braços e minha nuca formigam. É meio como os elefantes sentem um terremoto vindo, por causa da audição, das vibrações ou coisa do tipo. Só que sinto nos números. Fico alternando o olhar entre o sessenta e seis da caixa de correio e o anotado na minha mão. O universo querendo me dizer alguma coisa. Quais são as chances de anotar um número qualquer na mão pela primeira vez na vida e dar de cara com ele logo em seguida? Não pode ser um número aleatório, mas o que significa? A seta vermelha da caixa de correio estava levantada, indicando que havia correspondência, então a abri e encontrei um envelope — rosa, com um nome de mulher e um endereço na Virginia. Fechei os olhos e girei o envelope na mão. Quando o abri, a primeira coisa que vi foi o 2223, número da casa anotada no envelope. Dois-dois-dois-três, cantarolei para mim mesma até encontrar uma caneta na bolsa para anotar o número na mão, logo abaixo do sessenta e seis.

Fico andando pela cidade, esperando que os pelinhos do meu braço se arrepiem, ansiosa pelo próximo 2223 que sei que vou encontrar. Fantasmas dançam na noite escura da Main Street. Tudo está tão silencioso na bela Verona Cove, com os postes de luz piscando como estrelas, e quase consigo ver a história da cidade — desde a época em que as mulheres só podiam usar vestidos. A cidade me engole, e sigo para todos os lados — desde seus arredores até a região tranquila da praia, porque nunca se sabe. Estou em todo lugar, por segundos, horas, pela eternidade, à espreita. Vejo tudo o que há para ser visto.

O sol já está no céu quando me encontro no centro de novo. *Hum*. Nenhuma pista. Talvez eu tenha me enganado. Preciso encontrar o 2223 em algum lugar. Passo na frente da Lanchonete da Betty e leio a vitrine. Eles listam os horários de abertura e fechamento dos diferentes dias da semana, e ah, meu Deus. AH, MEU DEUS!

QUINTAS: 5H-22H

SEXTAS: 5H-23H

Está bem ali, espremido na vertical, no meio de outras coisas, o 2223. Eu sabia. *Sabia* que os números iam me conduzir. Entro na lanchonete sabendo que o universo me enxerga e tem alguma coisa incrível planejada para mim.

— Bom dia, docinho — Beth diz enquanto me acomodo num banco. — Está parecendo uma detetive. Mas melhor fechar o casaco.

Olho para meu próprio corpo e noto a camisola visível embaixo do sobretudo. Não dou a mínima para isso, mas fecho o casaco porque Betty é minha amiga e tenho coisas demais na cabeça para começar uma discussão agora. Acho que ainda estou com o fedora com o qual fui até a casa de Jonah, porque queria passar despercebida e o número sessenta e seis martelava na minha cabeça.

— O policial Hayashi perguntou de você.

— Por quê? — Meus olhos ficam alertas conforme o pânico toma conta de mim. — Não fiz nada de errado.

— Claro que não. Ele só achou que você viria para o café, como sempre, imagino — Betty diz. — Está tudo bem, querida?

— Claro! Estou ótima, percorrendo a cidade numa missão. Ainda não tenho certeza de onde vai me levar, mas vai ser bom, Betty, você vai ver.

— E o que você quer comer hoje? Panquecas? Omelete vegetariano?

No começo do verão, tentei pedir todos os itens do cardápio, mas tive que parar, porque precisei seguir meus instintos. Agora não sei o que fazer. Nenhuma das opções custa dez dólares e onze centavos. As panquecas custam quatro e noventa e nove e o omelete vegetariano custa cinco e quarenta e nove, a menos que eu acrescente legumes, então... Minha mente está trabalhando rápido demais para que eu consiga fazer a conta de cabeça. Preciso de lápis e papel.

— Quer um minuto? —Betty pergunta. Já tinha esquecido dela. Isso é impossível. O que posso fazer? Minha respiração é barulhenta.

O sessenta e seis me levou da revista à caixa de correio, depois o 2223 me trouxe aqui, mas e agora? Estou me afogando com tantas opções, é coisa demais. Nada dá certo... mas preciso de um novo número, do mesmo jeito que o 2223 apareceu na caixa de correio. E o que vem depois? O destino! Vou deixar na mão do destino.

257

— Betty, você pode escolher pra mim? Me surpreenda! Gosto de tudo, então não me importo com o que vai vir.

Respiro fundo. *Ufa!* Esse é o plano certo. O número certo vai vir depois, com a conta. É isso!

— Claro, docinho. Vou girar a roda da fortuna.

Tomo o café que não quero só porque me dá o que fazer enquanto eu penso, desenhando no guardanapo e organizando os condimentos e pacotinhos de adoçante. Betty me traz waffles. Não estou com muita fome, mas como rápido, para que ela me traga logo a conta. Quando isso acontece, passo pelos números. Deu sete e sessenta. Minha próxima pista. Mundo, aí vou eu!

Não sei há quanto tempo estou procurando, mas já anoiteceu de novo e estou de mãos vazias, em termos de números mágicos. Então paro em casa para procurar pelo meu setecentos e sessenta.

Minha mãe está na cozinha com uma amiga que também é pintora e mora por perto. Elas estão tomando vinho e minha mãe parece arrumada.

— Oi — minha mãe diz. — Estava começando a me perguntar por onde você andava.

— Ah, o de sempre, fiquei brincando com Jonah e as crianças — digo, passando rápido por ela. *Jonah*. A palavra mágica. Uma menção e o que quer que seja se torna íntegro, inocente e inerentemente bom.

Ela ri e revira os olhos para a amiga. Quando estou no andar de cima, ouço minha mãe falar sobre como quase nunca estou em casa, sempre com meu namorado fofo, adolescentes no verão, você sabe como eles são, como não amar?

Meu casaco está sujo, embora eu não tenha ideia do que aconteceu, então pego outra roupa do armário — uma saia colorida de cintura baixa que vai até os tornozelos. É bem discreta, então escolho uma blusinha preta tomara que caia que deixa minha barriga à mostra. Deixo o chapéu na cama e coloco uma porção de braceletes. Sou uma visão brilhante, vívida e colorida. Linda! Sylvia dança em volta do quarto em aprovação.

Meu notebook chama minha atenção. *Por que não?*, me pergunto. Então procuro setecentos e sessenta.

Santa mãe das estrelas infinitas. É um código de área de San Diego.

É isso!

No mesmo instante, começo a me perguntar aonde esse número está me levando. Pode ser a qualquer coisa. Algo que o resto do mundo nem sabe que existe. O segredo para a viagem no tempo. Talvez o universo tenha escolhido se revelar apenas para mim, e se eu continuar seguindo os números, vou ser a primeira humana a conseguir esse feito. Ah, para onde eu viajaria primeiro? Talvez o universo me dê uma pista em forma de número também! De volta aos anos 20, aos meus dias de bailarina, ao lado das sufragistas e do jazz? Tomara. Fico encantada por ter sido a escolhida, e vou deixar o universo orgulhoso. Toda a minha vida foi uma preparação para isso. Minhas mãos tremem com o conhecimento de que estou a caminho de algo tão grandioso. Talvez eu encontre isso em San Diego, talvez San Diego só me dê os números seguintes, mas não importa: vou continuar seguindo as dicas.

Com a chave da vespa na mão, grito para minha mãe que volto mais tarde. Ela mal olha para mim, rindo com a amiga sabe-se lá por quê.

Dou de cara com Jonah quando saio para a varanda.

— Oi — digo, passando direto por ele. Afinal, tenho uma missão.

— Oi. — Ele corre para me acompanhar. — Está tudo bem?

— Está tudo *magnífico*, amor, mas preciso correr. Tenho um encontro com a história.

Ele continua andando ao meu lado.

— Não sei o que isso significa.

— Nem eu, na verdade, mas vou descobrir, não vou?

Jonah segura meu braço. Seus olhos me examinam de cima a baixo.

— O que você está vestindo?

— Hum... roupas. O que mais seria?

Ele faz uma careta — é muito corta-barato, juro — e sussurra:

—Viv, esse top é completamente transparente.

— É uma *blusa*, e não estou nem aí. Não é nada que você não tenha visto! — Dou risada e levanto a blusa por um segundo, só porque posso. Jonah parece horrorizado e puxa a blusa de volta, observando ao redor para conferir se os vizinhos notaram meus peitos no segundo em que ficaram expostos. Conservador. — Relaxa, querido, tudo é maravilhoso e você não precisa se preocupar com nada.

Jonah franze a testa. Agora ele está realmente acabando com a diversão e me deixando irritada.

— Nós estamos bem?

Argh.

— Claro. Por que não estaríamos? Bom, pelo menos eu me sinto *fabulosa*. Já você, não sei.

Ele põe as mãos na minha cintura, e o toque de sua pele é gostoso, me tranquiliza.

— Não tive notícias suas o dia inteiro. Não respondeu minhas mensagens. Não sei. A gente brigou e então... você apareceu ontem à noite e... não sei.

Mal consigo distinguir as palavras, porque estou olhando para seus lábios e meu corpo todo é só um som de "*Huuum*", das orelhas aos pés. Eu o puxo para mim e o beijo com toda a ferocidade que sinto. É como se o calor tomasse conta do meu corpo, e não consigo pensar em nenhum motivo para não tirarmos a roupa agora mesmo, diante de Deus e dos vizinhos, porque realmente não me importo. Sexo é uma coisa natural, grande coisa.

Ele se afasta de mim e diz:

— Opa. Podemos só conversar?

Minha nossa. Tipo, sério? Que belo jeito de puxar os freios do que poderia ter sido uma deliciosa volta sem roupas numa montanha-russa, mas TUDO BEM.

— Não posso. Estou numa missão. Preciso correr, porque tem coisas importantes acontecendo comigo.

— Aonde você vai?
— É surpresa.
Subo na vespa, minha nobre montaria.
— Posso ir com você?
Não! Espera aí. Ele pode me ajudar a me localizar. Não tenho um mapa, e acho que poderia dirigir para o sul e esperar as placas de San Diego aparecerem — ou novos números antes que chegue lá, vai saber? Mas acho que Jonah pode vir junto.
— Tá. Claro. Sobe aí, copiloto.
Seu rosto desaparece dentro do capacete extra, e ele entrega um para mim.
— Hum, não. Não vou ficar presa dentro dessa coisa. Não me deixa respirar.
— É ilegal não usar. Você foi parada por isso.
Ele já está estragando toda a aventura, então penso em simplesmente ir embora e deixá-lo aqui. Mas estou com pressa, então enfio o capacete idiota na cabeça e ligo o motor, que ronrona como um gato — não, como um jaguar! — *vrrruuummm*.
Voamos por Verona Cove e sinto o ritmo da vespa sob mim, do jeito que um cavaleiro sente o coração do cavalo batendo sob ele, como se fossem apenas um. É um sonho perdido meu, fazer hipismo, com um chapéu apropriado e botas de cano longo. Eu seria ótima, porque amo cavalos. Adoro como parecem orgulhosos, dignos, leais... Adoro até o nome das diferentes raças: baio, palomino, oveiro. E sempre achei que os cavaleiros pareciam interligados aos cavalos, como se ambos operassem de acordo com o mesmo sistema de con-

trole, como tronco e galho, só que não é possível distinguir um do outro porque eles se movem em consonância. A vespa e eu respiramos em sincronia, ela galopa sob mim, e eu seguro cada vez mais firme.

A rua se transforma na Highway 1, mas nem sei se o nome oficial é esse. Até onde eu sei, ela é chamada assim porque é a estrada mais linda do mundo. Do nosso lado esquerdo, passamos por árvores e casinhas; do direito, está o mar.

— Viv, para! Para! — Jonah grita, blá-blá-blá, exagera, segura minha cintura forte demais, blá-blá-blá. — Pelo amor de Deus, Vivi!

Nem o escuto até que enfia as unhas nas minhas costas, o que não dá para ignorar.

Quando finalmente paro no acostamento, ele pula da vespa. Então vira para mim, tirando o capacete.

— QUAL É O SEU PROBLEMA?

Levanto o visor do meu capacete.

— Xiu! Para de gritar! Não consigo ouvir meus próprios pensamentos, Jonah!

—Você está correndo igual a uma maluca! Não viu a placa de pare lá atrás?

— Ah, Jonah. Placas de pare são só octógonos vermelhos aos quais as pessoas dão poder.

—Vou dirigir. Me dá a chave. — Ele está de pé na grama, um obstáculo na estrada, e um obstáculo na *minha* estrada. Não posso deixar que me impeça de chegar ao meu destino.

— Vou levar você de volta, porque está claramente bêbada, drogada ou tudo de uma vez.

— NÃO ESTOU e VOCÊ NÃO VAI FAZER ISSO.

— Viv, você está me deixando assustado. Blá-blá-blá. — Ou pelo menos é o que eu ouço, já que fico balançando a cabeça de um lado para o outro, sem me importar. Volto a prestar atenção só na conclusão do seu blá-blá-blá furioso: — ... então prefiro voltar a pé pra casa.

— ENTÃO VOLTE, NÃO FAZ A MENOR DIFERENÇA PRA MIM. TCHAUZINHO! — grito, e queria não estar em cima da vespa, porque aí poderia me afastar dele devagar, como se não tivesse nenhuma preocupação no mundo. Preciso ir! Tenho todo o mundo para ver, e ele precisa de mim, não posso ser impedida por um garoto que só sabe dizer não, não importa quão lindo ele é, porque vou percorrer toda a costa, correndo entre o céu e o mar, e NINGUÉM VAI ME IMPEDIR.

O motor ronca, e eu fico de pé na moto e ela segue em frente e o vento faz minha saia voar enquanto grito "UHUL!", porque sou feita de pó da lua e luzinhas, porque sou insensível à mortalidade míope dos meus iguais, aos dias contados que passam fechados, inseguros e inertes neste planeta. Não, não e não, sou maior que esse mundo, tão ampla quanto as árvores à minha volta. Uhul!

Relaxo a pegada e aperto as pernas por um momento, como as molas de uma bobina pressionada. Quando solto, a tensão me impulsiona, e pronto. Estou no ar e em disparada, e sou leve e sou livre.

20

JONAH

O que aconteceu foi rápido demais. O quê? Não, não, NÃO! Já foi.

Sinto meus braços e pernas frios, trêmulos, se contraindo. Tento correr, mas tropeço. Caio de joelhos, e as palmas da minha mão queimam ao deslizar no chão. Faço um esforço para levantar.

Tem alguém gritando.

— SOCORRO! ALGUÉM ME AJUDA! — a pessoa grita.

Acho que sou eu.

Aconteceu. Agora. Eu vi. Ela estava bêbada mesmo? Eu poderia ter impedido.

Vivi saiu voando da vespa, que bateu numa árvore. Ela ainda estava na moto quando aconteceu? Não sei. Ah, meu Deus. O baque do seu corpo, o metal colidindo, a moto amassando... Vejo sangue escorrendo do seu ombro — e um osso, minha nossa. Meus joelhos fraquejam de novo, e vomito na grama. Tento ir até ela, mesmo passando mal. Quando melhoro, me esforço para levantar.

Alguém pega um braço meu, depois o outro. Me coloca de pé. Uma mulher com uma camisola comprida. Ela me segura, me impedindo de ir até Vivi. Seu corpo é grande e macio, como se feito de massa folhada. É reconfortante. Um homem sai de uma casinha e corre até Vivi, com o celular na orelha. Está usando calça de flanela e uma camiseta preta.

Acho que a mulher me perguntou alguma coisa. Mas não consigo entender o quê. A boca dela parece dizer coisas para me acalmar, os lábios franzidos de uma maneira que deixa os dentes da frente à mostra. Estou fazendo barulho? Não consigo ouvir nada além de um zumbido ensurdecedor.

Aconteceu. Preciso voltar no tempo. Um minuto que seja. Não posso deixar que aconteça.

Tem algum tipo de película sobre meus olhos; não consigo ver quase nada. Acho que os vizinhos se juntaram à nossa volta. Parece que uma mulher corre na direção de Vivi. Como se tivesse um objetivo. Por favor, que seja uma médica. Que seja mais que isso. O que Viv gostaria que fosse? Uma *milagreira*.

Não consigo respirar. O sangue, o osso. Puxar o ar é como tentar encher duas bexigas furadas. Independente do esforço, continuam vazias. O ar parece rarefeito.

Quanto tempo se passa? Acho que estou sonhando. Não pode ser real. À distância, luzes vermelhas piscam, a cor forte no meio da noite. Vieram por ela. Vão cuidar de Vivi. Quero implorar, mas não consigo. Minhas pernas perdem a força e então o mundo fica preto. Minha cabeça.

    Escuto vozes. Então não mais. E então de novo.

    A última coisa de que me lembro é do som de asas batendo.

21
VIVI

22

JONAH

Uma voz profunda.

— Ele vomitou?

— Várias vezes, mas já não está saindo mais nada — responde uma mulher.

O som sai abafado. Distante. Acho que estou na rua, mas o chão não está frio. Sinto um cheiro diferente no ar gelado. Uma mistura de fumaça, óleo e coração partido. Sei onde estou. *Vivi.*

Meus olhos se abrem. Tento levantar, mas duas mãos firmes me contêm.

— Fique deitado — uma voz diz. — Não se mexa. Tente relaxar.

— Estou bem — digo. Ou pelo menos acho que estou. Estou numa maca, dentro de uma ambulância com as portas abertas. Não consigo ver Vivi, só luzes piscando e pessoas reunidas. — Estou bem. E Vivi?

— Está sendo levada para o hospital de helicóptero.

O que significa que está viva. Graças a Deus. Eles não se dariam ao trabalho de chamar um helicóptero se ela não tivesse chances, certo? A pessoa que fala comigo é um paramédico. Ele tem cabelo preto enrolado caindo sobre as orelhas.

— O endereço na carteira de motorista dela é de Seattle. Você tem o telefone dos pais dela?

— Tenho. Meu celular... está no bolso. O nome da mãe dela... é Carrie.

— Não se mova — o paramédico diz, procurando no meu bolso. Eu não conseguiria mesmo se quisesse. Meus braços e pernas estão imobilizados. Será que estou bem?

Ele chama alguém, que vem correndo, e passa o número do celular. Então as portas se fecham atrás de nós e a ambulância sai.

— Não! Quero ir com ela! Não preciso de ambulância, eu...

— É só por precaução. Olhe aqui. — Ele joga uma luzinha direto nos meus olhos. — Precisamos considerar a possibilidade de concussão, então você vai ter que ficar sob observação por algum tempo, não muito.

— Estou bem, de verdade. Foi só o... sangue.

E o osso. Ah, meu Deus. A memória do braço e do ombro de Vivi me deixa tonto de novo.

Viro de lado quando meu estômago volta a se revirar. O paramédico me entrega um saco, mas não sai nada. Limpo a boca.

— Respire fundo. Precisamos reidratar você — ele diz, segurando meu celular. — Vou ligar e avisar seus pais.

— Não. Não precisa. Eles... — Eles o quê? Um morreu e o outro mal consegue fazer uma torrada, quanto mais lidar com uma crise dessas. — Eles... estão viajando.

O paramédico pergunta se minha cabeça está doendo, se sei quem é o presidente dos Estados Unidos, se sei que dia é hoje. Respondo. Pergunto sobre Vivi e o que aconteceu. Ele me ignora. Quando reviro os olhos em frustração, o paramédico joga a luzinha de novo nas minhas pupilas. Não sei se é uma precaução médica ou uma simples punição.

— Calma — digo, quando a ambulância para. — Não posso entrar aí.

Depois de tão pouco tempo, só podemos estar em um hospital: no que meu pai morreu. Penso em pedir ao paramédico para ligar para minha mãe, no final das contas. Eles não precisam de autorização ou coisa do tipo? Talvez ela diga não. Mas acho que não diria. Só ia surtar.

— Ei — o paramédico diz, segurando meu braço. — Você está bem. Vai ficar tudo certo.

O motorista da ambulância abre as portas traseiras e sobe para ajudar a tirar a maca.

Quero sair correndo. Quero fugir como um interno de *Um estranho no ninho*. Não podem me levar contra minha vontade. Mas a verdade é que estou acabado. Não tenho mais forças para lutar. Quando largo o corpo na maca, um pensamento me vem à mente: é até bom ter alguém me conduzindo, para variar.

Nem senti a agulha entrando no meu braço. Estava na cama, mas minha cabeça estava bem longe. Uma enfermeira colocou um cobertor branco sobre mim.

— O soro e os remédios vão te deixar com frio — ela disse.

Não senti nada.

— Jonah, oi!

Abro os olhos e vejo a sra. Fischer, mãe do meu amigo Zach, com roupa de enfermeira. Deveria ter imaginado que haveria alguém que conheço entre os funcionários. É uma cidade pequena.

— Oi, sra. Fischer.

Minha garganta dói de tanto gritar por ajuda. Tiro o cobertor e sento, tentando parecer menos com um inválido.

— Falei com o médico e dei uma olhada no seu prontuário. Como está se sentindo? — ela pergunta, se aproximando da cama.

— Bem. — Não consigo encará-la. — Eles ligaram pra minha mãe?

A sra. Fischer parece triste, talvez adivinhando por que eu não gostaria que minha mãe soubesse.

— Você é menor de idade. É o protocolo.

Assinto. Não estou bravo nem nada. Só me sinto mal por minha mãe. Não queria fazê-la passar por isso. Estou bem, de verdade. Quero ir para casa, para que ela possa ver com seus próprios olhos. Mas agora ela sabe que um de seus filhos está no mesmo lugar onde seu marido morreu.

Olho para a sra. Fischer, suplicante.

— Você sabe alguma coisa sobre a Vivi? Minha amiga que chegou de helicóptero?

Ouço a voz de Vivi na minha cabeça. *Amiga? É isso o que eu sou, seu bobão?* Não, Viv. Ou pelo menos não é tudo o que você é. Por favor, esteja bem. Por favor.

— Ela foi para o St. Elizabeth West. Vai ser operada.

— Ela está muito mal?

A sra. Fischer faz uma pausa para refletir, ou porque as notícias são ruins ou porque não pode me dar detalhes sobre a situação de outro paciente por questões de confidencialidade que espero que não leve a sério. Me sinto à beira de um precipício.

— A coisa não está boa, mas poderia ser muito pior. O paramédico que a resgatou disse que sua cabeça e coluna estão bem.

Então ela usa termos como "severo", "abrasões", "irrigação", "fratura exposta", "ligamento". Não tenho ideia do que se trata, até que a sra. Fischer diz:

— Ainda bem que ela estava de capacete.

Então levo as mãos ao rosto e balanço a cabeça, pensando em como fui me meter nisso.

Sou liberado pouco depois. Penso em ligar para Silas assim que chegar ao saguão. A sra. Fischer disse que não adianta ficar esperando notícias de Vivi. Ela vai ficar em cirurgia por horas e depois continuará sedada, para que seu corpo possa se curar.

Depois de outras pessoas terem controlado meu corpo por horas, é estranho andar sozinho pelo corredor, rumo à saída do hospital. Esta noite foi constituída por milhões de minutos tão lentos que não parece normal que eu ainda esteja usando as mesmas roupas. Ainda não consigo acreditar no que aconteceu. Me sinto zonzo, o que escondi dos enfermeiros.

Então congelo.

Minha mãe está no fim do corredor, na estação dos enfermeiros, vestindo calça de pijama e uma malha enorme. Mas fala com convicção. Está ereta. Gesticulando. Quero chamá-la, mas só consigo observar. Me lembro de anos atrás, quando Isaac foi picado por uma abelha e inchou como um bolo no forno. Minha mãe devia ter ficado aterrorizada, mas só disse "Vai ficar tudo bem", firme, e não duvidamos dela nem por um segundo. Afinal, ela era a mãe, e estava no controle. É assim que parece agora, mesmo que ainda esteja usando suas roupas de luto. Parece *minha* mãe. O adulto responsável — *ainda tenho um*.

Estou quase perto o bastante para tocá-la quando digo:

— Mãe?

— Jonah! Graças a Deus! — Os olhos dela lacrimejam. Minha mãe me agarra em um abraço desesperado, ávido. Está tremendo. Faz muito tempo que não fica de pé na minha frente. Ainda assim, parece pequena. Será que cresci nos últimos oito meses? Ou foi ela quem encolheu? Talvez as duas coisas. Quando minha mãe se afasta, seu lábio inferior está tremendo. Ela encosta as mãos no meu rosto. — Nunca mais faça isso comigo. Você está bem? Me disseram que estava aqui, mas... Eu não sabia...

— Estou bem. Vivi bateu a moto. Eu nem estava nela, mas vi acontecer. Só me internaram porque desmaiei. Eu consegui ver... ela teve uma fratura exposta. Fiquei vomitando, então me deram soro. Mas não tive concussão nem nada.

— Graças a Deus. Como a Vivi está?

— Em cirurgia num hospital maior. Não sei, mãe. Não sei mais nada.

Antes que eu me dê conta, estou chorando. Na minha cabeça, Vivi está inconsciente na mesa de operação, sob as luzes brilhantes — pele pálida, lábios vermelhos, inexpressivos. Os médicos a estão suturando ou abrindo? Meu estômago revira.

— Ah, querido — minha mãe diz, me embalando em outro abraço. Quantas pessoas já fizeram exatamente isso? Se agarraram a alguém para não entrar em colapso? Ela passa as mãos pelas minhas costas e me diz repetidas vezes que vai ficar tudo bem, o que só me faz chorar ainda mais.

Sei que só vou piorar as coisas. Mas a hora é agora. Minha voz vacila quando solto as palavras:

— Sinto sua falta, mãe.

Ela começa a chorar também, e ficamos os dois ali, em silêncio, a não ser pelas fungadas.

Finalmente, ela sussurra:

— Também sinto minha falta, querido.

Por cima do seu ombro, vejo a placa luminosa através das lágrimas: SAÍDA. É isso que quero. Foi aqui que meu pai morreu, e tudo o que desejo é me afastar da escuridão que tomou conta de nossas vidas.

—Vamos pra casa, está bem?

Guio minha mãe até a saída. É o que estou tentando fazer há tempos.

23
VIVI

Tudo está escuro e confuso. Meu cérebro é uma caverna úmida e vazia, a não ser pelos ecos. Grito na minha própria mente, e o som percorre o fundo do meu crânio até a frente, então rebate nas laterais até que eu esteja exausta de ouvir tantas e tantas vezes, então durmo.

Meus olhos estão cheios de remela. Quero esfregá-los, mas meu corpo está pesado demais para qualquer movimento. *Hum.* Tenho uma agulha no meu braço e um monitor no dedo indicador. Meu braço esquerdo está engessado e numa tipoia. Quero examinar o resto do meu corpo, mas é difícil.

Deveria doer. Mas não dói. Só me sinto *suja*.

Minha mãe dorme na poltrona do hospital, em uma postura que parece pouco confortável. Tem algumas flores na janela. Quero ir até o parapeito e deitar ali. Ou aproximar as plantas de mim. As cores sem graça do equipamento médico, a parede branca, os bipes. É tudo insuportável. Simplesmente não dá.

O que foi que fiz?

Sinto minhas pálpebras caírem e a escuridão vir contra minha vontade. Mas não é contra minha vontade. Quero dormir e acordar em outra vida, ou nunca mais acordar.

Me sinto sombria, enquanto o céu parece incongruentemente azul. Se o clima entrasse no meu quarto de hospital, eu daria um tapa em seu rosto e diria: "Como se atreve?".

Não tenho ideia de que dia é hoje. Talvez sábado. Talvez alguém esteja casando, e todo mundo comente "O tempo não poderia estar melhor!" ou "Que dia lindo, né?". Bom para eles.

Mas me sinto traída. O universo costuma me entender melhor. Preciso de uma chuvinha chata; preciso de vento forte sacudindo as janelas. Preciso de um céu cinza e de neve, de fumaça saindo do escapamento dos carros.

Lá fora o sol quente e forte do verão predomina. Dentro de mim, é tudo terra seca e desolação. Nada nunca mais vai crescer.

Dormir. Apagar. Eu e meu cérebro em curto-circuito.

Minha mãe está me encarando bem fundo nos meus olhos. O quarto está escuro.

— Oi, querida — ela diz, apertando minha mão.

— Oi.

Uma lágrima escorre por seu rosto.

— Estou tão feliz que acordou. Temos muita sorte por estar tudo bem.

— Faz quanto tempo que estou aqui? — pergunto, soando como um disco riscado.

— Pouco mais de dois dias. Você foi operada e ficou completamente sedada desde então. Os médicos reduziram a sedação há algumas horas pra ver como você está.

Levo a mão ao rosto. Não sei por que esse é meu primeiro instinto — eu estava de capacete, não? Sinto uma dor aguda no ombro. Meu braço engessado está apoiado numa tipoia.

— O que operaram?

— O úmero. Você também quebrou duas costelas e tem um monte de machucados do lado esquerdo do corpo, que precisaram hidratar. Está tomando uma porção de remédios para a dor, mas talvez sinta um pouco mesmo assim.

— Dói — sussurro. Olho para o avental do hospital e me pergunto como está minha pele sob ele, cheia de marcas e cicatrizes. Levanto o lençol para ver minhas pernas. Quero me certificar de que estão bem. A lateral da esquerda está coberta de curativos. Sobrou pouca pele exposta. É como se eu tivesse sido atingida por estilhaços. — Minha nossa. — Inclinando a cabeça, posso ver também um curativo na clavícula. — E aqui?

— Você teve que levar pontos. Provavelmente se machucou batendo numa pedra ao cair. — Ela segura minha mão mais forte. — Sinto muito, querida. Você lembra o que aconteceu?

Lembro tudo o que aconteceu, mas não como se tivesse acontecido comigo. É como um filme a que eu assisto de fora. Lembro o que fiz e o que pensei, mas nunca poderia explicar a lógica por trás de tudo. Então só assisto.

— Está brava comigo? — sussurro para minha mãe.

— Não, meu bem. Claro que não estou brava com você.

— Mas eu menti. Na cara dura. Parei de tomar os remédios.

A forte dor no ombro e a confusão mental... mereço isso. Menti para minha mãe, que sempre tenta confiar em mim.

— Tudo bem, querida. Não tem problema.

— Eu... — Dou uma olhada para a agulha no braço. — Estou tomando remédio?

— Analgésicos e outras coisas que devem deixar você mais... estável.

Isso explica por que consigo ficar parada — até porque *tenho* que ficar parada. Mesmo com dor, mesmo lenta, me sinto aliviada.

— Mãe? — Minha voz vacila, mas as lágrimas não caem. O remédio as secou. Mesmo assim, respiro como se chorasse enquanto falo em um sussurro desesperado. — E... se isso... acabar com... a minha vida?

— *Não* — ela sussurra de volta, firme e sem piscar. — Vai ser só por alguns dias. Talvez seja difícil por algumas semanas. Umas poucas semanas complicadas em uma vida longa e maravilhosa. Você pode fazer isso. *Nós* podemos. Olha só o tio

Mitch! Ele tem dias bem difíceis, mas, mesmo assim, sua vida é de dar inveja!

Meu choro contido quase se transforma em uma risada. Meu tio sofre de ansiedade severa. Mas mora em um apartamentinho fofo em San Francisco com meu primo Pip e tem amigos incríveis, que estão sempre rindo numa grande sinfonia cacofônica. Minha mãe e eu moramos com o tio Mitch por um tempo quando eu era pequena. Eu tentava ficar acordada o máximo de tempo que conseguia para ouvir os adultos rindo em volta da mesa da cozinha. Mitch trabalha num museu, corre no parque e come bem. Toma remédio e faz terapia. Tem algumas semanas difíceis em sua vida longa e maravilhosa.

— Por quanto tempo vou ter que ficar aqui?

Ela aperta os lábios, então sei que não vai dar boas notícias.

— Querem manter você em observação. Mas não deve demorar muito.

— Ah, meu Deus. — Olho para todos os lados. — *Posso morrer?*

— Não, não, não — ela diz, me acalmando. — É só que... não está claro se foi um acidente ou se... você pulou, tentando... se machucar.

Agora meus olhos se enchem de lágrimas. Mal consigo dizer:

— Foi um acidente, mãe. Eu juro.

— Acredito em você, querida. Mas é que... com seu histórico...

A cicatriz, o S escarlate que sai do meu punho esquerdo,

agora coberta pelo gesso. Não foi uma tentativa de me matar — eu realmente não tinha planejado nada —, e não sei quantas vezes ainda vou ter que me explicar. Não queria morrer. Só queria sentir alguma coisa. Mas descobri que sentir uma lâmina fria cortar a pele e então o sangue quente escorrendo é infinitamente pior do que não sentir nada.

Pigarreio antes de dizer:

— Sei que não faz sentido, mas pulei da vespa achando que não ia me machucar. Não estava raciocinando direito, mas... achei que podia voar.

Minha mãe assente, processando tudo. Seus olhos acusam o cansaço. Ela parece mais velha e mais jovem ao mesmo tempo.

— Se estiver bem amanhã, vai ser transferida para um hospital em Santa Rosa. Tem um pouco a ver com o plano de saúde, porque...

— É um hospital psiquiátrico, né?

— Tem uma ala psiquiátrica lá. Mas o foco vai ser em sua recuperação física. Só querem que tenha acesso à equipe psiquiátrica nesse meio-tempo. Vai ser só por alguns dias. — As lágrimas voltam a rolar por seu rosto. — Viv, você sabe que eu faria qualquer coisa por você, não sabe? Você é tudo o que eu tenho, e sei que não sou uma mãe convencional, mas...

— Uma mãe convencional? — Solto uma risada fraca. — O que isso significa?

Minha mãe parece constrangida, algo que nunca acontece com ela — ou pelo menos não na minha frente.

— Você sabe. Não asso cookies ou me importo com que

horas você vai pra cama. Não fico controlando onde você está o tempo todo e não dou sermões diários sobre fazer boas escolhas.

Ficamos nos encarando por um momento antes que eu consiga pensar no que dizer.

— Lembra quando eu era pequena e chegou a minha vez de levar cookies na escola? Você comprou a mistura pronta e me deixou colocar o que quisesse neles.

Minha mente volta até os confeitos cor-de-rosa, minimarshmallows e aquelas bolinhas prateadas que parecem lindas demais para comer. Sempre tive orgulho de ter feito cookies completamente diferentes de todos os outros.

Minha mãe franze a testa.

— Lembro.

— Eu *amei* aquilo. — Mais lágrimas rolam pelas bochechas dela, e fico arrasada de fazer isso com ela. — Desculpa. Sinto muito que tenha que lidar com…

— Você *nunca* precisa pedir desculpas por isso, querida. — Ela está apertando minhas mãos com força agora, como se conseguisse passar as palavras através da pele. — *Eu* sinto muito. Você é tão forte. Vamos dar um jeito. Só precisamos trabalhar melhor juntas. É o que a dra. Douglas acha.

— Você tem falado com ela? — É a minha terapeuta de Seattle, a que me obrigaram a ver depois da "tentativa de suicídio". Na época, me ressentia de cada momento que passava naquele consultório. É difícil explicar, mas acho que agora queria estar lá. Porque ela já viu o meu pior, conhece cada erva daninha no meu jardim.

— Tenho — minha mãe responde.

— Ela pode vir aqui? Ou posso ir lá?

— Claro, podemos dar um jeito — ela diz, com uma expressão que nunca vi. Ela parece preparada. Segura. — Obviamente não consigo ajudar você sozinha. Deveria ter imaginado que não estava tomando o remédio. Sou sua mãe. Precisava ter ajudado. Também preciso aprender algumas coisas com ela.

Estou me sentindo cansada de novo, como se o ar fizesse pressão sobre mim para a cama me engolir por inteiro.

— Vamos voltar para Seattle?

— Depois falamos sobre isso, querida. Quando você estiver melhor, está bem?

O que significa que vamos. Bom. Por algum motivo, voltar parece a coisa certa. Nos encaramos, e nem sei quanto tempo passa antes que eu sussurre:

— Tá bom.

Mas não parece bom. Parece que fui dormir e quando acordei todo o meu mundo tinha mudado. Meu verão se partiu em mil pedacinhos. Estou cansada demais para lidar com todas essas informações. Estou cansada demais para qualquer coisa.

24

JONAH

Visitei Vivi duas vezes desde o acidente, mas ela ainda não me viu, porque estava sedada. Esta manhã ela foi transferida para um hospital em Santa Rosa, que tem uma ala psiquiátrica. O que faz um pouco mais de sentido agora do que fazia logo depois do ocorrido.

Vou visitá-la logo mais, e fico o tempo todo conferindo o relógio. A mãe dela achou que eu deveria esperar até a tarde, para que Vivi pudesse se acostumar ao novo hospital. Estou tentando me manter ocupado até lá.

Uma mancha de suor aparece no colarinho da minha camiseta enquanto lavo determinado o piso de concreto do pátio do restaurante. Não está bonito. Só vou dizer que os pássaros foram responsáveis por grafites elaborados em alguns pontos. O jato de água da lavadora de alta pressão é tão forte que parece que poderia causar estrago. Mas só deixa tudo muito limpo. Descubro que é um alívio para o estresse. Fico desejando ter mais limpeza pesada para fazer.

A mãe de Vivi tem passado a maior parte do tempo no hospital. Mas saiu para me dar a chave da casa, para que cuidasse de Sylvia. Ficamos sentados nos degraus da frente, porque ela não parecia querer entrar.

— Viv tem transtorno bipolar — a mãe dela contou. — Ela disse que eu podia te contar.

Não me mexi nem falei por pelo menos um minuto. A mãe de Vivi me lançou um olhar gentil e triste durante o silêncio longo e desconfortável. Era muito para absorver. Quer dizer, sempre achei que "bipolar" era só, tipo, alguém sujeito a muitas alterações de humor. O que Vivi de fato era. Mas eu nem sabia por onde começar.

— Só tinha reparado no braço — acabei dizendo. — Quer dizer, na cicatriz. É por causa disso?

— Mais ou menos. — Carrie virou para mim, atenta à minha reação. — Achei que fosse depressão. Todo mundo achou, na verdade, então Viv começou a tomar remédios. E *era* depressão, mas não só isso.

— Então os remédios não funcionaram?

— Para a depressão, sim, funcionaram. Ela ficou feliz de novo, voltou a costurar e pintar. E depois eu a peguei bebendo, fumando maconha, roubando meu cartão de crédito, saindo de casa escondida... Mas achei que era coisa de adolescente, nada de mais. Até um sinal de que estava tudo bem. Não tinha ideia de que eram sintomas até que as coisas pioraram de verdade. Então procuramos ajuda e mudaram a medicação. Eu não sabia de muita coisa. — Ela desviou o olhar para o chão. — Ainda não sei.

Carrie estava claramente dividida entre ser honesta comigo e proteger a privacidade da filha. Eu disse que não precisava me falar mais nada, que Vivi podia me contar mais quando estivesse pronta. Mas, na verdade, só precisava de um tempo para procurar no Google.

Agora já li bastante coisa. Irritabilidade, libido aumentada, descoordenação das ideias, fala compulsiva. Tipo I, tipo II, misto, de ciclagem rápida, ciclotímico. Tudo parece muito definido, separado em caixinhas. Mas não sei dizer onde Vivi se encaixa.

Sento na frente do computador, com a cabeça entre as mãos. Ela estava diferente na última semana. Eu deveria ter percebido? Me aproveitei dela sem me dar conta? Não era minha intenção, de jeito nenhum. Seus sentimentos em relação a mim vão mudar? Sei que a questão não sou eu, mas só estou no controle de mim mesmo. E não tenho ideia do que devo fazer agora.

Então deixo o restaurante me consumir.

O novo cardápio estreia em três dias, e vamos fazer uma festa para comemorar. Não vai ser chique nem nada, só uma celebração para agradecer a todas as pessoas que ajudaram com as mudanças.

Muita gente se envolveu. Felix e eu tiramos o carpete do salão e nosso sous chef poliu o chão de taco. Silas pintou as paredes vermelhas de branco, o que foi muito acertado. Precisamos de simplicidade. Conseguimos vasinhos para as mesas quase de graça. Bekah os encheu de flores do campo. Harvey Berman, o eletricista da cidade, trocou alguns lustres antigos por outros mais modernos. Ele não cobrou pelo trabalho, só pelo material. Todo o pessoal da cozinha colaborou com as novas receitas, e Ellie fez o design do cardápio. A gráfica nos deu um desconto enorme.

E o motivo pelo qual tantas pessoas estão nos ajudando? Meu pai. Ouvi isso inúmeras vezes. Quando agradeço às pessoas, elas dizem coisas como "É um prazer. Seu pai era um bom homem". Começo a dizer "Não precisava..." e já me cortam, contando uma história sobre ele. Sobre como ele *era* Verona Cove. Sobre como sentem falta dele. O sr. Hodgson me contou que, quando sua esposa teve que ficar na cama durantes os dois últimos meses da gravidez, meu pai levava comida para ela sem que pedissem.

— Dizia que tinha sobrado — o sr. Hodgson comentou, com uma risadinha. — Mas eram sempre os pratos preferidos dela, saídos do forno. Então duvido.

O filho deles já tem dez anos. Eu nunca soube dessa história. Aceitei a jardineira de madeira que a família doou para o pátio. Foi a sra. Hodgson quem fez, e o marido a encheu de ervas como manjericão, coentro, salsinha e hortelã.

Quando o chão do pátio está limpo, rego as ervas. Então noto que tem alguém esperando na passagem.

Ellie parece hesitante. Não a culpo. Sei que pareço alguém ligeiramente desvairado. Bem-vinda à Jonápolis.

— Oi — ela diz. — O sr. Thomas está quase terminando de instalar o letreiro. Achei que fosse querer ver.

— Quero, sim, obrigado.

O sr. Thomas está curtindo a reforma mais do que qualquer outra pessoa. Quase não fica mais na própria loja de ferramentas. Fica no restaurante o dia todo, trazendo material ou dando uma mão.

O letreiro foi um achado, e precisamos de um especialista para instalá-lo na fachada de tijolinhos. Silas foi até um antiquário numa cidade vizinha, especializado em sobras de demolições e vendas de imóveis. Isaac foi junto, e os dois voltaram com as letras necessárias para escrever BISTRÔ. São de ferro forjado, e algumas estão um pouco enferrujadas.

Na frente do restaurante, encontro Isaac, Bekah, Silas e Felix. Isaac passou a manhã trabalhando na limpeza dos banheiros e dos rodapés do salão. Bekah rasgou folhas de alface e fez o molho da salada com a supervisão dos cozinheiros. O universo parece estranhamente alterado.

O sr. Thomas está na escada, usando o nivelador para se certificar de que a última letra está bem alinhada.

— O que acham? — ele pergunta.

— Ficou ótimo! — Felix responde.

Quando o sr. Thomas desce da escada, posso ver o letreiro com clareza. Não é a mesma letra do TONY's, mas ficou ótimo assim. Ellie estava certa. Adicionar "bistrô" ao nome dá uma sensação completamente diferente, uma sofisticação casual. E as letras antigas são perfeitas justamente porque *não são* perfeitas. Era assim que meu pai queria que o restaurante e os pratos fossem: inventivos, mas clássicos. Reais, não afetados.

Silas passa o braço nos ombros de Isaac.

— Essas letras foram um achado, cara.

Meu irmão mais novo fica todo orgulhoso.

— Mandou bem — Felix diz baixo, apertando meu braço.

— Foram Silas e Isaac que acharam o letreiro.

— Eu sei — ele diz. — Mas estou falando de tudo isso. Não é tão fácil para uma figueira velha como eu.

— Figueira? — pergunto, surpreso. Será que Vivi também conversou com ele sobre vidas passadas?

Felix ri.

— É. Uma figueira é tão rígida que acaba quebrando durante uma tempestade. Mas o bambu, que é flexível, sobrevive.

Ficamos ali por um momento, eu com a testa franzida. Ainda não entendi direito, mas ele me dá um tapinha nas costas antes de voltar para a cozinha.

— Você deixou todo mundo mais flexível, Maní.

Agradeço ao sr. Thomas e o ajudo a levar a escada de volta para a loja. Quando volto para a frente do restaurante, todo mundo já entrou.

Mas não estou sozinho. É isso que importa.

O céu está com uma cor azul perfeita no caminho para ver Vivi, e o longo trajeto me faz bem. Minha mente parece um envelope cheio demais para fechar. Então tiro algumas coisas de lá. Penso se meu pai ia gostar das mudanças no restaurante, em como vai ser a festa, em tudo o que pode dar errado. Penso em Vivi. Em como deve estar sofrendo com os ferimentos e a convalescença no hospital. Em como vai ser quando ela me vir. Se as coisas vão mudar quando receber alta.

A sensação de pensar nessas coisas não é *boa*. Mas pelo menos libera espaço no meu cérebro.

Paro do lado de fora do hospital para respirar fundo algumas vezes. Na recepção, uma mulher me dá um crachá de visitante. Minha mão treme um pouco enquanto compro flores na lojinha ao lado. Eu deveria ter pensado em algo melhor. Em algo criativo, como Vivi teria feito. Deveria ter feito torta de cereja, como da primeira vez que foi na minha casa. *Deveria, deveria, deveria.* Estou cheio dessa palavra me cutucando aonde quer que eu vá.

Do lado de fora do quarto dela, posso ouvir minha própria respiração. E mais nada.

Entro. Ela está sentada na cama, mexendo com o garfo na gororoba cheia de conservantes que o hospital chama de comida. Tem uma tipoia azul no seu braço esquerdo. Um curativo cobre parte da sua clavícula e continua para dentro do avental do hospital. Com o rosto sem maquiagem, Vivi parece mais nova. Fico tão aliviado ao vê-la se mexendo que poderia desmaiar na porta.

Ela levanta o olhar. Posso ver seu lábio inferior tremendo mesmo estando do outro lado do quarto. Sua voz vacila.

— Jonah?

— Oi — digo, me aproximando com um sorriso.

Vivi se encolhe.

— Que porra você está fazendo aqui?

Pisco, imóvel. Certo. Não era exatamente o que eu esperava. *Calma.* Ela me culpa pelo que aconteceu? Ouço o plástico em volta das flores amassando com minha pegada mais tensa.

Os olhos de Vivi se enchem de lágrimas.

— Eu poderia ter te *matado*, Jonah. Você estava na moto

comigo. Deveria estar furioso. Deveria estar atirando dardos numa foto minha. Não deveria vir me visitar. Qual é o seu problema?

Preciso do que parecem uns cinco minutos para entender. Ela *se* culpa pelo que aconteceu. Eu me aproximo. Quero tocar sua mão, sentir que Vivi é real, está aqui e bem.

— Não tem nada de errado comigo. Nossa, Vivi, como eu poderia estar bravo? Sinto muito por tudo o que aconteceu.

Os olhos dela se arregalam, quase selvagem.

— Não preciso da sua pena! Por que está aqui? *Por quê?*

Abro a boca para dizer alguma coisa, mas ela me corta antes que eu possa começar. Lágrimas rolam por suas bochechas. Isso está indo mal. Muito mal.

— Vai embora! — Ela joga um copo plástico vazio em mim, e eu desvio. Minha nossa. — Nem consigo olhar pra você. SAI! SAI!

Vivi aperta o botão vermelho ao seu lado e segundos depois uma enfermeira aparece. Suo frio.

— Tira ele daqui! — Vivi grita. — Por favor, tira ele daqui.

— Vamos, meu filho — a enfermeira diz, me conduzindo. Eu a sigo, porque não sei se tenho outra opção. Estou em choque, me sinto culpado. A enfermeira fecha a porta atrás de nós. As flores continuam na minha mão, e eu simplesmente não consigo entender. A enfermeira parece triste. — Não leve para o lado pessoal. Os primeiros dias são complicados.

— Tudo bem — murmuro, mais para mim mesmo do que para ela.

Deixo as flores no balcão das enfermeiras e digo à mulher ali para agradecer a todo mundo por cuidar de Vivi.

Suas palavras ficam comigo por muito tempo depois que volto para a luz do dia. "Por que está aqui?", ela perguntou. "Por quê?"

Porque estou vivendo momentos difíceis desde antes de nos conhecermos. E isso nunca a afastou de mim. Seus sentimentos não dependeram de quão fácil ou difícil era estar na minha vida. Vivi não precisa estar sempre feliz. Não é assim que funciona.

Em casa, meus irmãos sabem que é melhor não falar comigo enquanto misturo os ingredientes para a massa. Eu a coloco no balcão e abro com o rolo usando força demais. Então faço uma bola com ela e abro de novo.

Fica perfeita. Estou coberto de farinha quando coloco numa caixa do restaurante. Escrevo o bilhete apertando a caneta no papel sem necessidade.

Por quê? Porque uma vez você me disse que não tinha medo de problemas. Nem eu, Viv. Você sabe disso. Se eu tivesse, acho que nós dois sabemos que eu teria abandonado minha família há meses.

Você também me disse para perguntar do que as pessoas precisam e ouvir a resposta. Então estou perguntando. E quero ouvir. Nesse meio-tempo, segue uma torta, caso seja o que você precisa. A comida do hospital parecia nojenta.

Jonah

25

VIVI

— Jonah passou em casa ontem à noite.

— Eu *sei* — digo, irritada. Novo hospital, mesma comida. A gosma de amido está me fazendo perder a cabeça de um jeito diferente, mas péssimo do mesmo jeito. Faz cinco dias que estou internada, e os conto pelas piores partes: dois dias desde que tirei o cateter, um dia desde que fui transferida para cá e gritei com Jonah Daniels, que parecia confuso e doce como sempre. Minha mãe não sabe como lidei com ele. — Você disse que ele está tomando conta da Sylvia.

Minha mãe franze a testa. Graças a Gaia ela não estava no quarto quando Jonah apareceu.

— Bom, sim. Mas quando cheguei em casa ele tinha colocado fita adesiva nos cantos do teto do seu quarto e estava pintando o que faltava.

Eu literalmente joguei um copo em Jonah quando ele veio me visitar, e como ele respondeu a isso? Passando o resto do dia terminando um projeto que não tive paciência de acabar. Fico ressentida, de verdade. Que tipo de monstro se ressente de um garoto que finaliza os detalhes de algo que largou inacabado? EU.

— Legal. — Mas meu tom de voz não indica que acho isso.

— Querida, você precisa ligar pra ele. Jonah é tão fofo, só está...

— Para. — Meu tom é afiado, mas ela não devia ter se metido. Sei que Jonah é superfofo, e é por isso que pensar nele faz com que eu comece a suar, apesar de estar usando apenas o avental do hospital. Porque ele é tão legal comigo, e só quero que reaja como uma pessoa normal e se afaste. Sou um mar na ressaca, e ele é um bobo distraído. Na boa, o garoto não tem o menor senso de autopreservação. — Pode só me ajudar a me vestir? Não vou à consulta com a roupa do hospital.

Minha mãe trouxe alguns dos seus vestidos. São caftãs soltos que passam com facilidade pelo gesso e deixam os curativos da perna protegidos. Ela me ajuda a vestir o que escolhi, apesar da dor no lugar da clavícula onde deram os pontos. Não tem espelho no quarto, mas a sensação de usar o vestido me faz bem, pelo menos.

Ele raspa na minha perna enquanto um enfermeiro me acompanha pelo corredor. Estou mancando um pouco, o que odeio, mas minha perna esquerda está dura e cheia de ferimentos ainda cicatrizando.

O terapeuta é mais velho do que eu esperava. Tem pele

escura, barba branca e veste um suéter. Parece agradável, mas sem paciência para bobagem, como um pescador quase velho.

— Oi, Vivi — ele diz, apertando minha mão. — Sou o dr. Brooks.

— Oi.

Observo ao redor à procura de informações biográficas. O diploma na parede diz que seu nome completo é Malone Christopher Brooks.

Ele sorri enquanto sentamos, mas continuo em busca de não sei bem o quê. Fotos de crianças ou de um cachorro. Odeio que tenha uma pasta com informações sobre mim e eu não saiba nada sobre ele.

— Bom, me diga como está se sentindo.

Presa, culpada, envergonhada, lenta por causa de todos os remédios.

— Bem.

— Ótimo — ele diz, obviamente sem acreditar em mim. — Então vamos começar. Sua médica em Seattle diagnosticou um transtorno bipolar do tipo II em março. Você aceita isso?

Que tipo de pergunta é essa? Fico me perguntando se ele pretende mudar o diagnóstico para bipolar do tipo I.

— Na verdade, não quero aceitar.

— Aceitar o diagnóstico ou ter transtorno bipolar?

— As duas coisas. Mas, antes que você diga, *já sei*. Depressão, episódio hipomaníaco em março, depressão de novo, mudança de remédio, mania de novo... — Quase completo com "na semana passada". Mas faz quanto tempo? Nem sei.

— Então sei que tenho. São os sintomas clássicos.

— Bom — ele diz, colocando minha pasta na mesa. — Existem sintomas básicos, mas varia muito de pessoa pra pessoa, então gostaria de saber o que você sente, exatamente. Pode falar como foi o episódio hipomaníaco em março?

Algo rasteja dentro de mim e me dá vontade de chocar esse homem de expressão amável e aberta.

— Ah, posso, *com certeza*. Bom, vamos lá! Fui a um show e fiquei me sentindo drogada sem ter usado nada, até que eu usei, então fui pra casa com uma tatuadora que tinha acabado de conhecer. Na manhã seguinte, descrevi uma lótus de aquarela com a qual sonhei, e ela a tatuou em mim. Minha mãe estava trabalhando direto no estúdio, mas iniciamos uma competição de gritos quando ela se deu conta de que eu não tinha passado a noite em casa. — Ele só assente, solene, enquanto anota tudo. Pode se preparar, porque só estou começando. — De alguma maneira consegui ir à festa de aniversário da minha amiga Ruby depois de ter comprado uma bolsa de trezentos dólares pra ela por puro capricho. Bebi vários shots e fumei com pessoas que nem conhecia direito. Então dormi com o ex-namorado da minha amiga Amala no quarto dela. E com outro cara naquela mesma noite.

Ele não está mais assentindo. Nem escrevendo.

— Todo mundo só achou que eu estava muito bêbada. E, bom, você já esteve na escola. — Abro o que espero que seja um sorriso sarcástico. — Pode imaginar do que as pessoas me chamaram depois. No dia seguinte, eu disse à minha mãe que precisava me entregar para a polícia, porque era uma pessoa horrível que não merecia ser livre. E, surpresa: ela me levou direto para a dra. Douglas.

Ele leva alguns segundos para se recuperar.

— Deve ter sido horrível. Como você se sentiu?

Mortificada. Violada. O que não faz sentido, porque, na hora, eu queria fazer todas as coisas que fiz. Mais do que isso até: eu *precisava*. É assim que me sentia.

— Dr. Brooks, eu usaria um *saco de batatas* como vestido pelo resto da minha vida se isso fosse apagar o sofrimento que causei aos outros quando... fiquei hipomaníaca. — É a palavra certa, não? Aparentemente tenho uma coisa cujo nome nem sei. — Você não me conhece, então não pode imaginar como seria horrível para mim usar a mesma roupa todo santo dia, quanto mais um saco de juta.

— E quanto ao sofrimento que este episódio causou a *você*, Vivi?

No primeiro dia de terapia, a dra. Douglas me receitou uma pílula do dia seguinte e pediu exames para vários tipos de DSTs. Eu estava tão deprimida — deprimida pra caralho —, que nem fiquei aliviada quando os testes deram negativo.

Então tirei uma licença médica da escola. Se não quiser postergar a formatura, vou ter que fazer aulas no próximo verão.

Quando não respondo, o dr. Brooks inclina a cabeça na minha direção.

— Você contou para as pessoas? Que estava em meio a uma crise? Que suas ações eram afetadas por um transtorno bipolar?

— Não. Eu... — Será que na época eu não acreditava que era mesmo uma doença? Que dizer que eu era bipolar soaria como uma desculpa em que nem eu mesma acreditava? Amala tinha sido tão humilhada e eu havia arruinado a festa de Ruby. Vejo perfeitamente a imagem de Amala chorando, gritando comigo no jardim, enquanto Ruby mantinha um braço em seu ombro. Andei quilômetros e quilômetros até minha casa. — Eu não contei.

O dr. Brooks não insiste no assunto.

— E, depois disso, você começou a tomar um estabilizador de humor, além do antidepressivo. Como foi?

Gesticulo com os braços, como se dissesse: "Bom, aqui estou! Como você acha que foi?".

— Você parou de tomar o estabilizador de humor?

— Parei.

— Por quê?

Estreito os olhos. Ele sabe o motivo.

— Porque eu me sentia... esquisita.

O dr. Brooks assente e anota alguma coisa.

— Mas foi uma única dosagem de uma única medicação. Há inúmeras opções para regular seu corpo de forma mais...

— Regular?

— Sim. — Ele faz uma pausa, considerando a escolha da palavra. — Não acha que é válido dizer que isso é necessário agora? Você teve um episódio depressivo em que acabou se machucando. E agora teve mais um.

Perco o controle, como se tivessem soltado um elástico esticado dentro do meu peito dolorido.

— Pelo amor de Deus. Eu não estava tentando me matar da primeira vez. Quantas vezes vou ter que repetir isso?

Ele recua, levantando as mãos como se quisesse mostrar que está desarmado.

— Desculpe se ficou parecendo que eu estava falando de suicídio. Só quis apontar que você acabou se machucando nas duas vezes. Vivi, realmente acredito que medicação na dosagem certa vai ajudar muito mais do que você imagina. Também acho que terapia contínua vai ajudar a lidar com tudo o que vivenciou e com como o transtorno bipolar afeta sua personalidade.

E, em parte, porque prefiro ser quem faz as perguntas, mando uma:

—Você é terapeuta, certo? Não pode me ajudar agora?

— Só nessa consulta? Não.

— Por quê?

—Você precisa ser encorajada a se comunicar abertamente, mas isso requer prática. Espero que perceba que o transtorno bipolar é só uma faceta de uma vida multidimensional. E que requer muita reflexão a respeito de como você quer que essa vida seja. E, além da medicação e da terapia, aconselho você a aceitar o diagnóstico. E isso vem com o tempo e a experiência.

— Ah, então é só uma questão de *aceitar* que sou bipolar?

Quase levanto da cadeira e vou embora. Ele parece o policial Hayashi. "Mas a vida é assim. É preciso lidar com o que se tem."

O dr. Brooks não se impressiona com o meu escárnio.

— Sim. Entendo que não queira ter transtorno bipolar. É bastante desafiador e pode ser frustrante lidar com isso. Mas você tem uma mãe que te ama, um lar e acesso a cuidados médicos. — O sorriso dele é mais caloroso agora, parecendo mais sincero e menos clínico. — E você tem muita força para lutar. Isso já posso afirmar.

Rá! Energia, arte e galáxias inteiras girando.

— Vamos dizer que eu concorde em mudar a medicação — digo —, mas ela continue me fazendo mal...

— Novas alternativas serão consideradas. E você será ouvida. Conheço a dra. Douglas. Sei que ela vai dizer a mesma coisa. Essa é uma promessa que vou fazer, e ela faria também.

Eu me recosto na cadeira, me preparando para a negociação. É como se estivesse ajeitando o banco do motorista para mim, e agora só precisasse engatar a marcha.

— Acho que isso só vai funcionar — digo, encarando-o —, se eu tiver escolha.

O dr. Brooks se inclina, como se compartilhássemos um segredo.

— Não poderia concordar mais.

— Lítio. — Ainda gosto da palavra. — Mas uma dosagem diferente. O que me diz? Ou acha que preciso de antidepressivo, lítio e mais alguma coisa?

— Vamos falar com calma sobre isso. — Ele abre a gaveta da escrivaninha. — Quer ler mais a respeito?

Quero saber tudo sobre todas as coisas do mundo, doutor.

— Quero, por favor.

Mais tarde, no quarto, levanto o vestido para ver minha

301

tatuagem. Então me ocorre: e se eu parar de odiá-la? E se a lótus, a cicatriz e as sardas do verão forem minha pátina? *Wabi-sabi* implica ver beleza na ferrugem e na pintura desbotada. E se eu deixasse que essas marcas fossem os carimbos de passaporte dos lugares em que estive, mas que não determinam para onde vou? E se eu pedir desculpas para Amala e Ruby e não der a mínima para o que o resto da escola pensa, porque sei a verdade? E se eu fosse honesta com Jonah e deixasse que ele fizesse suas próprias escolhas? E se não me sentisse mais tão envergonhada? E se eu lidasse com o que eu tenho?

Quando abro os olhos de novo, tem alguém se aproximando da janela, segurando uma cesta com as duas mãos. A princípio, imagino que seja minha mãe, mas a pessoa em questão tem cabelo preto e comprido. Ellie. Ela me vê e congela.

— Ah, nossa — Ellie sussurra. — Desculpa, achei que estivesse dormindo.

— Você... veio até aqui?

— É.

Não faz sentido. Subo um pouco no encosto da cama, ainda que isso faça meu ombro e minha clavícula doerem.

— O que tem na cesta?

— Ah, bom, só uns, tipo, só uns mimos. Desculpa, estava mais bonito, só que tiveram que inspecionar na entrada. Leah, Bekah e os outros me ajudaram a montar tudo.

Sei que a encaro com desconfiança, mas não consigo evitar.

— Tipo o quê?

Ellie coloca a cesta no pé da minha cama.

— Tipo, hum, xampu a seco. Sei que não é a mesma coisa que levar o cabelo no chuveiro de casa, mas... achei que podia ser bom.

— Pode me dar? — peço.

— Agora? Claro. — Ellie me entrega o xampu, parecendo mais confortável ao se aproximar. — Quer que eu passe pra você?

Assinto. Não sei bem o motivo, mas me sinto estranhamente próxima de Ellie nesse momento. Não fui legal com ela. Mas, mesmo assim, está aqui. Por quê? Ela se aproxima de mim e protege meus olhos, botando a mão sobre minhas sobrancelhas antes que eu sinta o spray no couro cabeludo. Tem cheiro de abacaxi. Ela massageia minha cabeça e sinto o calor de suas mãos. Seus olhos são muito escuros. Sua pele é macia, de um tom de cobre. Tenho certeza de que foi uma égua em outra vida — elegante, com uma crina longa e brilhante, pernas compridas. Poderosa, mas gentil por escolha. Até comigo, que fui péssima com ela.

Começo a considerar a ideia de que sou uma bruxa nesta vida.

Mas meu cabelo está muito melhor. Menos oleoso.

— Por que está fazendo isso? — pergunto, com os olhos fixos nela, que limpa as mãos com papel-toalha. — Fui uma vaca com você, e nem vem me dizer que não. Ainda assim ganho uma cesta de presentes?

— Pois é, você ganha — Ellie diz. — Porque depressão é ruim pra caralho.

Achei que ela fosse o que gosto de chamar de uma Perfeitinha. Normalmente não gosto desse tipo de garota, porque elas tendem a manter a pose e esconder o que realmente sentem. Então ouvir Ellie falar um palavrão com tanta facilidade parece deslocado, como se a princesa Kate dançasse até o chão ou mostrasse o dedo do meio para os paparazzi.

— Não sei muito sobre transtorno bipolar — ela continua —, mas meu irmão ficou internado aqui há alguns anos, na pior fase da depressão. Bom, não aqui. Na ala psiquiátrica mesmo. Então achei que devia passar para dizer que a melhor máquina de doces fica no segundo andar, perto das saídas de emergência.

— Seu irmão ficou internado aqui — repito.

— Sim. Ele poderia vir te visitar pessoalmente se não estivesse fazendo um curso de verão em outro país. Então achei que podia fazer isso no lugar dele.

— Então… ele melhorou. Está estudando e tudo.

— É, ele está indo superbem na faculdade — Ellie diz. — Agora quer ser médico para ajudar outras pessoas. Faz um monte de coisas no campus envolvendo educação sobre saúde mental, para que as doenças tenham mais visibilidade e tal.

— Alguma coisa aconteceu? — pergunto, sentando. — Tipo, teve um gatilho?

Não é uma pergunta educada, mas não me importo. Ela pensa a respeito, mordendo o lábio.

— Acho que não. Ele tinha uma vida e uma família normais, mas começou a se sentir… não digo triste. Não sentia *nada*, na verdade. Os médicos disseram que poderia ser hormonal ou algo relacionado aos receptores de serotonina. Vai saber...

Fecho os olhos, tentando segurar o choro.

— Comigo também. É como quando o dentista anestesia sua boca e você acaba mordendo o lábio ou a língua sem nem perceber. A princípio, é quase engraçado, tipo, "Haha! Olha só! Não estou sentindo nada!". Então a sensação continuou ausente, e achei que pudesse durar para sempre. Fiquei desesperada para sentir qualquer coisa.

Ellie assente.

— Diego vivia dizendo que achava que deveria poder controlar isso. Tipo, queria achar uma saída racional. Porque é sua própria mente, né? Mas é claro que não funciona assim. Às vezes você só precisa ser medicado.

Essas palavras me fazem querer chorar, mas de alívio, porque alguém me entende, em vez de ter *pena* de mim. Todo mundo parece sentir tanto pela minha situação, e, ao mesmo tempo, alívio por não estar no meu lugar. Ninguém se dá ao trabalho de se colocar no meu lugar, calçar meus sapatos — minhas lindas plataformas — e dançar com eles, nem por um minuto. Ninguém me encara e diz a simples verdade: a depressão é uma *bosta*.

Ellie respira fundo para voltar a falar, mas só solta um suspiro.

— Acho que estou falando demais, sinto muito. Não quis colocar palavras na sua boca, só...

— Não precisa se desculpar. Todo mundo é supercuidadoso quando fala comigo. Minha mãe e até os enfermeiros só dizem frases prontas ridículas, como se tivessem saído de um cartão de melhoras. Mas preciso mesmo é *gritar*, porra, porque parece que me jogaram no meio de uma guerra e nem consigo entender como posso estar tão puta e tão cansada ao mesmo tempo...

Meus olhos se enchem de lágrimas quentes. É um choro do tipo "tudo finalmente vem à tona". Do tipo que renova seu espírito, faz uma limpeza.

Ellie senta ao meu lado na cama, e não a impeço. Deveria ser esquisito. Sei que Jonah um dia vai se apaixonar por essa garota de um jeito que ainda nem compreende. Mas há uma estranha sororidade rolando aqui — uma que você só nota quando a máscara cai e percebe que o que havia por trás dela não assusta a outra garota. Ela me oferece um travesseiro.

—Vai. Grita.

Sem hesitar, enfio a cara no travesseiro e uso toda a força dos pulmões.

Grito por cada vez em que pareceu impossível levantar da cama, por cada vez que me senti sem esperança alguma, por cada vez que me assustei ao perder o controle, por toda a culpa e toda a injustiça.

Quando termino, meus ouvidos estão zumbindo — meu rosto está quente, minha garganta dói e pulsa. Eu me recosto e procuro acalmar a respiração.

Ellie começa a tirar mais coisas da cesta. Ela passa rímel e gloss coral em mim. Então pinta minhas unhas com um esmalte pink com glitter.

— Foi Bekah quem escolheu a cor? — pergunto, admirando minha mão direita já pintada.

— Na verdade, não — Ellie diz, sem desviar a atenção do trabalho de manicure. — Foi Naomi.

Por essa eu não esperava. Ela pinta a última unha e fecha o esmalte.

— Agora não tem nada tão brilhante e reluzente como eu em todo este hospital — digo, mas minha voz sai sem emoção. Ainda que me sinta melhor por dentro, não consigo reunir energia para demonstrar isso.

— Já não tinha antes — Ellie diz, sorrindo. — Última coisa. Do Jonah.

Ela coloca uma caixa branca no meu colo, do tamanho e com o peso de um bolo. É claro que Jonah me fez comida depois que gritei com ele. Talvez esteja escrito na cobertura: *Parabéns, Vivi! (Sua vaca).*

Abro a caixa e encontro tiras de massa douradinha entrecruzadas e cerejas perfeitas. Conheço as mãos cuidadosas que cortaram a massa, e sei que ele prefere cozinhar a assar. Posso vê-lo na cozinha, apertando as bordas da torta com perfeição. Na minha cabeça, suas sobrancelhas estão franzidas, e Jonah está irritado comigo mesmo enquanto me faz uma torta.

O bilhete treme na minha mão. Jonah Daniels é firme mesmo quando seus joelhos tremem. Torta de cereja com devoção e perdão para acompanhar.

— O que é? — Ellie pergunta, tentando espiar.

— Tudo — sussurro, com o lábio inferior trêmulo, e seguro o bilhete firme.

26

JONAH

Tem um clima de felicidade dominando o restaurante de um jeito que eu não via há muito tempo. Abrimos as janelas e a brisa refrescante espalha o cheiro de comida. Ellie escreveu com uma letra bonita na lousa da entrada:

estreia do novo cardápio
18h-21h
venha conhecer!

Estou vestindo a roupa de trabalho e até agora consegui mantê-la limpa. Fico arranjando desculpas para olhar pela janelinha da porta. Normalmente prefiro ficar nos bastidores, na cozinha. Mas hoje à noite quero ver como tudo vai acontecer.

Algumas pessoas já estão sentadas, mas a maioria está espalhada. Nossos garçons estão passando os últimos aperitivos, e logo vêm as entradas. A maior parte do público é de moradores da cidade — os mesmos que ajudaram a tornar as mudanças no restaurante possíveis. Todo mundo parece bem relaxado. Eu estava preocupado com isso. Tipo, "Ei, venha ao restaurante do meu pai morto, mas tente se divertir". Mas eles *estão* se divertindo. Leah está rindo de alguma coisa que Ethan, o amigo de Naomi que também é engenheiro ambiental, fez. Silas conversa com Carol Finney, que se formou na mesma faculdade para a qual ele vai este mês. Betty está ao lado da esposa, contando alguma história que faz seu rosto se iluminar.

— Pode ir — Felix diz, sacudindo um pano de prato para mim. — Tira uma folga. Está tudo sob controle.

É difícil não sentir que é demais. Enquanto ando pelo restaurante, sou bombardeado. Não consigo lidar com isso. Não sou bom com papo furado. Tento sorrir. Assinto educadamente. Aceito os tapinhas nas costas. Os elogios me deixam feliz, mas não sei como reagir. Preferiria que as pessoas fizessem os comentários simpáticos por escrito, então eu poderia lê-los depois sem que ninguém ficasse esperando pela minha resposta desconfortável.

O tempo todo tenho a impressão de que vejo minha mãe de canto de olho, mas sei que ela não vai vir. E tudo bem. Mostrei o novo cardápio e tudo o mais para ela. Fazia meses que não a via tão empolgada. Mas vir ao restaurante com todo o mundo aqui seria demais. Ela ainda não está nesse ponto.

Nem estou decepcionado. Porque *conversamos* a respeito. Minha mãe disse que não poderia vir e explicou seus motivos.

Disse que comentou com seu grupo de apoio e que todos a encorajaram a seguir seus instintos. Não precisei assumir que ela não viria porque ia ficar enfurnada no quarto. Minha mãe me comunicou sua decisão, como se eu fosse um adulto com quem pode ser sincera. Ela sabe que aguento.

No caminho de volta para a cozinha, pego um dos meus aperitivos preferidos: gruyère derretido com compota de figo e pão de alecrim da Ellie.

— *Hum...*

Não consigo evitar gemer de prazer, porque está simplesmente delicioso. Sim, fui eu que fiz, mas... o que posso dizer? Sou bom nisso.

— Roubando comida? — Ellie pergunta, me dando uma leve cotovelada. Ela está com a roupa de garçonete e o cabelo preso em um rabo de cavalo. — Estou surpresa que deixaram você sair da cozinha.

— Dei uma escapada. Está tudo pronto para as entradas, e tenho alguns minutos antes de começar a preparar as sobremesas.

— Ótimo. Queria pegar vocês emprestados por um segundo.

Ela puxa meu braço e me leva até meus irmãos. Estão todos aqui — Silas veio mais cedo com Isaac e Bekah para ajudar, e Naomi chegou com Leah um pouco mais tarde, para que minha irmã mais nova não ficasse entediada. Fico um pouco desconfortável com todos juntos no restaurante. Torna a ausência óbvia. A falta do meu pai faz meu estômago se retorcer.

— O que foi? — Leah pergunta.

— Vamos lá fora só um minutinho — Ellie diz.

Então Leah vira para mim.

— Jonah, amei a pizza! Foi o que mais gostei!

— Eu também! — Isaac diz.

Pizza? Isaac nota minha confusão.

— Aquela com queijo. Que tinha, tipo, umas fatias de maçã em cima.

— A focaccia?

Meus irmãos mais novos dão de ombros.

Hum. Era uma focaccia de brie com maçã e geleia de cebola. Eu tinha pensado que Leah ia odiar todo o cardápio até a sobremesa. Estava preparado para um coro de "Isso tem gosto de vômito!".

Agora estamos do lado de fora do restaurante, e Ellie faz sinal para que nos agrupemos. Lanço um olhar para Naomi, me perguntando se sabe do que se trata, mas minha irmã só balança a cabeça em negativa.

— Só quero tirar algumas fotos — Ellie diz. — Prometi ao meu pai.

Naomi, Silas e eu nos entreolhamos. Já estamos todos aqui mesmo. Vamos nessa.

Nós seis nos juntamos. Silas pega Leah no colo e Isaac abraça Naomi. A princípio penso que vou ter que forçar um sorriso, como quase sempre faço para as fotos. Então Bekah, que está com o braço na minha cintura, me aperta de leve. Sei que as coisas vão voltar ao normal amanhã, com um falando mais alto que o outro e tentando separar as brigas. Mas é uma noite boa.

— Digam xis! — Ellie grita, segurando o celular. Ela tira algumas fotos antes de nos separarmos. Silas coloca Leah no chão e Bekah me solta. Encaro Naomi. Nós três, os mais velhos, não nos abraçamos. Somos assim. Mas ela coloca o braço no meu ombro e no de Silas, e ficamos ali, num estranho amontoado de três que na verdade não é nem um pouco estranho. Os pequenos acabam se juntando a nós, e Leah abraça minhas pernas.

Sei que Ellie não está tirando fotos agora. É um momento só nosso. E, de qualquer maneira, existe algo aqui que uma imagem não conseguiria capturar.

Nós nos separamos quando a coisa começa a parecer solene demais.

— Você está *chorando*? — pergunto a Naomi, cujos olhos parecem marejados.

— Não! — Ela me dá um soquinho no braço, sorrindo. — Cala a boca.

Voltamos para dentro do restaurante como se nada tivesse acontecido.

Desde janeiro estou tentando acreditar que vamos sobreviver. E aqui, esta noite, é a primeira vez que me ocorre que vai ser mais do que isso. Vamos ficar bem. Talvez até ótimos.

Sei que o restaurante não é meu pai. Sei que seu legado é mais do que tijolos e argamassa. Sei que só cozinhar mingau para minha família não vai salvar todo mundo de doenças cardíacas. E sei que fazer uma torta para Vivi não vai consertar o que tem de errado com ela.

Mas o fato é que tentar melhorar as coisas às vezes nos deixa melhor também. O fato é que estou tentando criar coisas boas em meio às ruins. Com luto ou sem.

No meu caso, em algum lugar no meio.

Depois que o último convidado vai embora, limpo as mesas do pátio. As velas brancas já não passam de tocos, tremeluzindo.

A noite inteira, me senti mais próximo do meu pai. Dói, mas de alguma forma também alivia a dor.

Agora sinto uma presença real atrás de mim. Ela se aproxima como uma onda e algo mais. Flores. Sei que é Vivi antes mesmo de ouvir sua voz.

— Oi.

Ela está no beco ao lado do pátio, usando um vestido e rasteirinha. É um figurino comportado para seus padrões, e seus lábios estão rosa em vez de vermelhos. A tipoia cobre a parte de cima do seu corpo, enquanto os curativos fazem o mesmo com a perna esquerda. Ela fica parada ali, linda, e é como se meus olhos esquecessem os últimos dias. Como se fosse a primeira vez em que a visse e, ao mesmo tempo, a conhecesse desde sempre. Como o primeiro e o último dia.

— Oi.

Largo o pano com que estava limpando as mesas e vou até ela, que não se aproxima. Parece querer manter distância, hesitante.

— Desculpa por ter perdido a festa. — Ela passa a mão pela parede da loja de ferramentas em frente ao pátio. Acho que só faz isso para evitar meu olhar. — Achei que não dava para encarar todo mundo ainda e...

—Viv. Eu sei. Tudo bem.

— E desculpa por aquele dia no hospital. Não queria te agredir... eu só... — Ela suspira. — Sempre adorei O *mágico de Oz*. Toda garota quer ser Dorothy, ou talvez Glinda. Mas nunca quis ser o furacão.

Abro a boca para dizer que está tudo bem, que estou feliz em vê-la. Que, se ela é o furacão, não é porque levou o terror a uma cidadezinha, mas porque nos arrastou para um lugar colorido. Ela é mais rápida que eu.

—Você fez um trabalho incrível aqui, Jonah.

Ela finalmente faz contato visual, e não desvia mais o olhar.

— Obrigado. Sobrou um pouco de comida. Quer cheesecake ou outra coisa?

— Não, obrigada. Acabei de tomar café com o policial Hayashi. — Ela sorri diante da minha confusão. — Jantamos café.

Dou um passo em sua direção, porque ficar perto dela é instintivo para mim. Não sei bem por que está se segurando.

— Como está se sentindo? Dói muito?

— Estou bem. Os analgésicos ajudam. — Ela aponta para a parede ao seu lado. —Você devia fazer alguma coisa com essa parede branca. Aposto que o sr. Thomas não ia se incomodar.

— Ele até sugeriu, na verdade. Mas ainda não tive tempo.

— É. Você anda ocupado. — Vivi levanta o queixo e me encara de novo. — Quer dar uma volta? Pode sair um pouquinho?

O resto da limpeza pode esperar até amanhã. Tudo pode esperar quando se trata de Vivi.

— Claro.

Abro o portão e fico ao seu lado no beco. Normalmente, pegaria sua mão. Mas a normalidade já partiu. Não tenho certeza de que posso agir do mesmo jeito. Não tenho certeza se Vivi ainda gosta de mim como antes. Não tenho certeza de nada. Andamos pela Main Street em silêncio.

— Então... — Quero puxar assunto, mas não tenho o que dizer. É tudo esquisito, e vasculho o cérebro enquanto caminhamos pelas ruas de paralelepípedos. — Quais as... novidades?

Ela para. Queria ser flexível o bastante para conseguir dar um chute na minha cara. "Quais as novidades?" Que porra de pergunta é essa?

Então Vivi começa a rir. É um som leve, a princípio, até que ela está com a mão na barriga, gargalhando. Isso me faz rir também. Hesitante no começo. Mas cada vez mais solto. Ficamos frente a frente, sem conseguir parar. Vivi olha para mim, cobrindo a boca. Nos encaramos enquanto nossos corpos sacodem com as risadas.

Quando paramos, Vivi enlaça minha cintura, ainda dando risadinhas. E, simples assim, somos nós de novo. Mas um nós diferente, porque agora sei mais coisas. O que é bom.

Não tem nenhum carro passando, então andamos no meio da rua. Os postes de luz guiam nosso caminho.

— Ah, Jonah. Que semana. — Quero apoiar o braço no seu ombro, mas o gesso e a tipoia me impedem. Reprimo um arrepio ao pensar no osso saindo depois do acidente. — A festa de hoje foi tudo o que você queria?

— Foi, sim. Pareceu a coisa certa. Se é que faz sentido.

— Faz, sim.

— Então, hum, como você está, de verdade?

A encaro, que me encara de volta.

Pequenas rugas se formam no canto dos olhos quando Vivi sorri.

— Bem, até. Só fiquei vendo TV e dormindo, e os enfermeiros cuidavam dos meus curativos. Também fui numas sessões de terapia, uma com a minha mãe, inclusive. Foi... sei lá. Um alívio.

Estamos falando de coisas de verdade. Mas — não consigo explicar — é como se a pulsação da conversa se mantivesse estável. Parece quase casual. Ou, pelo menos, natural para nós.

— Terapia familiar... Foi bom? — pergunto. — Fico curioso, porque, bom, minha mãe começou a frequentar um grupo de apoio duas vezes por semana. Foi indicação do policial Hayashi, na verdade. Acho que ele ainda vai.

— É. — Ela sorri, claramente já sabendo disso. — Foi bem legal. Minha mãe e eu costumamos conversar bastante, mas foi útil fazer isso em um contexto diferente, acho.

— Minha mãe está querendo que todo mundo vá. Fico contente que tenha se encontrado lá, mas... — Olho para Vivi. — Não sei.

Há uma pausa, e fico pensando em algo para dizer. Vivi me ajuda.

— A mulher do meu pai me mandou uma carta. Minha mãe me entregou hoje.

Caramba.

— Sério? Uau. Isso é importante.

— É, mas ainda não abri. — Ela vê minha expressão e sorri. — Pois é, também fiquei surpresa. Quer dizer, se eu estivesse por perto quando Pandora estava com a caixa, eu ficaria no pescoço dela dizendo "Abre logo, garota!". Mas essa carta... é demais pra mim.

—Você acha que vai abrir em algum momento?

— Claro. Só tenho um monte de coisas em que pensar agora, preciso me dar um tempo. Mas continuo pensando que não perdi nada sem ele. E tenho minha mãe; sempre tive. E quem sabe um dia até conheça meus meios-irmãos.

Já saímos da cidade. Sabia que era para cá que estávamos vindo. É o ponto da costa de que Vivi mais gosta. Ela mantém o braço na minha cintura enquanto atravessamos a grama. Posso ouvir a água batendo abaixo de nós enquanto desviamos das flores amarelas.

A lua está brilhando no céu, como na noite em que entramos no mar. Parece que foi em outra vida. Uma vida inteira, mas não o suficiente. Ela para a poucos metros da beirada.

—Vamos sentar aqui —Vivi diz. — É o lugar perfeito.

27
VIVI

Sentamos lado a lado nesse pedaço de terra sobre o mar enquanto o vento revela segredos ao bater na grama. A luz da lua reflete no lindo cabelo de Jonah. Ele está me tentando, pondo minha força de vontade à prova, mas continuo firme, do jeito que devemos fazer quando somos verdadeiros.

Eu já tinha sentido o chamado das montanhas, da chuva, do sol, de casa. Mas o último rastro de dúvida foi apagado quando recebi uma mensagem de Ruby, ainda no hospital. Ela mandou uma foto de uma garota bonita sorrindo que eu nunca tinha visto, de pele morena e bochechas redondas, sentada à mesa do café preferido de Ruby. *O nome dela é Kara*, dizia a mensagem. *Estou apaixonada, Viv. Queria que vocês se conhecessem.* Levei o celular ao peito, chorando sem parar, sabendo qual é o meu lugar. Você pode ter saudade do lugar de onde veio e precisar voltar para casa. Essa saudade pode partir seu coração tanto quanto um relacionamento. Assim como a saudade dos seus amigos.

Então nunca me senti mais forte do que quando estava

fazendo as malas no meu quarto na casa de Richard. Usando um único braço para lembrar do presente, encarar o passado, abraçar o futuro. E nunca me senti tão triste. As duas coisas podem andar juntas. Sei bem disso agora.

Puxo o ar, solto e vou com tudo.

—Vamos voltar pra Seattle.

O silêncio se torna uma terceira presença, chegando e saindo, mudando de forma. Finalmente, Jonah suspira.

— Estava com medo de que fosse dizer isso.

— Daqui a dois dias.

— *Dois dias?* — Ele parece doente com a perda, a frustração, a confusão, tudo. Odeio fazer isso com Jonah, mesmo que haja uma parte de mim que fique feliz ao perceber que consigo fazê-lo sentir tanto. — Sua mãe não pode fazer você ir embora tão rápido... É maluquice.

Engulo em seco, quase constrangida.

— Fui eu que pedi para voltar o mais rápido possível, na verdade.

— Mas... por quê? Quer dizer... sei o motivo, acho, mas... — Jonah faz uma careta como se fosse fisicamente dolorido, e de fato é. — Não quero que você vá.

Pego sua mão.

— Eu sei... Mas é como a festa de hoje à noite. Sinto que é a coisa certa a fazer.

Ele coça o rosto, que está com a barba por fazer, e solta outro suspiro — uma constante que eu deveria ter esperado nessa conversa. Não é nem um pouco mais fácil para mim do que para ele. Só estou mais segura da minha decisão.

— Imagino que isso signifique que estamos terminando — ele diz.

"Terminar" é um conceito muito burguês. Simplesmente não combina com as minhas ideias de fluidez dos relacionamentos. Também suspiro, porque não tenho muito interesse em perder meu precioso tempo definindo o que os outros são ou não são para mim. Mas talvez Jonah precise disso, e quero dar qualquer coisa que ele precisa — desde que não seja eu. Isso não tenho como fazer.

—Vamos estar a doze horas de distância. Não vejo como podemos continuar.

— Poderíamos... mandar mensagens. E nos visitar.

Ele me observa para saber minha reação.

Fecho os olhos, e não consigo imaginar me encontrar com Jonah Daniels casualmente. Tomaríamos um café quando ele fosse visitar alguma faculdade em Seattle, e seria algo cotidiano, dois ex-amantes sentados frente a frente. Mas eu só ia querer subir na mesa e me jogar em seus braços, desesperada para voltar a este verão. Doeria demais.

Além disso, haverá outras garotas no futuro dele, e cada uma delas vai mudar Jonah de um jeito diferente. Vão ser mais obstáculos no nosso caminho. Eu o quero só para mim, mas também quero que sua vida lhe reserve aventuras — como espero que a minha reserve.

E só Deus sabe como as mensagens não vão bastar.

— Ah, Jonah. Você é raiz, e eu sou nuvem. Nosso amor sempre vai ser à distância.

Espero que ele sorria, mas Jonah parece tão arrasado que tenho que ser direta.

— Preciso fazer a coisa certa pra mim.

— Eu sei, e *quero* que faça isso. E eu apoiaria...

— Eu sei. Mas tenho que fazer isso para mim, no meu próprio tempo. Sei que nunca ia me apressar, mas acho que *eu* ia. Se planejássemos visitas, ia querer parecer melhor para você.

Ele abre a boca para dizer alguma coisa, mas subo em seu colo antes. Jonah está com os joelhos dobrados, e sento da mesma maneira, só que de frente para ele. Preciso de um minuto para me acomodar, por causa da tipoia no braço e das costelas quebradas, que doem. Então encaro seus olhos castanhos, que quase derretem minha certeza. O vento marinho balança nossos cabelos, e sinto um friozinho. Imagino como devemos parecer à distância — duas sombras emaranhadas, à beira do precipício, com o mar e as estrelas de pano de fundo. O que quero dizer é que há lugares piores para partir o seu próprio coração. E o de outra pessoa.

Mas termos nos encontrado já foi incrível, e é assim que deve ser.

— Talvez fôssemos planetas morrendo, Jonah, sendo atraídos para a escuridão. — Encosto a mão direita em seu rosto, desejando poder fazer o mesmo com a esquerda. — Quando colidimos, voltamos à nossa órbita. E agora é isso que temos que fazer: retomar nosso caminho, depois de ter ajudado um ao outro.

— Parece solitário — ele diz, com um sorriso autodepreciativo.

Meu coração se revolta dentro da minha caixa torácica, gritando comigo: "Traidora! Traidora!".

— É, talvez seja um pouco solitário.

Jonah ajeita uma mecha de cabelo atrás da minha orelha. Seu sorriso não esconde seu sofrimento — posso senti-lo.

— Podemos dizer "um dia"?

Eu me inclino para encostar meus lábios nos dele. Sinto seu cheiro de xampu, orégano e tudo o que quero manter comigo, mesmo não podendo agora.

— Um dia, Jonah. Um dia.

Ficamos ali, com nossas testas grudadas. Jonah Daniels, meu fofo de cabelo bagunçado, calça cáqui e bom coração me deu muitas das coisas de que eu precisava. E sua família maravilhosa e barulhenta me fez desejar algo que nunca tinha desejado: aquele tipo de amor. Talvez eu cresça, me apaixone e tenha uma dúzia de filhos. Talvez eu compre uma casinha com uma mesa de jantar bem grande e uma varanda para que meus amigos possam sempre vir tomar vinho e dar risada, mesmo nos tempos difíceis.

Sempre me concentrei nas *coisas* que eu queria da vida — paletas de cores de tinta, tecidos especiais, céus cheios de estrelas, dançar na ponta dos pés, cheiro de jasmim. Mas normalmente me imagino sozinha ou me apaixonando pelos mais diferentes tipos de pessoas. Recentemente, comecei a sonhar com as relações permanentes que quero ter. Os amigos que vão ficar na minha vida para sempre. Pessoas que sei que vão me amar mesmo quando eu estiver mal — como Jonah. E, se é isso que quero, então tenho muito trabalho pela frente. Amo Ruby e Amala demais para não tentar.

Tenho uma muda de bordo japonês e vi como uma vida lindamente enraizada pode ser. Mas tenho um longo caminho a percorrer antes de decidir onde plantar as raízes.

— Preciso dizer uma coisa.

Queria conseguir explicar tudo a Jonah. Mas "transtorno bipolar" é um termo intraduzível. Eu poderia dizer a ele que às vezes parece um brinquedo de parque de diversões, rápido, vertiginoso e até divertido no começo. Mas então dura tempo demais, e você não consegue parar. Poderia dizer que machuquei minhas amigas sem querer. Poderia dizer que a depressão me fez sentir como uma casca vazia e sem vida. Isso poderia ajudar, mas é tão complexo, e é meu. Meus sentimentos têm saídas nos fundos e alçapões, e ainda estou aprendendo sobre eles. Ainda não consigo articular direito o que ser bipolar representa para mim, mas consigo articular o que *Jonah* representa para mim, então respiro fundo.

— Quero que saiba que eu não mudaria nada neste verão. Bom, pensando bem, isso não é verdade. — Solto uma risada atrevida e recomeço. — Na primeira noite que fomos para a praia, fiquei de camisola porque não via motivo para colocar uma roupa. Eu sou assim. Mas, no dia antes do acidente, usei a mesma camisola pela cidade inteira, sem nem me importar com o que os outros iam pensar... e, bom, isso é algo que eu não teria feito. Mas ainda haveria piqueniques, peças teatrais feitas por nós e caças ao tesouro. Eu teria te amado do mesmo jeito.

— Eu sei — ele diz, mas então fecha os olhos por um segundo, sem conseguir esconder o alívio. Jonah está com a mão na minha bochecha e me observa tão admirado que quase não consigo acreditar que vou partir para longe disso.

— Não muda nada pra mim também, Viv. Sabe disso, né?

Fecho os olhos. Sim. Eu já sabia, mas é bom ouvir.

— E obrigada pela torta — sussurro, enquanto a primeira lágrima rola pelo meu rosto. — Nunca vou esquecer.

— Nem eu.

Deus sabe — e Jonah Daniels também — que não estou falando só da torta. Três palavrinhas estão marcadas no meu coração: *Jonah esteve aqui.*

Estou atolada na realidade: gastei todo o meu dinheiro, magoei minhas amigas, não tomei alguns remédios, mas tomei outros e vou tomar mais. Vai ser um caminho difícil. Me sinto um pouco esvaziada, mas não oca. Às vezes, é como se fosse uma tela em branco.

Quase tento explicar outra palavra intraduzível a Jonah: *śūnyatā*. É uma ideia com origens budistas e inúmeros significados, que dependem do contexto. Acho que "vazio" é o mais próximo, mas costumamos associar isso à falta, a lacunas. *Śūnyatā* é abertura às possibilidades, um espaço meditativo.

Mas sinto os lábios quentes de Jonah nos meus, então desfruto desse último beijo. Ninguém nunca diz isso sobre as histórias de amor: só porque acaba, não significa que deu errado. Uma torta de cereja não deu errado porque você comeu tudo. Foi perfeita enquanto durou. E revelar seu verdadeiro eu para outra pessoa, aquilo que você realmente é, e receber o mesmo de volta, é uma bela fatia de vida. Algo que vai me acompanhar por todos os meus "um dia".

Deito na grama fresca ao lado dele, enquanto planetas colidem acima de nós, e ficamos assim por um longo tempo, até o fim. Minhas bochechas estão molhadas, mas meu coração... ah, meu coração está tão cheio.

28

JONAH

— Oi — diz uma vozinha. — Oi, oi, oi! Adivinha só! Tem waffles!

Abro um olho. Leah está sorrindo para mim enquanto pula na beirada da cama. Fiquei acordado até o sol nascer com Vivi anteontem, e ainda estou com uma dor de cabeça horrível.

— Vem logo, Jonah — Leah diz. Ela usa todo o peso do corpo para me empurrar. — Só falta você.

— Tá bom, tá bom — digo, sentando. — Seu cabelo está legal.

— Obrigada. — Leah passa as mãos pelas tranças bem-feitas. Não tenho ideia de como fazer esse tipo de coisa. — Foi a mamãe que fez.

Desço as escadas atrás de Leah. Algo me faz parar na porta da cozinha. E não é só o cheiro de waffles quentinhos.

Naomi está comandando a máquina de waffles. Isaac está

tentando, sem sucesso, fazer malabarismo com três laranjas. Bekah está concentrada, com a língua para fora, enquanto corta morangos. Silas está devorando a primeira leva de waffles, com açúcar polvilhado e chantili.

Minha mãe coloca água na cafeteira. Está de pijama, como todo mundo, tirando Silas, que já está com o uniforme do trabalho.

Minha família está por todo canto, ocupada com tarefas individuais e se atropelando. Mas, de alguma forma, estão fazendo tudo juntos. É uma cena tão familiar que parece que vou dar de cara com meu pai a qualquer momento. Sei que não vai acontecer, mas, de alguma forma, é como se ele estivesse aqui na cozinha — na determinação de Naomi, no humor fácil de Silas, na sensibilidade de Bekah, na precocidade de Isaac, na animação constante de Leah, no meu... é, não sei. Mas espero que em algo. E em algo bom.

Silas coloca o prato na pia e vira para mim.

— E aí, Bela Adormecida?

Solto um resmungo. Ele me bate com o avental ao passar.

— Silas — minha mãe fala por cima do ombro —, não esquece de deixar a lista de artigos para o dormitório comigo antes de ir trabalhar. A que está no site. Vou ver o que já temos.

— Certo — ele diz, correndo escada acima.

— O que você quer de cobertura, Jonah? — Bekah pergunta.

— Hum... Morangos e calda de chocolate.

Sento em uma banqueta. Leah pega a lata de chantili e aperta direto na boca. Meu pai costumava fazer isso com a gente. Dávamos gritinhos de felicidade. Era bom demais para ser verdade, comer chantili puro.

— Ei — minha mãe diz a Leah. — Assim você vai perder o apetite com açúcar puro, mocinha.

— Desculpa — Leah diz, com as bochechas cheias. Mas ela claramente não se arrepende.

Minha mãe balança a cabeça como quem diz "Só vocês!".

— Bom dia, querido. Quer café?

— Quero, por favor.

Ela pega outra caneca no armário. Naomi corta um waffle para Bekah, que coloca morangos e chantili em cima e passa para Leah. É uma linha de montagem eficiente, como a do restaurante. Deixaria meu pai orgulhoso.

— Isaac — minha mãe chama. — Para de brincar com as laranjas e vai comer.

Uma das frutas do malabarismo cai e bate no balcão.

Quando o café está pronto, minha mãe enche as canecas e me entrega uma. Ela senta à mesa da cozinha diante de um prato de waffles. Bekah e Isaac ficam ao seu lado. Fico entre Naomi e Leah.

Tenho que contar a Leah que Vivi vai embora hoje e é provável que nem se despeça. Espero que ela experimente os waffles primeiro. Então falo com uma voz calma e baixa:

— Vou encontrar a Vivi hoje, antes que vá embora. Quer mandar um desenho pra ela ou algo assim?

Mandei uma mensagem ontem, para perguntar se precisava de ajuda para empacotar as coisas. Ela disse que não. Fiquei tão decepcionado que quase passei lá mesmo assim. Mas Vivi me disse que podíamos nos encontrar no parque hoje. É claro que nossa despedida seria dramática, com horário marcado e expectativa. Estou meio com medo, meio ansioso.

Leah balança a cabeça.

— Já dei um. Ela veio aqui ontem de manhã e a gente brincou um pouco.

— Vivi veio aqui enquanto eu estava no restaurante?

— Uhum. A gente brincou com os pôneis e tudo.

Recorro a Naomi em busca de mais informações.

— Você estava aqui?

Naomi assente, sem tirar os olhos dos waffles.

— Todo mundo estava.

Com a voz mais baixa, pergunto:

— E por que ela veio? Se despedir?

Naomi mastiga um pouco e engole.

— Disse que veio pegar alguma coisa da Sylvia. Acho que até disse um "até mais". Foi bem... sei lá. Bem Vivi.

Penso a respeito. Entenderia se ela simplesmente desaparecesse, depois de tudo o que aconteceu. Mas, em vez disso, ela veio quando sabia que eu não estaria em casa. Para passar mais um dia feliz com meus irmãos. Sinto algo na garganta. E não acho que seja o pedação de waffle que estou tentando engolir.

Sentada numa banqueta, Leah balança os pés.

— Não queria que ela fosse embora. Fico triste quando penso nisso.

— É — digo. — Eu também.

Naomi balança a cabeça e sorri com ironia.

— Quer saber? Eu também.

★

Tomo um banho, faço a barba e tento deixar meu cabelo apresentável. Tenho um nó de marinheiro na garganta. Vou andando até o parque, até Vivi, e essa parte é fácil. O que não sei é como vou me afastar dela.

No caminho, penso na obsessão de Isaac por arqueologia. Entendo. Os ossos de dinossauro, os artefatos antigos, as tumbas descobertas... tudo é legal. Isso me vem à cabeça porque Vivi entrou na minha vida com um pincel de escavação e tirou toda a poeira da frente. Ela me encontrou sob todos os escombros, então sempre vou ser um pouco dela. Como posso me despedir de alguém assim?

Estou a metros de distância do parque e já sei que ela não está aqui. Dá para sentir a presença de alguém como Vivi. Ela estremece o chão sob seus pés. E não sinto nenhum tremor agora.

Tem um bilhete na árvore mais velha do parque, aquela em que Vivi escreveu seu nome. Então vai ser assim. Ela pode se despedir, mas eu não. Deveria ter desconfiado.

Querido Jonah,

Eu menti. "Tchau" é a palavra de que menos gosto em todo o vocabulário, muito pior que "esguicho" ou "protuberância", e não conseguiria dizer isso na frente do seu lindo rosto. Manda beijos pra sua família, tá? Acho que fui me apaixonando um pouco mais a cada dia por cada um de vocês. Mas principalmente por você, claro. De um jeito louco e lindo. Mas não conte a Isaac, ele ficaria chateado.

Talvez na minha próxima vida eu seja uma onda no mar e você seja uma montanha, e a gente passe anos e anos se encontrando. Você vai mudar dolorosamente devagar, e alguns dias vou bater forte em você, mas em outros vou me aproximar delicadamente, com beijinhos. Parece com a gente, não acha?

Ou talvez a gente ainda se encontre nessa vida. Talvez eu esteja trabalhando como figurinista de um filme em uma cidade onde você tenha seu próprio restaurante, então nossos olhos vão se encontrar no meio de uma rua lotada e vou sussurrar: "É você". Talvez eu entre no seu pequeno bangalô enquanto sua noiva está viajando a negócios e a gente faça amor, como em nossas vidas passadas e nesta. Isso não é muito a sua cara, mas sonhar não custa nada.

De qualquer maneira, Jonah, mal posso esperar para ver quem você vai se tornar.

Até um dia.

Vivi

P.S.: Deixei algo pra você no pátio do restaurante. Levei a noite toda. Chamei de "Como dizemos adeus".

Pisco, absorvendo sua assinatura e a marca vermelha de batom de seu beijo de despedida ao lado. É claro que ela optou por uma saída dramática, mesmo sem aparecer. Não podemos ficar juntos, sei disso. Mas queria vê-la uma última vez. Queria agradecer; ter uma última chance de memorizar tudo nela.

Corro para o restaurante, por causa do que li no bilhete. O que pode ter me deixado? O que teria levado a noite toda?

Nem entro. Vou direto para o pátio pelo beco lateral e paraliso. Achei que tivesse deixado algo sobre a mesa. Mas não.

Na parede oposta ao pátio, Vivi pintou um mural.

Meu coração acelera. Tento imaginá-la em cima da escada a noite toda, com uma tipoia no braço, sob as luzes do pátio, que ainda estão acesas. Ela fez isso por mim. *Como dizemos adeus.*

O farol de Verona Cove está em primeiro plano. Além dele, há alguns barcos — sete deles —, com velas brancas. Não sei como Vivi conseguiu dar tanto movimento a uma parede, como se as velas balançassem. Quase consigo ouvir o vento batendo nelas. Tem um barco maior à distância, velejando rumo ao canto esquerdo superior do mural. O horizonte é azul e dourado, convidativo e infinito. O barco solitário navega orgulhoso, um pioneiro rumo ao desconhecido. Os sete barcos na baía parecem estar se despedindo, desejando uma boa viagem. Vivi colocou tudo dela em uma única pintura, das bandeiras náuticas à embarcação maior.

Aprendi as letras associadas às bandeiras náuticas quando era pequeno. A primeira é "D". A segunda, azul e branca, é "A". Espera. Meus olhos percorrem todas. Ela escreveu DANIELS. A revelação me atinge como um chicote. São sete barcos na água. Um para cada membro restante da minha família.

Esta não é uma pintura sobre Vivi e eu nos despedindo.

O barco maior que está partindo para novas aventuras... é

meu pai. Meu Deus. É um retrato de família. Somos os barcos. Só entendi agora. Como não percebi de cara?

Meus olhos se enchem de lágrimas quentes. Porque, aparentemente, chorar é uma coisa que faço com facilidade agora. Sinto o peito oco de saudade do meu pai.

Toco a linha do horizonte, passando a mão pela tinta ligeiramente úmida. O dourado se desfaz em todos os tons de azul onde o oceano mergulha no nada. "Você acredita no céu?", Vivi me perguntou uma vez, e eu disse a verdade: que quero acreditar. Com uma pintura, ela me deu algo de que venho precisando há meses: alegria, mesmo na incerteza. O que tem além da linha do horizonte? Quantos de nós chegam ao "um dia"? Não sei.

Mas só porque não sei, não significa que não pode ser ótimo.

Um segundo depois, noto as letras miúdas no canto inferior do mural. Mas sabia que estariam aqui do mesmo modo que sei que um dia estarão espalhadas pelo mundo inteiro.

Vivi esteve aqui.

EPÍLOGO

VIVI

SEATTLE ESTÁ ATRÁS DA JANELA do banco de passageiro, borrões verdes e brancos. Postes e edifícios. Água batendo contra os barcos. O verão desbotando, se tornando rosa-escuro.

— É bom estar de volta, não é? — minha mãe pergunta, virando o volante. — Como vestir uma blusa velha que você adorava.

— Uhum. — Eu me viro no assento para ver o monte Rainier à frente. Ele é um gigante gentil, e senti saudade da forma inclinada de seus ombros sobre o horizonte. Cuidando de mim por tanto tempo.

E, mesmo assim, Verona Cove deixou sua marca em mim, tornando-se parte da topografia da minha alma. Eu espero olhar para a pele pálida do meu antebraço e encontrar falésias escuras desenhadas nela.

O carro faz as curvas da estrada, e encosto minha cabeça

contra o vidro, respirando na janela. Desenho com o dedo duas linhas no vidro embaçado que formam um V.

Nossa rua. Nossas árvores. Nossa casinha.

Duas figuras conhecidas estão sentadas na nossa varanda, e respiro fundo e ofegante. Ruby está acenando ao lado de sua mãe, e levanto minha mão direita, desejando não estar tão cansada da viagem. Meu cabelo está bagunçado e meus lábios, pálidos. Não que eu me importe que Ruby me veja assim. Ela já me viu com máscara de argila, resfriada, chorando com rímel escorrendo e muco descendo pelo meu nariz. Mas eu queria voltar para casa renovada, triunfante.

— Eu mandei mensagem pra elas na nossa última parada — minha mãe diz. — Espero que não tenha problema.

— Não tem.

A bainha de náilon raspa meu vestido quando abro a porta do carro.

Ruby se aproxima, sua sapatilha de balé batendo no caminho de entrada. Eu senti saudade dela — saudade de conversar com ela, de rir com ela —, mas acho que só agora percebi como senti falta de vê-la. O jeito como o cabelo dela se mexe quando se apressa, liso e brilhante sobre os seus ombros. Seu sorriso, com um batom rosa-choque como se fosse a cobertura de um doce. Eu sei como ela se move, como ela se faz ouvir.

—Viv! Ai, meu Deus, você está loira! Está incrível!

Sei que Ruby está prestes a me envolver num abraço apertado, mas ela se detém. Seus olhos analisam minha clavícula enfaixada, minha tipoia, minha perna.

— Minha nossa, Viv. O que aconteceu? — ela pergunta, assustada.

Tento sorrir, mas só metade da minha boca coopera.

— Muita coisa.

Nós ficamos lá, à distância de um metro ou um pouco mais — um verão ou um pouco mais —, até que trocamos um olhar. Solene e profundo, uma troca que me diz que ela me vê. Me vê por inteira. Os dias para baixo e os acelerados, e os tranquilos entre eles.

Ruby me puxa para um abraço pelo meu lado bom, e envolve o braço ao redor do meu pescoço. Eu abraço sua cintura, achando que vai terminar ali, mas ela encosta a bochecha na minha, como se quisesse uma prova de que eu estou mesmo ali, e diz:

— Senti tanto a sua falta.

— Eu também. — E me deixo sentir isso, a verdade pesada que é tentar se virar sozinho, sem ter alguém que realmente te conhece por perto.

Quando ela me solta, dou um sorrisinho, e abro a porta de trás com meu braço bom.

— Ei. Quer conhecer a Sylvia?

Ruby solta um gritinho, e solto meu dragãozinho de pelos de sua caixa de segurança.

— Mentira! Sua mãe finalmente deixou?

Sylvia lambe o queixo de Ruby, se contorcendo em seus braços. Eu coloco a coleira nela quando Ruby a solta na grama.

— Essa e a nossa casa, Syl — digo. Ela parece aprovar.

A sra. Oshiro me dá um abraço quando entramos.

— Oi, mocinha — ela diz, me levando para dentro. — Espero que esteja com fome. Não conseguimos decidir de qual delivery você estaria sentindo mais falta, então pedimos em todos.

Uma voz malvada aparece no fundo da minha cabeça: *Você não os merece*. Mas talvez o universo já soubesse que as coisas nem sempre iam ser fáceis para mim. Talvez ele tenha me dado as melhores pessoas justamente porque sabia que eu ia precisar delas. E não seria rude da minha parte não aceitar o amor que me foi oferecido? Eu não estaria cuspindo bem na cara do destino?

Elas ficam depois do jantar para nos ajudar a desfazer as malas. Minha mãe liga o rádio, e o momento parece uma festa. Minhas roupas estão de volta ao meu armário. Meus bichinhos de pelúcia de volta à minha cama. Só uma parte do meu coração está faltando, deixada no pequeno bangalô de uma família que não é a minha. Mas eles foram, não foram? Pelo menos por um verão.

— Bom — a sra. Oshiro diz —, melhor irmos embora para vocês se acomodarem.

—Você pode ficar — digo a Ruby de maneira automática, sem conseguir me conter. — Se quiser.

Ela assente sem hesitar e damos início à rotina que tivemos ao longo de muitos anos. Encher o colchão de ar ao lado da minha cama. Decidir qual filme de terror vai nos fazer rir mais. Ela pega os mesmos pijamas que sempre veste quando dorme aqui. A essa altura, já são dela.

E agora que somos apenas nós duas, posso perguntar sobre tudo que senti saudade.

— Ei, Roo. — Ela para de arrumar o lençol em seu colchão e me encara. — Quero que você me conte sobre ela.

— Kara? — Ela pronuncia *Car-áh*.

— Sim. — Eu me ajeito no meu travesseiro como se Ruby fosse contar uma história de ninar.

Ela me conta sobre como as duas se conheceram no primeiro turno dela na cafeteria. Como, depois de umas duas semanas, um cara que trabalhava com elas virou e disse:

— Parem de flertar e vão limpar umas mesas.

Ruby disse que suas bochechas ficaram vermelho-vivo. Ela entrou em pânico achando que Kara ficaria tipo "Eca, que nojo!".

"Nossa!", Ruby sussurrou para Kara, fingindo rir. "Ele acha que a gente está flertando?"

"Puxa, eu meio que estava", Kara respondeu.

Sessões de filmes ao ar livre, no parque, sobre colchas de retalhos. Tardes inteiras em sofazinhos de restaurantes, rindo enquanto comiam comida vietnamita. Shows no nosso lugar favorito. Planos. Costurando os detalhes das vidas das duas juntas.

— Você quer conhecê-la logo? — Ruby pergunta.

— Sim, por favor.

Ela fica em silêncio por um instante, refletindo.

— Você vai me contar tudo o que aconteceu no verão? Não hoje à noite, mas um dia?

— Claro. — Quando eu encontrar as palavras certas. Quando eu conseguir explicar a inevitabilidade de Jonah Daniels. Parece impossível que Ruby me conheça tão bem sem conhecê-lo. Ele é uma parte de mim agora, um pedaço de vidro do mar no mosaico que me compõe.

—Viv? — ela me chama.

— Sim?

— É uma história de amor?

É claro que é. Mais de uma. Porque, no fim, tudo foi uma história de amor, não foi? Eu e Jonah, com certeza. Mas eu e Verona Cove também. Eu e minha mãe. Eu e o mundo, mesmo nós dois enferrujados e desvanecidos.

— Ah, Roo — digo para a escuridão. — Do tipo em que você não vai nem acreditar.

Acordei agitada pela manhã. Raios de sol passavam pela janela. Meu braço doía. Nesses primeiros momentos sonolentos, quase engasgo de surpresa. Este não é meu quarto em Verona Cave, nenhuma janela virada para a estrada, de onde uma vez olhei para Jonah como se eu fosse a própria Julieta. Não estou mais lá. Não estou a alguns passos do oceano. Não estou a apenas alguns passos do restaurante cheio de rostos conhecidos.

É a mesma sensação de sair do cinema depois de ter assistido um filme muito bom. A indelicada luz do sol e o entendimento de que os seus problemas ainda estão com você. Mas não foi um filme. Foi real. Pego meu celular para ter certeza e, sim, o plano de fundo é uma foto minha e de Jonah, rindo juntos com as ondas atrás de nós.

Não estou lá.

E Ruby não está aqui também. O colchão de ar está vazio, só com os lençóis sobre ele. Mas tudo bem. Talvez ela tivesse que ir a algum lugar cedo.

Apoio meus pés no chão, procurando por Sylvia para me confortar, mas ela também não está aqui. Deve estar lá embaixo com minha mãe, que posso ouvir andando pela cozinha.

A cozinha está clara por causa da luz do sol. E não é minha mãe quem está andando pela cozinha, mas sim Ruby, ainda de pijamas. Seus cabelos pretos ainda estão bagunçados.

Ela está colocando alguma coisa num jarro de cerâmica.

— Você está aqui — digo, sem realmente dizer. Parei logo na entrada para observar a cena.

— Sim, claro. — Ela me encara, surpresa.

— Bom dia, meninas — minha mãe diz. Ela está no ritmo do café da manhã, com um jornal cobrindo o rosto. Sylvia sai do seu lado e corre até mim.

— Vou fazer torradas — Ruby anuncia. — Quer?

Eu me pergunto se em algum momento da minha vida vou ser capaz de ver alguém trabalhando em uma cozinha e não pensar em Jonah Daniels.

Mas não me sinto triste. Bom, na verdade sinto. Só não me sinto *apenas* triste. Me sinto triste e sortuda. Me sinto antiga e novinha em folha. Duas coisas opostas podem ser válidas ao mesmo tempo. Ninguém nunca fala sobre isso.

Posso ter certeza sobre o caminho que tenho pela frente, e ainda assim sentir falta das pedras que me trouxeram até aqui.

Posso estar feliz em Seattle com a minha família, e ainda assim ser verdadeira — mais do que Jonah imagina — quando digo que vou sentir saudade dele todos os dias.

Posso estar presente para seja lá o que viver em seguida, difícil ou não. E eu estou. Estou aqui.

NOTA DA AUTORA

Eis a verdade: não tinha certeza se deveria escrever esta nota, porque *Queria que você me visse* é só uma história de amor que se passa em um mundo muito parecido com o meu. Alguns de nós vão à terapia, são medicados, têm que balancear atividade física e horas de sono para se manter mentalmente equilibrados. E há dias ruins. Mas também há dias bons: com festas, galerias de arte, férias, felicidade verdadeira sob o sol. Essas coisas podem coexistir. E de fato coexistem. Esse é o meu normal.

Mas aí é que está: nem sempre achei que havia normalidade nisso, e me preocupa o fato de que não falamos o suficiente sobre saúde mental. E, nesse caso, como podemos iluminar os recantos que parecem tão escuros e solitários a alguns de nós? Por isso resolvi me estender sobre isso aqui.

Eis o que eu gostaria de dizer. É claro que este é um livro de ficção, mas a depressão — seja clínica, motivada por trauma ou luto, ou como parte do transtorno bipolar — é bastante real. Se você, como Vivi, está com dificuldades de cuidar da própria saúde mental, ou, como Jonah, está sofrendo ou precisa apoiar alguém nessa situação, sugiro que converse com alguém em quem confia. Pode ser seus pais, um professor, um orientador ou um terapeuta. Tenho uma lista na cabeça de todas as pessoas que conheço e admiro que convivem com problemas de saúde mental. Pessoas que enfrentaram dificuldades e venceram. É claro que requer esforço, mas sempre recorro a esses amigos e familiares, a essa lista. Quando estou lutando contra minha ansiedade, repasso suas histórias na minha cabeça, como uma oração ou uma música. Lembro que um diagnóstico não é um destino, mas um caminho que você tem que percorrer — com autonomia e acompanhado, do jeito que preferir. Essa jornada pode aproximá-lo das pessoas à sua volta e levá-lo até onde deseja ir. Acredito nisso do fundo do meu coração.

Às vezes parece que os retratos que vemos de doenças mentais — nos filmes e no noticiário — são sempre trágicos. Mas, por favor, me escute: há milhares e milhares de outras histórias. Pode ser difícil às vezes, e o caminho nunca é perfeito, mas dá para chegar lá. Há algumas semanas complicadas em vidas maravilhosas. É a história de Vivi, e a minha também.

Fale. Porque, embora às vezes não pareça, os dias bons estão à sua frente. Reivindique-os.

Se você ou alguém que você conhece está com depressão ou pensando em se machucar, não hesite em buscar ajuda.

Centro de Valorização da Vida (CVV)
www.cvv.org.br
Telefone: 141

Associação Brasileira de Familiares, Amigos e Portadores de Transtornos Afetivos (Abrata)
www.abrata.org.br
Telefone: (11) 3256 4831

Associação Brasileira de Estudos e Prevenção do Suicídio (Abeps)
www.abeps.org.br

Fênix — Associação Pró Saúde Mental
www.fenix.org.br
Telefone: (11) 3208 1225

AGRADECIMENTOS

Antes de tudo, agradeço a Bethany Robinson, grande amiga de Vivi e minha, crítica e parceira na mesma medida. Te amo e, além de tudo, gosto de você.

A Taylor Martindale, meu confiável agente e navegador. Independente da direção na qual quero seguir, você me conduz com entusiasmo e confiança, e mais ainda neste livro. Obrigada por ir até as águas mais profundas comigo.

À minha editora, Mary Kate Castellani: obrigada por embarcar nessa história com toda a atenção e cuidado. Sou grata especialmente pelos ouvidos muito sensíveis à voz de cada um dos personagens e pelo apoio incondicional que me deu durante as revisões e leituras posteriores.

À equipe da Bloomsnury: Erica Barmash, Amanda Bartlett, Hali Baumstein, Beth Eller, Lili Feinberg, Cristina Gilbert, Courtney Griffin, Melissa Kavonic, Linette Kim, Cindy Loh, Donna Mark, Lizzy Mason, Cat Onder, Emily Ritter, Nick

Thomas, Ilana Worrell e Brett Wright. Tenho muita sorte de poder contar com seu trabalho árduo, suas mentes afiadas e sua criatividade. Obrigada por dar um lar aos meus livros.

Sou eternamente grata àqueles que compartilharam sua experiência comigo antes e durante o processo de escrita deste livro. Em particular aos leitores-chave que me agraciaram com suas ideias ao longo do caminho. Obrigada por me mostrarem uma parte de si e me deixarem fazer o mesmo. E, mais do que isso, obrigada por permitirem que eu me visse ao lado de pessoas tão boas.

Estou com uma dívida enorme com a dra. Martine Lamy por responder minhas perguntas iniciais e por usar todo o seu conhecimento para revisar o manuscrito final. Martine, obrigada pela ajuda, pelo cuidado com que me guiou e especialmente pelo trabalho maravilhoso que faz todos os dias.

Agradeço à minha família por me apoiar e me inspirar com seu amor e sua força. Não vou dar o nome de todo mundo porque são pessoas demais, e essa é uma das maiores bênçãos da minha vida. Não trocaria vocês por uma família menor (ou normal) nem em um milhão de anos. Um obrigada especial à minha mãe, ao meu pai e aos meus tios, que me deram todo o apoio quando precisei falar sobre esta história. Meu amor eterno ao meio tio Todd, de cujo humor, zelo diário e devoção à família mantive em mente quando estava escrevendo.

Aos meus amigos, agradeço por me fazerem rir, me inspirarem e quase me irritarem sendo tão espirituosos e bonitos. Alyssa, Janelle e Kristen, já que vocês sempre esperam até o fim dos eventos e se contentam com uma dedicatória rápida nos livros de vocês para que a gente possa ir logo jantar, aqui vai impresso: vocês são a razão pela qual sempre penso nas amizades como as verdadeiras histórias de amor da adolescência.

Estou escrevendo isso no avião enquanto volto de um festival literário, e não sei se há uma palavra para o tanto que amo a comunidade YA. Pegando emprestado de Viv: *espetacularidade, explosivisão*. Leitores, educadores, bibliotecários, livreiros: obrigada por trazer tamanha energia e paixão a esse mundo. Meus amigos escritores: um milhão de obrigadas pelas conversas sobre a vida, a arte e o trabalho, pelas muitas risadas, por estarem tão próximos. E um agradecimento especial a Kate e Jasmine, que me ajudaram quando meus pneus (os literais e os metafóricos da criatividade) furaram no ano passado.

Finalmente, a J., que pinta os cantos do meu teto e é a montanha do meu mar: obrigada por compartilhar seu trabalho, sua vida e sua bondade comigo.

ESTA OBRA FOI COMPOSTA PELA VERBA EDITORIAL EM BEMBO
E IMPRESSA PELA GRÁFICA BARTIRA EM OFSETE SOBRE PAPEL PÓLEN SOFT DA
SUZANO PAPEL E CELULOSE PARA A EDITORA SCHWARCZ EM FEVEREIRO DE 2018

A marca FSC® é a garantia de que a madeira utilizada na fabricação do papel deste livro provém de florestas que foram gerenciadas de maneira ambientalmente correta, socialmente justa e economicamente viável, além de outras fontes de origem controlada.